pour M. TOURLONIAS
en respectueux hommage

LA DERNIÈRE RAFALE

Du même auteur :

L'Escadron, collection « Frères d'Armes ». Prix Claude Farrère 1985.

Royal Étranger — Légionnaires cavaliers, collection « Troupes de choc ».

Alain GANDY

LA DERNIÈRE RAFALE

Collection « Frères d'Armes » dirigée par Jeannine Balland

PRESSES DE LA CITÉ
PARIS

Dans la même collection :

Les Sentiers de la guerre, Erwan Bergot
Tome 1 : *Les Sentiers de la guerre*
Tome 2 : *Frères d'Armes*
Tome 3 : *Le Flambeau*

L'Héritage, Erwan Bergot
L'Embuscade, Alain Dubos
L'Aigle et l'étoile, Patrick de Gméline
Rendez-vous à Bastogne, Michel Hérubel
L'Escadron, Alain Gandy
Les Évadés du Jour J, Jean Bourdier
Un pont sur le Sông Chay, François Martineau
Le Marin de l'ombre, Maurice Pasquelot

I.S.B.N. 2-258-01625-8

à Erwan BERGOT

SUD-ANNAM

FÉVRIER 1951

— Sacré bon sang, jura entre ses dents François Bagard, que fait cet animal de Tarass ?

A plat ventre à côté du légionnaire Damont, son radio, le lieutenant Bagard, chef de section au Deuxième Régiment Étranger d'Infanterie et commandant du poste de Tour-Cham, s'impatientait de la lenteur manifestée par le groupe envoyé en débordement. Une rapide fusillade avait marqué, cinq minutes plus tôt, le début du mouvement de Tarass et de ses cinq patrouilleurs. Étaient-ils tombés sur un second élément viet ? Bagard bascula sur le flanc, extirpa de la poche de poitrine de sa chemisette trempée de sueur un paquet de gauloises « Troupe » chiffonné ; il choisit la cigarette la plus présentable, qu'il tendit machinalement à Damont.

Béret de toile comiquement en équilibre sur ses écouteurs, ce dernier hocha la tête négativement. Damont ne fumait pas, mais savait que le lieutenant, qui prétendait « faire une cure de désintoxication », offrait des cigarettes à ceux qui l'approchaient. Pour retarder l'instant de céder à son vice. « Les Viets ont dû foutre le camp, pensa-t-il à mi-voix. Le caporal-chef les cherche et ne trouve rien. » Bagard n'était pas loin de se ranger à l'opinion de son compagnon. A cinquante mètres devant eux, une arme automatique cracha dans leur direction une longue rafale. Une suite de bourdonnements aigus, ponctués des claquements et des miaulements brefs des balles perdues. Posément Bagard acheva de couper en deux sa cigarette et en ficha la moitié entre ses lèvres.

— Pas de bobo ? questionna-t-il par-dessus son épaule.

Le groupe de commandement, trois hommes étalés dix mètres en arrière, en pleine vue dans l'ancienne rizière asséchée, répondit d'une seule voix. Pas de blessé. Heureusement que ces crétins visaient mal.

— Avez-vous vu quelque chose ? demanda Damont toujours à mi-voix. C'est peut-être le caporal-chef.

— Il n'a pas de F.M., s'impatienta Bagard. Non, c'était un Bren. Et qui tirait sur nous, du pied du bouquet de cocotiers juste devant les ruines de la paillote.

Il se retourna vers les trois légionnaires qui constituaient sa seule force de manœuvre, maintenant qu'il avait envoyé Tarass et son groupe contourner ces Viets qui les avaient cloués en plein billard dix minutes avant. Du bras il commanda aux trois fidèles de se porter à sa hauteur et de s'étaler en ligne, parallèlement à la cocoteraie. Deux autres rafales, guère mieux ajustées que la précédente, saluèrent cette velléité de progression. Avec méthode, les légionnaires se mirent à tirer, eux aussi, au jugé, pour arroser les alentours de la paillote où semblaient s'être installés les Viets.

Le lieutenant Bagard, relevé sur les coudes, observa quelques minutes le résultat de ce duel à distance. Il se posait des questions. « Pourquoi diable l'ennemi s'était-il décidé à accrocher sa patrouille, ce matin ? C'était une sortie de routine comme il en faisait faire tous les jours. Jamais il n'avait rencontré âme qui vive dans ce secteur, à moins de trois kilomètres de son poste. »

— Appelle le sergent Paliano, commanda-t-il à Damont. Demande-lui s'il n'a rien à signaler.

Après tout, l'embuscade peu nerveuse qu'il avait rencontrée pouvait n'être qu'une diversion. Les Viets en avaient peut-être au poste lui-même ; ou aux installations de la gare que la section Bagard était chargée de protéger.

— Le sergent dit « rien à signaler », mon lieutenant. Mais il a entendu notre feu d'artifice ; il demande si nous avons besoin d'aide.

— Qu'il reste à l'écoute. Si ça tourne mal, il préviendra la compagnie.

Bagard regarda sa montre. Il tenta de calculer le temps qu'il faudrait au capitaine Sandoux pour lui envoyer des renforts depuis Phan-Rang. Dix kilomètres en camions, environ un quart d'heure si la route était dégagée ; et trois autres kilomètres de petit galop à travers cette grande plaine dégagée qui le séparait de la voie ferrée. Il ne devait pas attendre de secours avant trois quarts d'heure, s'il se décidait à en demander.

Subitement, le rythme de l'accrochage se modifia. Seuls, jusqu'à présent, le fusil-mitrailleur viet et ses fusils avaient échangé des tirs de politesse. Voilà que là-bas, dans la cocoteraie, crépitaient de courtes rafales sourdes, mêlées de cris aigus. « C'est Tarass, enfin », songea Bagard.

— Halte au feu, gueula-t-il à ses hommes. A l'assaut, hurla-t-il encore en se relevant.

En ligne, les quatre légionnaires foncèrent avec lui. Le maigre Damont pliait un peu sous le poids du poste radio sanglé à ses épaules, et prenait du retard. Dans la lisière un instant embrasée le silence succéda à la fureur. Les cinq hommes couraient sous le soleil, la tête vide. Bagard cracha sa demi-cigarette, qu'il n'avait même pas pensé à allumer. Ils arrivaient déjà sur l'objectif. Quand on s'attend à se faire tirer desssus, cinquante mètres au pas de course s'avalent en quinze secondes.

Une voix forte, chargée d'un accent effroyablement porté sur les RRR, les héla :

— Ne tirrrez pas, mon lieutenant. C'est groupe Tarrrrass.

Le caporal-chef sortit calmement du couvert de flamboyants et de bananiers flétris. « Quel bonhomme ! songea Bagard essoufflé par sa courte galopade. Il vient de crapahuter pendant un quart d'heure, de prendre la cocoteraie à l'abordage, sans doute de se faire tirer dessus, et il a toujours l'air du paysan naïf qui pense à la pluie qui pourrait bien tomber demain sur son maïs. » A peine, en effet, si le caporal-chef Tarass manifestait que le combat l'avait réveillé de son éternelle et muette placidité. Tout de même, bien dressé, il rendit compte :

— Un petit groupe viet, trois, quatre types pas plus, nous a accrochés dès que nous avons abordé la piste Lambert. Juste une sonnette à mon avis. Ils tiraient suffisamment bien pour moucher le légionnaire Schmerz au bras. Quand nous avons répliqué dans la foulée, ils n'ont pas insisté et sont partis vers le nord.

— Vers le nord ? En es-tu sûr ?

Bagard s'inquiétait à nouveau d'une possible menace sur son poste. Cette sonnette rencontrée par Tarass rejoignait évidemment le gros de sa troupe. Si elle avait travaillé au profit de l'embuscade qui lui avait été tendue, elle eût dû se replier vers le sud. Tarass attendait sans impatience de pouvoir reprendre son rapport.

— Ensuite ?

— Nous avons traversé la piste et la cocoteraie pour revenir par la lisière opposée. Le groupe viet qui vous allumait d'ici ne nous avait même pas entendus arriver. Le coup a été réglé en deux minutes.

Le caporal-chef ne faisait pas dans le détail narratif. Malgré lui le lieutenant souriait, comme il le faisait chaque fois qu'il entendait son grand gradé roumain s'exprimer avec l'accent d'Elvire Popesco. Une Popesco d'un mètre quatre-vingt-cinq, aux épaules d'ours, aux cheveux raides et noirs et au regard éteint.

— Bilan ? demanda-t-il.

— Côté viet, quatre tués qui sont restés sur le carreau avec deux fusils et une Sten de fabrication locale. Chez moi un seul blessé. Ce con de Schmerz avec sa première balle dans le gras du bras en a reçu une deuxième dans la cuisse pendant l'assaut. Pas grave, je crois, ça ne saigne presque pas.

— Alors, fit mine de regretter Bagard, vous avez raté leur F.M. ?

— Oui, mon lieutenant. Ils étaient bien une dizaine qui ont décroché par là en vous voyant arriver à votre tour. Nous étions trop « légers » pour les poursuivre.

Du bras, Tarass indiquait le sud-ouest, où la levée de terre couverte de cocotiers et d'anciennes cultures vivrières s'élargissait jusqu'à rejoindre la forêt, un à deux kilomètres plus loin. Bagard, un instant, lorgna vers la lointaine et secrète lisière vert sombre qui barrait l'horizon.

— Nous rentrons au poste, décida-t-il. Fouille tes cadavres, ramasse les armes et en avant. Schmerz peut-il marcher ?

— Il pourra.

Le caporal-chef se retournait déjà vers le couvert où l'on entendait le bavardage des hommes de son groupe. Le lieutenant le rappela :

— Tarass ? Tu as bien maœuvré. Tu as mené cette affaire comme un chef !

Le grand Tarass hocha la tête. Il n'était pas très sûr que le patron ne se moquait pas de lui. Bagard l'entendit bougonner à mi-voix.

— Manœuvrrre à la con. Rrraté le Brrren.

Le lieutenant sourit encore et apostropha son radio.

— Damont ! Préviens le sergent Paliano que nous revenons. Nous serons au poste dans une heure environ.

Le légionnaire Ludwig Weber, le fusil à la bretelle et les mains dans les poches de son short trop ample, s'arrêta sur le chemin de ronde et regarda le paysage avec un manque d'intérêt lisible sur son visage ingrat. Depuis une heure il arpentait les cinquante mètres de banco qui séparaient, à mi-hauteur d'un mur en troncs d'aréquiers, un blockhaus trapu de béton vif et une esplanade arrondie où trônait un canon de 75 à peine recouvert d'une bâche délavée.

Dans la cour du poste, triangle de terre battue, la lumière crue de l'après-midi soulignait les allées de pierres blanchies à la chaux qui convergeaient vers la massive tour de maçonnerie dressée au centre. Épaisse comme un clocher roman, la construction se terminait par un poste de guet, couvert d'un toit plat hérissé d'antennes de radio. Weber, d'un regard machinal, nota que la sentinelle de service s'était tapie dans le coin le plus ombreux du mirador. « Ce salopard de Figl, songea-t-il, doit encore être en train de boire une bière. »

Au pied de la tour, alignés devant la porte de gros bois

brut, trois des hommes du renfort, assis sur leurs sacs à paquetage, attendaient le retour du chef de poste. La camionnette de la compagnie qui les avait amenés de Phan-Rang était repartie une demi-heure plus tôt vers l'est, dans un grand nuage de poussière, sur la route de latérite rouge. Le lieutenant ne tarderait plus maintenant à arriver avec sa patrouille. Le sergent Paliano avait averti Weber, qui, de temps à autre, s'arrachait à sa contemplation somnolente pour regarder avec attention, vers le sud, le débouché de la piste Lambert.

La sentinelle reprit son piétinement vers le blockhaus. De là, il découvrait, accoté à l'intérieur du mur, un long baraquement en dur crépi de frais, aplati sous un toit de tôle à demi recouvert de sacs de terre. De son chemin de ronde surélevé, Weber dominait à peine le toit et ne voyait qu'en raccourci les lettres d'un mètre, peintes à même les tôles, qui indiquaient aux oiseaux la verticale du poste de Tour-Cham.

Mécaniquement, il fit demi-tour et repartit vers l'esplanade au canon, à pas tranquilles. Il n'était qu'à la moitié de sa faction ; inutile de presser le mouvement. A cette heure de fin de sieste le poste paraissait vide. Tout autant que le paysage extérieur. Vers l'ouest, de l'autre côté du mur, au-delà d'une florescence de flamboyants poussiéreux qui masquaient aux trois quarts la voie ferrée, une gare déserte et un vétuste réservoir à eau sur pilotis, le relief s'arrondissait en croupes molles, roussies de hautes herbes à éléphant qui frémissaient avec langueur dans une brume chaude. Weber rêva un instant en regardant, à peine discernable au passage des crêtes douces, la piste qui s'éloignait vers les montagnes bleues. Dans ce lointain brumeux se trouvait Dalat. Dalat, ville d'eaux et de vacances, où les vaches donnaient du vrai lait, où il fallait une couverture pour dormir, où les Blancs de Saigon allaient se rafraîchir en altitude. Le légionnaire avait une raison supplémentaire de rêver. Quelques mois plus tôt, dans un bouiboui de Nha Trang, une fille nostalgique lui avait parlé de son enfance au couvent des Oiseaux, à Dalat. Depuis, Weber imaginait la ville lointaine comme une gigantesque promenade livrée à de jeunes pensionnaires en nattes blondes et robes à fleurs. Il soupira en s'arrachant à ses fantasmes et repartit pour un énième aller-retour le long de son mur.

D'en bas une voix le héla, mordante.

— Alors, fichu paresseux, pas encore là, le lieutenant ?

Depuis qu'il avait reçu le message radio envoyé par Bagard à la fin de son accrochage avec la petite bande vietminh, le sergent Paliano, nerveux, précis, consciencieux et même pointilleux, avait multiplié les consignes données au personnel de service. Les légionnaires de garde s'étaient vu affecter des secteurs de surveillance détaillés.

— Compte le nombre des buffles au pacage, et les gamins qui les accompagnent.

ou

— Tu me diras combien de piétons et de cyclistes sont passés sur la piste venant de Phan-Rang.

et même :

— Je veux savoir combien de poissons-chats a pêchés le vieux Phuong.

Le vieux Phuong, quasi impotent, était, tous les matins, convoyé par son petit-fils, du village qui s'étalait à cinq cents mètres au nord jusqu'au trou d'eau qui bordait la route, à portée de caillou de la poterne du poste. Quand le gamin venait le chercher le soir, avant que le soleil ne disparaisse d'un coup derrière l'horizon des collines herbues, le vieux, pratiquement aveugle, avait chaque fois amassé des fritures miraculeuses. « Tout de même, avait pensé le légionnaire Figl, en poste au mirador, compter les poissons de l'ancêtre ! Le sergent devient maniaque, *bestimmt.* » Il ne comprenait pas plus que les autres sentinelles que le sergent Paliano, alerté par le message radio du lieutenant, cherchait à découvrir des activités inhabituelles qui pourraient dénoncer une présence vietminh.

Soudain le regard de Weber accrocha un mouvement, juste à l'endroit où la piste Lambert, franchissant la voie ferrée, entrait sous les vues directes du poste.

— Voilà le lieutenant, cria-t-il à la cantonade.

Il ne s'était pas trompé ; Tam-Tam, le chien de la section, jaune, hirsute, généralement somnolent et mal embouché, le confirma de la voix avec une frénésie de ratier devant une souris.

Dans la cour, une animation raisonnable se manifesta à la porte du baraquement au toit de tôle, d'où sortirent une dizaine de légionnaires, torse nu, attentifs mais silencieux. Leur calme contrastait avec les pépiements volubiles des quatre ou cinq Annamites en treillis kaki qui venaient de jaillir de la paillote-cuisine.

Au pied de la tour, les trois hommes du renfort quittèrent leurs sacs ; ils se redressèrent comme si leur nouveau chef de section se fût déjà montré devant eux.

— Repos ! leur jeta Paliano. M'étonnerait que le lieutenant ait le temps de s'occuper de vous tout de suite. Descends, toi, et ouvre la porte, ajouta-t-il à l'adresse de Weber.

Lui aussi, mécaniquement, vérifia sa tenue, tira sur sa chemisette d'uniforme aussi fraîche que s'il venait de la faire repasser, et assura l'inclinaison de son képi.

— Garde à vous ! gueula-t-il en saluant, tendu et réglementaire, comme Bagard franchissait le portail.

Derrière le lieutenant, dont le visage ne reflétait pas la satisfaction qu'il eût dû éprouver, les dix hommes de la patrouille firent leur entrée en silence, en file indienne. Ils se rassemblèrent en ordre, face à la tour centrale.

Bagard les regarda, avec un sourire de commande. Il était tout de même content de la tenue de ses gars.

— Vous vous en êtes bien tirés, leur dit-il d'une voix chaude. Une bière pour vous sur mon compte, ce soir au foyer. Mais attention, n'exagérez pas. La nuit pourrait nous réserver d'autres surprises. Rompez les rangs. Tarass, à moi !

Avec une délicatesse de nourrice, le caporal-chef Tarass courba le dos et posa au sol le légionnaire Schmerz ; celui qui avait eu la maladresse, deux fois aujourd'hui, de se trouver devant des balles tirées par les plus mauvais pointeurs viets du secteur. Schmerz grimaça un merci inaudible et entreprit de clopiner vers la porte du compartiment Infirmerie. Un filet de sang coulait sur sa jambe nue, jusqu'à mi-mollet, et la manche gauche de sa chemise était rouge. Deux légionnaires vinrent au-devant de lui.

— Damont ! Viens me voir dans un quart d'heure. Je te donnerai un message pour la compagnie.

— Rien observé d'anormal ? ajouta le lieutenant à l'adresse de Paliano. — Il précisa ses craintes : — Tarass a mis en fuite quelques bonshommes qui se sont repliés vers le nord, comme s'ils n'avaient rien à voir avec la bande qui nous a accrochés. Je ne crois pas aux coïncidences, ils ont dû aller rejoindre une autre unité viet, qui s'apprête à faire un mauvais coup dans le coin. Je n'aimerais pas qu'ils s'en prennent au poste cette nuit. En tout cas, nous allons leur préparer une petite réception. *Briefing* des chefs de groupe dans cinq minutes.

— Le sergent Macauley est à Phan-Rang, objecta Paliano.

— Vu. Je vais demander au capitaine Sandoux de nous le renvoyer avant le dîner.

— Il va râler. C'est sa première sortie depuis un mois. Je crois qu'il avait prévu un gueuleton chez Paulette.

— Il râlerait bien plus encore s'il manquait la fiesta possible.

A dix mètres, les trois légionnaires du renfort assistaient, impassibles en apparence, à la conversation de l'officier et de son adjoint. Le lieutenant les remarqua enfin ; il leur adressa un geste de la main. Le plus grand des trois, sans doute le plus décidé, fit un pas en avant, salua comme il était de mode à Bel-Abbès, en ramenant sa main droite sur la cuisse en une claque sonore.

— Légionnaire Rist, affecté à la section Bagard. A vos ordres, mon lieutenant.

— Content de te revoir, Rist, dit le lieutenant. Apparemment, tu n'as pas moisi en congé.

— J'étais fauché et tous mes copains sont ici, constata l'Alsacien avec un grand sourire.

Le second était un garçon d'une vingtaine d'années, malingre mais d'allure nerveuse. Si le teint bronzé sous de courts cheveux frisés, les joues creuses marquées d'une balafre et la rectitude du dos indiquaient une forme physique affûtée, l'attitude dénotait une absence d'énergie peu engageante. Les bras tombaient le long du corps avec trop de naturel pour un garde-à-vous. Les yeux manquaient de la flamme qu'un chef pouvait attendre d'un nouvel arrivé. « On dirait davantage un prisonnier répondant à l'appel qu'un légionnaire », pensa le lieutenant. Une seconde il se demanda d'où venait cette impression ; il retrouva les souvenirs de l'avocat stagiaire qu'il avait été entre 1940 et 1944, en France occupée. « Ce pauvre bougre a dû connaître quelques aventures pénibles, se dit-il encore, il va falloir le décontracter et le mettre en confiance. Le moment n'est fichtre pas choisi. »

— Et toi, demanda-t-il. Ton nom ?

— Légionnaire Elie Simu, matricule 43 117, 8e compagnie du 2e Étranger, nouvellement affecté.

L'accent était à la fois chuintant et rocailleux. La voix unie, plate, contrôlée. « Il pense à autre chose ou bien notre arrivée théâtrale l'a impressionné », songea encore Bagard.

— Nationalité ?

— Roumain, mon lieutenant.

Cette fois, Elie Simu avait répondu d'une voix claire ; comme s'il avait voulu se faire entendre. D'ailleurs, il crispa les épaules, conscient du regard que lui jetait le caporal-chef Tarass. Ce grand, ce courageux, ce bon Tarass. Qu'Elie Simu, de son vrai nom Eliha Leibowitz, avait connu dans une vie antérieure. Qu'il avait poursuivi à travers le monde jusqu'à ce poste perdu de Sud-Annam. Pour le tuer.

PREMIÈRE PARTIE

EUROPE

Seigneur, dit Caïn, si j'ai tué mon frère, c'est parce que tu as mis en moi un instinct d'assassin.

(Genèse)

CHAPITRE 1

— Salida, ma chère, cria Siméon Leibowitz du fond de son bureau, qu'on m'apporte le Kelet aussitôt que l'autocar arrivera de Cluj.

Le bureau était une pièce sombre et douillette, garnie de boiseries patinées et meublée de lourds meubles rustiques, à pieds contournés, sur lesquels s'épuisaient les servantes de l'auberge quand Salida leur demandait de les cirer. Enfoncé dans un fauteuil de peluche, Siméon Leibowitz, maître aubergiste du « Lion des Carpathes », ressemblait assez à un batracien. Petit et grassouillet, son visage que l'âge garnissait de bajoues tremblotantes s'alourdissait de lunettes à triple foyer. La cinquantaine largement passée l'obligeait à prendre soin de son corps fatigué. A dire vrai, il exagérait son inaction : son tempérament le poussait beaucoup plus à l'étude qu'aux exercices physiques. Quand il s'était marié, en 1923, dix-sept ans plus tôt, et qu'il s'était installé à Tirgu-Mures avec Salida, il s'était définitivement promis une existence mesurée et paisible.

— Pourquoi ne m'apporte-t-on pas ce journal, récrimina-t-il une nouvelle fois.

Sa voix grinçante traversa le large vestibule et parvint jusqu'à son épouse Salida. Du haut de l'escalier majestueux comme celui d'un décor d'opérette viennoise, elle surveillait le personnel qui dressait le couvert pour le repas du soir, dans la salle à manger du rez-de-chaussée. Elle soupira et sourit. Siméon était toujours nerveux quand il attendait le Kelet.

L'« U.J. Kelet » paraissait tous les jeudis au chef-lieu de la province de Transylvanie. Siméon Leibowitz, abonné depuis la nuit des temps, n'avait pas manqué la lecture d'un seul numéro depuis des années. Le rituel n'avait jamais changé. Sitôt que le facteur, récompensé d'un verre d'alcool servi à la cuisine, avait déposé l'hebdomadaire sur le comptoir verni de la réception, Salida le montait à son mari qui se plongeait avec délectation dans le déchiffrement des colonnes de pattes de mouche. Chaque jeudi soir, à la table du repas de famille, Siméon faisait profiter les siens de tout ce qu'il avait glané de nouvelles de la communauté juive. Le temps s'écoulait ainsi dans un interminable nirvâna hors du monde, rythmé seulement par le Kelet du jeudi et le sabbat du samedi, jour de fermeture du « Lion des Carpathes » pour complaire à l'Éternel.

Le monde avait pourtant réussi à troubler cette paisible ordonnance. Les Allemands et les Russes avaient attaqué la Pologne. La guerre, en se rapprochant si dangereusement de la Roumanie, avait semé assez de perturbation dans les esprits pour inciter à la prudence le directeur de la revue israélite de Cluj. Il avait suspendu les abonnements et limité ses ventes. Siméon Leibowitz, à la lecture du communiqué annonçant ces restrictions, n'avait pas décoléré d'une semaine. Il lui avait fallu des trésors de persuasion pour convaincre le très orthodoxe Anton Gzifa de lui ramener chaque vendredi le dernier numéro de son hebdomadaire. Gzifa était le conducteur de l'autocar qui faisait régulièrement la navette de Tirgu à Cluj. C'était un individu brutal, mal embouché et assez sale, dont l'aspect physique déplaisait fort à l'aubergiste, mais il fallait bien composer avec le diable.

— Voyons, Anton, l'imprimerie du journal est sur votre trajet. Je ne vous demande pas la lune. Tout juste de vous y arrêter pour me rapporter un exemplaire.

— Peut-être n'est-ce pas un grand service, mais je vais prendre du retard sur mon horaire, avait rétorqué Gzifa. Pourquoi n'achetez-vous pas tout bonnement votre feuille d'hérétique en ville ? Ce Kelet doit être quelque part à l'étalage.

— Ce n'est pas une feuille hérétique, Anton. C'est le

plus grand hebdomadaire juif de Roumanie. Je vous répète que depuis que la guerre règne chez nos voisins, la diffusion est arrêtée. Voilà pourquoi j'ai besoin de vous, mon cher.

— Bon, on verra à vous rapporter régulièrement votre papier imprimé. En échange...

Gzifa plissait les yeux d'un air retors. Siméon s'était demandé ce qu'allait exiger en paiement ce rustaud.

— En échange vous m'offrirez chaque semaine un bon dîner dans votre auberge.

Recevoir ce mécanicien sans manières dans son établissement bien fréquenté était cher payé aux yeux de M. Leibowitz, mais il avait estimé que l'« U.J. Kelet » valait bien ce sacrifice. La présence de ce lourdaud dans la grande salle au plafond de bois ciré avait un peu choqué les notables qui y prenaient volontiers leurs habitudes vespérales, et intrigué deux couples de touristes nord-américains de passage. Mais depuis la conclusion du marché, chaque vendredi après-midi, au retour du car, Siméon Leibowitz recevait ponctuellement sa ration de nouvelles confessionnelles.

Ce dernier vendredi de juillet 1940, pourtant, Anton Gzifa était en retard et Siméon s'impatientait.

— Salida, appela-t-il pour la troisième fois.

Un enfant malingre se glissa discrètement dans le bureau. Son visage éveillé paraissait trop sérieux pour son âge. Eliha n'avait que dix ans et demi, mais la vie confinée qu'il menait auprès de ses parents tenait en lisière ses ardeurs enfantines. Son regard gris était trop réfléchi, ses boucles blondes trop disciplinées. Sa bouche bien dessinée, aux lèvres trop minces, n'avait pas l'habitude du sourire. Il était le second des enfants Leibowitz. Son aîné de plus de trois ans, Mosha, était juste son contraire, solide, batailleur, brun de poil et vif de langage ; il satisfaisait bien peu ses parents par son comportement à la très docte école rabbinique de Bucarest, où il était en pension dix mois de l'année. Aux dernières vacances qui l'avaient ramené à Tirgu, il avait tenu à la table familiale des discours politiques enflammés qui avaient hérissé son père.

— Je ne comprends pas comment le Seigneur m'a donné un fils pareil, s'était lamenté Siméon. Fasse qu'il s'assagisse. Les temps qui s'annoncent seront durs aux passionnés comme ce malheureux Mosha.

Dieu soit remercié, Eliha, lui, contentait entièrement Siméon. Une santé difficile et sa sensibilité à fleur de peau le rendaient très cher à Salida. Lorsque au début de l'hiver 1939-1940 il avait été question de l'envoyer lui aussi à Bucarest, elle avait fermement interdit à son mari de la priver de son deuxième fils, alors que la guerre commençait en Europe.

— Eliha est encore jeune, avait-elle représenté. Tu es assez savant pour lui enseigner ce qu'un garçon de dix ans doit savoir. A quoi servirait autrement que tu aies étudié à Paris et à Berlin, Père ?

Salida avait la mauvaise habitude de donner du « Père » à son époux, ce qui le chagrinait considérablement. Il voyait là une allusion pénible à leur différence d'âge. Elle n'avait pas encore quarante ans, et sa vivacité et sa gaieté contrastaient fort avec la réserve prudente de Siméon. Il reconnaissait toutefois qu'elle était généralement de bon conseil. Il se rangea donc à l'idée de garder Eliha à Tirgu encore un hiver. Tant que les événements déchireraient l'Europe. Le père et le fils se trouvaient fort bien de cet arrangement. De compassés et formalistes qu'ils étaient autrefois, leurs rapports étaient devenus affectueux et même attentifs. Siméon se réjouissait de trouver son cadet intelligent et d'esprit rapide, intéressé par les Saints Livres et l'Histoire de son Peuple. Eliha prenait conscience de la fragilité de son père, qu'il était décidé à protéger.

— Vous avez appelé, Père ? demanda-t-il en entrant dans le bureau.

— Parfaitement, j'ai appelé. Mais personne ne me répond jamais dans cette maison. Pourquoi ne m'a-t-on pas encore monté mon Kelet ?

— M. Gzifa n'est pas descendu du car pour laisser le journal, Père. Il a crié à Natilia, tout en roulant, qu'il vous l'apporterait ce soir en venant dîner.

Siméon réfléchit à ce que pouvait bien signifier cette entorse à la coutume. Ce vaurien d'Anton avait sans doute décidé de le faire chanter. Peut-être allait-il demander davantage pour ses services ? Il était inutile de se ronger les sangs. De toute façon il paierait. Cette décision résignée se lisait si bien dans ses yeux fatigués qu'Eliha se décida à poser à son père une question qui le démangeait.

— Pourquoi faut-il céder à M. Gzifa en échange du Kelet ? Après tout, ce n'est qu'un journal. Et pas très intéressant.

— Tu me chagrines, mon enfant. Peu importe que tu trouves, toi, le Kelet plus ou moins « intéressant ». C'est un journal de grandes personnes. Mais c'est surtout le seul lien que nous ayons avec nos frères israélites de Roumanie. Le seul qui nous présente les détails des problèmes que rencontrent nos communautés dans tout le pays. Le seul qui ose nous tenir au courant des persécutions qui menacent nos frères chez nos voisins hongrois, allemands ou russes. La lecture de ce journal peut nous sauver la vie un jour prochain. Comprends-tu pourquoi il faut céder, comme tu dis, à ce bon à rien de Gzifa ?

— Natilia dit que c'est un bon garçon et que vous le jugez mal.

— Natilia est une effrontée que je demanderai à ta mère de chasser si elle continue à courir avec les mauvais garçons de la ville.

Eliha se demanda comment faisait Natilia pour faire la course avec des voyous, et où se déroulaient ces épreuves sportives. Parfois, malgré son sérieux, les conversations de son père étaient difficiles à saisir pour un garçon de son âge.

Anton Gzifa n'avait pas d'aussi mauvaises intentions que l'avait craint Leibowitz. Il désirait seulement rire un peu aux dépens de l'aubergiste en lui présentant la première page de son hebdomadaire. La une était barrée de gros titres annonciateurs de catastrophes : « La Roumanie éclatée », « Transylvanie hongroise, Bessarabie soviétique », « Préparons-nous à souffrir ». Siméon, qui était descendu dans la grande salle comme tous les soirs pour accueillir ses clients, eut le souffle coupé devant la page brandie par un Gzifa hilare. Il saisit son Kelet et grimpa le grand escalier comme il ne l'avait plus fait depuis longtemps.

— Salida, cria-t-il, venez vite au bureau.

Salida venait de coucher les trois plus jeunes de ses enfants. Sarah, quatre ans, semblait avoir hérité de la beauté maternelle et de la nonchalance du père ; elle ne faisait jamais aucune difficulté pour s'endormir. Jonas, six ans, n'avait pas assez de résistance physique pour tenir le train de sa turbulence : le soir arrivé, il tombait sur son lit aussi aisément que sa sœur. Il n'en était pas de même de Jacob. Bien qu'elle tentât de la masquer, la préférence de Salida allait à ce garçon de huit ans qu'elle trouvait « aussi beau que le roi David ». Blond, bouclé, moelleux, gai et charmeur, curieux et bavard, il tenait auprès de sa mère la place que tenait Eliha près de Siméon.

— Il faut essayer de dormir, maintenant, mon Jacob, dit Salida en soufflant la lampe. Ton père m'appelle. Quelque chose doit le tourmenter.

De fait, en pénétrant dans le bureau-sanctuaire de son mari, elle fut elle-même alarmée par le comportement de Siméon. Ses mains tremblaient sur la feuille du Kelet, ses joues étaient animées de tics, comme si ses lèvres n'arrivaient pas à épeler les mots qu'il lisait. Signe d'un grand bouleversement, il avait posé sur la table sa calotte de feutre noir, et ses rares mèches blanches flottaient sur son crâne verni de rose.

— Qu'est-ce qui te met dans cet état, Siméon ?

— Les nouvelles d'aujourd'hui. Je suis atterré. Nous courons à la catastrophe, ma chère. Nous devons faire nos paquets et partir au plus vite chez ton frère.

— C'est de la folie ! Qui s'occupera du « Lion des Carpathes » ? Et de quoi vivrons-nous ?

— Si nous vendons l'auberge maintenant, nous avons encore une chance d'en tirer quelques lei. Nous pourrons tenir quelques années à Braïla.

— Mais d'où te vient cette lubie ? Qu'y a-t-il de si menaçant dans tes nouvelles ?

— Il y a, ma chère, que se tient en ce moment à Vienne une réunion entre M. Ribbentrop, le ministre des Affaires étrangères allemand, M. Horthy, le régent de Hongrie, un Bulgare haut placé, un Russe infréquentable et un représentant du roi Carol. Le sujet de leurs aimables conversations, qui doivent, paraît-il, aboutir d'un jour à l'autre, est tout simplement l'abandon de nos plus belles provinces au bénéfice de nos chers voisins russes, hongrois et bulgares.

— Cela changera-t-il quelque chose pour nous, les Juifs de Transylvanie ? s'inquiéta Salida.

— Ignores-tu que la Hongrie s'est alignée sur la politique raciale de l'Allemagne ? Que des biens juifs y sont saisis, les familles brimées, les hommes arrêtés sous les plus dérisoires prétextes, les jeunes en âge de travailler jetés dans des camps ?

— Voyons, Père. Ils devront compter avec l'opinion publique. Personne ici ne nous veut du mal. Nous sommes acceptés, intégrés, considérés. Nous sommes roumains.

— Nous sommes juifs, et dans quelques jours, peut-être serons-nous hongrois. Le risque est trop grand pour nous tous, acheva pensivement Siméon.

— Nous ne pouvons pas partir ainsi, aussi vite, raisonna Salida après un instant de silence.

— N'aimerais-tu pas revoir ton frère Samuel et ta belle ville de Braïla ?

Elle rêva aux belles avenues, aux maisons gaies, à l'animation qui régnait dans le vieux port sur le Danube. Salida y avait passé toute son enfance : un père rabbin honoré, un frère lettré devenu avocat, des cousins et des cousines qui faisaient des Botich une véritable tribu. Combien en restait-il, aujourd'hui ? Son père et sa mère étaient morts, peu après son mariage, cousins et cousines avaient fondé des familles. Seul son frère était resté célibataire. C'était vrai qu'il les logerait tous facilement. Elle s'avoua qu'elle aimerait revoir Braïla.

— Tu n'es pas honnête, Père, soupira-t-elle. Tu cherches à me tenter avec des souvenirs de jeunesse.

— Je cherche à te faire peur, ma chère. C'est autre chose.

— Mais, si les Allemands sont assez forts pour exiger du roi Carol qu'il abandonne des provinces entières, ils le seront aussi pour l'obliger à faire la guerre aux Juifs. Les risques que nous courrons ici, nous les retrouverons là-bas. Au moins à Tirgu avons-nous notre maison, nos amis, nos habitudes.

— Puisses-tu dire vrai, ronchonna Siméon. Nous nous rangerons à ton avis, bien sûr, mais fasse l'Éternel que nous ne le regrettions pas.

Cette soumission résignée toucha la jeune femme plus que les représentations véhémentes qui l'avaient précédée. Elle se pencha sur l'épaule de son vieil époux, peigna de la main ses mèches folles et rajusta sa calotte noire.

— Nous n'allons pas du tout, comme tu le dis, nous ranger à l'avis d'une écervelée telle que moi, Je te propose un moyen terme : nous envoyons dès que possible de l'argent à Samuel pour qu'il nous constitue un viatique à Braïla ; nous le prévenons de notre venue possible, afin qu'il nous organise un gîte. Et nous déménageons d'ici si la vie devient trop difficile sous le règne des Hongrois.

Siméon leva sur sa femme des lunettes admiratives. Derrière les verres épais, ses yeux s'embuaient de tendresse. Oui, il avait réellement épousé une femme de qualité, dix-sept ans plus tôt, à son retour d'Allemagne.

Les accords de Vienne entre le Reich d'Hitler et les puissances d'Europe centrale confirmèrent les plus sombres prévisions de l'« U.J. Kelet ». La Roumanie fit les frais de la bonne entente que les maîtres désiraient voir s'instaurer dans le bassin du Danube. La Russie soviétique, déjà engraissée de sa demi-Pologne, y gagna la Bessarabie, convoitée depuis toujours. La Bulgarie sut représenter que la plus évidente des frontières était le fleuve et reçut toute la riche province de Valachie. Quant à la Hongrie, ses revendications avaient porté sur le pourcentage élevé de Magyars habitant en Transylvanie. Elle récupéra ce qui lui avait été retiré en 1919, lors du dépècement de l'Empire. En somme il ne restait au roi Carol qu'à se contenter d'un royaume réduit de moitié.

Chagrin, humiliation et colère dominaient dans les esprits des habitants de Bucarest. Beaucoup d'entre eux avaient de la famille dans les provinces qui allaient être cédées ; ils se demandaient ce qu'il en adviendrait. Les

Juifs surtout s'inquiétaient. Presque tous avaient réussi à s'intégrer parfaitement dans le corps social roumain, les mariages entre Israélites et Gentils étaient fréquents dans tout le pays. Mais toutes les familles juives gardaient en mémoire les récits d'un père ou d'un grand-père qui avait connu les pogroms, les maisons brûlées, les coups, l'exode. Ces horreurs allaient-elles revenir ? L'instinct grégaire poussait leur communauté à se refermer sur elle-même. Une des premières manifestations de ce besoin de retrouver ses racines fut la fermeture de l'école rabbinique de Bucarest. Mosha Leibowitz, comme ses compagnons d'étude, boucla sa valise en carton de pensionnaire, et prit le chemin de Tirgu sur la rivière Mures, ville roumaine pour quelques jours encore.

Tirgu devait son importance à un carrefour routier. C'est de là que partait la nationale numéro 13, qui joignait le difficile chemin de Cluj à Iasi, à travers la Transylvanie montagnarde, à la grande plaine du Sud, vers Ploesti et la capitale. La richesse locale était encore en devenir. Depuis une dizaine d'années on avait décelé à proximité un gisement de gaz naturel, mais l'exploitation n'en avait pas encore commencé. Fermes d'élevage, scieries, petits commerces, établissements publics cernaient les demeures plus cossues des notables, reconnaissables à leurs façades à colombage et aux portails garnis de cartouches sculptés.

Dans l'autocar qui le ramenait au « Lion des Carpathes », Mosha regardait le paysage se transformer peu à peu. Il était maussade à l'idée de retrouver le calme, la rigueur et l'ennui de la vie de famille. Mais ses souvenirs d'enfance venaient effriter son humeur morose quand il apercevait, dans les lacets de plus en plus nombreux et pentus, les grands bois noirs qui se diluaient à l'assaut des falaises de basalte, les crêtes scintillantes de granit et les aiguilles couronnées de ruines à la Dracula.

Siméon l'accueillit avec affection et se gagna son estime étonnée par une réflexion qu'il lui chuchota à l'oreille :

— Il eût mieux valu, mon fils, que tu ne reviennes pas

te jeter dans la gueule du tigre. Ne le dis pas à ta mère, elle est déjà assez inquiète pour tes frères et sœurs.

A quinze ans, Mosha doutait de la pugnacité de son père. Il s'était attendu à subir un long discours sur la nécessité de la soumission, ce qui le faisait bouillir. Trouver Siméon aussi nettement opposé à l'obéissance civique le ragaillardit et supprima d'un coup les distances causées par sa dernière année de pension.

Le jour du retour de Mosha, après le souper, quand leurs enfants eurent rejoint leurs chambres au premier étage et que tous leurs clients furent partis, les deux époux se retrouvèrent dans le bureau de Siméon. Depuis que la tempête s'était précisée, ils y passaient des heures, chaque soir, à échafauder des plans de sauvetage. Leurs conversations étaient lentes, coupées de longs silences. Salida à quelque ouvrage d'aiguille et Siméon le nez sur un volume poussiéreux se sentaient rapprochés par l'imminence des épreuves à venir, qu'ils n'imaginaient que vaguement. Ils savaient du moins qu'ils les subiraient ensemble.

— Si nous restons à Tirgu, dit Siméon après une longue réflexion, il va falloir nous mettre en bons termes avec les nouveaux notables. Dès qu'ils arriveront, j'irai leur faire des offres de service.

— Crois-tu que toute l'administration de la ville va être chamboulée ? s'inquiéta Salida.

— Certainement, ma chère. Peut-être garderons-nous quelques édiles, mais tu peux être sûre que nous aurons un nouveau juge, de nouveaux percepteurs d'impôts, de nouveaux maîtres dans les écoles. Sans doute aussi une garnison militaire et un gouverneur.

— Mais Père, comment nous gagner tous ces gens-là ?

— Il suffirait, je pense, de loger dans l'appartement royal l'officier ou le fonctionnaire qui deviendra gouverneur de Tirgu !

Au « Lion des Carpathes », on avait baptisé « appartement royal » une grande pièce lambrissée du premier étage flanquée d'une salle de bains, la seule de l'hôtel. Quelques années auparavant, programmant un voyage d'agrément du roi Carol en Transylvanie, le ministre chargé de la sécurité du monarque avait prévu une halte nocturne à Tirgu. Il avait retenu pour le roi et sa suite toutes les chambres des Leibowitz. Siméon y avait gagné la considération de ses concitoyens, même si, finalement, l'itinéraire officiel avait fait coucher la Cour à Vatra Dorneï plutôt qu'à Tirgu. Le lit royal était aussi vénéré que si Carol II y eût dormi. Personne depuis, parmi les voyageurs avertis de la majesté de l'installation, n'osait se plaindre des borborygmes émis par la tuyauterie de la salle de bains.

Salida, devant l'énormité de la proposition, en oublia presque son angoisse.

— La chambre du Roi ? Mais s'il s'agit d'un fonctionnaire il va y prendre pension. Et sûrement sans nous payer un leu.

— C'est ainsi que nous paierons nous-même le prix de la paix. Rappelle-toi ce que nous enseigne l'Agada* : « La paix prime tout. Même en adorant les idoles, Israël échappe au châtiment s'il est en paix. » Nos très sages prêtres nous ont déjà tout dit depuis des siècles, ma chère.

Salida en retrouva presque le sourire. Lorsque Siméon disait ainsi « ma chère », de sa voix aiguë qui commençait à chevroter, elle oubliait ses soucis et retrouvait la chaleur de sa tendresse de jeune épousée. Elle considéra son mari, à demi tassé dans son fauteuil de bois noir. Elle se dit que la vieillesse le prenait bien vite. Elle sourit au visage d'ivoire et acquiesça :

— Nous savons que ce que tu fais est sagement conçu, Père. Accueillons les Hongrois avec les honneurs, si tu penses que la sécurité de la famille est à ce prix.

* Agada : ouvrage d'exégèses des Livres Saints héritées de la tradition rabbinique.

Chapitre 2

L'arrivée des Hongrois à Tirgu-Mures ne se déroula pas comme les habitants l'avaient imaginé. Sans doute bercés par une tradition d'opérette et de valses autrichiennes, qui avaient avant 1914 accompagné les activités de leur garnison de lanciers, les gens du cru s'attendaient à la venue d'un détachement de soldats à brandebourgs, qui eût défilé la fleur au fusil au milieu des flonflons d'une musique militaire et des acclamations de la partie pro-magyare de la population. Au lieu de quoi ils eurent à peine le temps de se rassembler à l'entrée de la ville, en haut de la route de Cluj, quand fut signalée l'approche de la troupe.

Les occupants étaient peu nombreux. Une section peut-être, renforcée de deux chars légers aux chenilles métalliques cliquetantes et du faible effectif attaché à la personne du colonel-comte Graneth, nommé gouverneur de Transylvanie.

Nanti d'un régiment de fusiliers au grand complet et d'un escadron de tanks vétustes, le colonel avait parcouru son nouveau domaine en laissant un détachement à chacune des villes traversées. Arad, Lipova, Deva, Brad, Cimpeni, Huedin, autant de nouveaux cantonnements dont l'occupation avait fait fondre les effectifs du comte Graneth. Le dernier élément important était resté à Cluj, au chef-lieu de la province, aux ordres du capitaine Szescko, chargé d'une mission délicate : il devait découvrir et réquisitionner une demeure digne d'héberger l'état-major du colonel.

Sur la route de Tirgu, Graneth était très mécontent des conditions dans lesquelles s'était déroulée cette opération.

Ses hommes étaient de solides paysans de la puszta, habitués aux plaines du Danube et de la Tisza. Ils regardaient le paysage tourmenté avec un dégoût évident. Secoués dans les caisses de trois petits camions hauts sur roues, peints de neuf, les fusiliers moustachus transpiraient en silence dans leurs lourdes capotes verdâtres peu faites pour la chaleur d'août. L'allure du convoi n'était pas très soutenue, car le colonel ne voulait pas distancer les deux chars d'accompagnement, qui s'essoufflaient à gravir les pentes, loin derrière les véhicules des fantassins.

— Bref, jeta le colonel-comte au lieutenant Andraty, admis à l'honneur de partager la voiture à fanion du gouverneur, bref, nous serions incapables de nous battre correctement si quelques-uns de ces Roumains de malheur se mettaient dans la tête de nous attaquer.

— Mes hommes sont prêts, mon colonel, hasarda Andraty, souhaitant à part lui que le colonel ne se retournât pas comme il venait de le faire au dernier virage.

Le spectacle de ses subordonnés avachis au soleil sur les plates-formes débâchées l'avait déprimé. Si cette ganache de Graneth se rendait compte qu'une bonne moitié de sa section sommeillait têtes nues, casques et armes en vrac au fond des caisses, il pouvait tout craindre de sa fureur.

— Je leur ai donné des consignes spéciales avant le départ, mon colonel. Les guetteurs contre avions sont à leur place et les ordres de déclenchement du tir sont connus de tous, tint à préciser Andraty.

— Je regrette d'avoir à vous dire que vous êtes un con, lieutenant. Les Roumains de Transylvanie n'ont pas d'avions à lancer contre nous.

Le colonel qui avait fait toute sa carrière dans la cavalerie avait tendance à se montrer grossier avec les fantassins et les imbéciles. Andraty avala l'humiliation en tentant de se dire qu'il n'aurait guère plus d'une mauvaise journée à passer. « Demain, se rassura-t-il, le colonel repartira à Cluj pour y empoisonner le capitaine

Szescko et je resterai seul à Tirgu-Mures ; le gouverneur Andraty ! Ça sonne bien. »

Rencogné contre la portière de droite, le comte Graneth songeait, lui, à l'inconfort de la prochaine étape. Promise au rôle capital d'avant-poste, puisque la nouvelle frontière devait couper la nationale 13 à vingt kilomètres seulement au sud de la ville, Tirgu-Mures allait l'occuper durant une grande journée ; palabres, prise d'armes, réceptions, organisations des services ne lui laisseraient aucun répit. Il réfléchit également à l'opportunité de remplacer Andraty. Ce garçon l'agaçait prodigieusement par sa nervosité. Que diable avait-il à se retourner sans cesse ? Craignait-il que la tenue de sa troupe soit indigne de soldats en campagne ?

Il était presque six heures de l'après-midi quand le convoi arriva au col qui dominait la ville.

— Bon Dieu, jura le colonel, nous allons devoir débarquer ici. Lieutenant, faites serrer le premier char. Nous montrerons notre force en même temps que notre politesse.

Barrant la route sous un arc de triomphe de verdure et de fleurs, une quinzaine de notables en vestes brodées et culottes noires de cérémonie agitaient de petits drapeaux hongrois. Manifestement inquiets, ces adultes endimanchés tentaient de sourire aux nouveaux arrivants. Dans les camions qui venaient de stopper derrière la limousine des officiers, les soldats avaient d'eux-mêmes rectifié leurs tenues. Sous leurs casques gris, ils gardaient une immobilité très martiale, l'arme horizontale sur leurs genoux.

Sur un geste d'Andraty, le char de tête, couvert d'une poussière qui lui conférait un maquillage de combattant, doubla le camion numéro 1, faillit emboutir la voiture du colonel-gouverneur et se rétablit miraculeusement au bord du fossé. Le chef de char, invisible dans sa tourelle, acheva cette brillante manœuvre en faisant pivoter un canon menaçant vers le groupe de civils qui barrait la route. Le colonel grommela quelque chose entre ses dents ; le lieutenant Andraty se réjouit de n'avoir pas compris.

Tête nue, le bourgmestre qui se faisait peu d'illusions sur son avenir officiel, avança de trois pas. Il entama, en roumain, un discours de bienvenue, qui laissa le colonel de marbre. L'officier se dégela légèrement quand une femme accorte s'avança à son tour, portant une gerbe de fleurs aux couleurs du drapeau hongrois. Avec un sourire crispé, l'épouse du bourgmestre tendit sa gerbe au colonel. En homme civilisé, celui-ci enleva son képi souple, tira les pans de sa vareuse à l'allemande sur sa culotte de cheval à peine froissée, claqua des talons et s'inclina. Un instant, ils dansèrent tous deux un ballet impromptu autour de la gerbe, qu'elle voulait à tout prix lui donner et qu'il ne voulait absolument pas prendre. Le colonel bénit l'absence d'un photographe et se demanda comment sortir avec distinction de cette situation ridicule.

— Vos frères de race sont heureux de vous souhaiter la bienvenue à Tirgu, articula en hongrois une voix partie du dernier rang du détachement d'accueil.

C'était Anton Gzifa, le conducteur de l'autocar de Cluj ; ses concitoyens s'étaient souvenus de ses origines magyares au moment de choisir les membres de la délégation.

Entendant parler sa langue, le colonel sourit à ce nouvel interlocuteur.

— Nous sommes contents nous aussi, dit-il, d'être revenus au vieux pays. Je suis très sensible à votre réception, à cet arc de verdure et à cette magnifique décoration florale.

Jusqu'au bas visible de l'avenue, derrière les notables figés, des mâts dressés portaient guirlandes, banderoles et drapeaux. Anton Gzifa ricana.

— Ça a coûté cher. C'est le nommé Leibowitz, l'hôtelier qui vous loge ce soir, qui a tout payé de ses deniers. Je dois dire que pour un Juif, ce n'est pas un mauvais bougre.

Outre la dépense, Siméon Leibowitz avait fait l'effort de revêtir son plus bel habit noir pour participer à la cérémonie. Entendant l'impertinence de Gzifa, il ratatina son mètre soixante-cinq. Sans mot dire, le visage fermé, le colonel-comte Graneth regagna sa voiture, fit signe d'un geste autoritaire qu'il voulait qu'on lui fît place. La limousine démarra vers le centre ville. Anton Gzifa eut juste le temps de sauter sur le marchepied pour indiquer aux officiers la route à suivre jusqu'au « Lion des Carpathes ». Dans un tonnerre de moteurs emballés et de chenilles, les chars et les camions foncèrent à leur tour à la poursuite de M. le Gouverneur.

Tous les membres de la délégation avaient mis chapeau bas. Ils se redressèrent avec prudence, se concertant de l'œil. Cette ambassade était-elle une réussite ? Faisant bloc contre l'adversité prévisible, ils repartirent à petits pas. Ils avaient laissé à l'écart Siméon Leibowitz, qu'ils tutoyaient depuis dix-sept ans et qu'ils ne connaissaient subitement plus du tout.

Comme Siméon l'avait prédit, l'annexion de la Transylvanie par la Hongrie marquait pour sa famille le commencement de la fin.

Le colonel reparti, le lieutenant Andraty logea à l'hôtel des Leibowitz. Prétextant des ennuis de plomberie, Salida avait réussi à convaincre le lieutenant d'occuper une grande chambre d'angle au second étage, d'où la vue sur la campagne était plus belle que celle qu'offrait l'appartement royal. La présence de cet officier peu sûr de lui, cassant, capricieux et persuadé d'être haï de ses administrés, créait dans l'auberge une atmosphère sinistre. Dans les escaliers et les corridors, les ordonnances promenaient le tapage de leurs bottes cloutées et leur curiosité insolente.

— Un jour, promit Mosha à son cadet, je vais en assommer un. Je ne peux pas supporter qu'ils entrent dans ma chambre sans même prévenir.

Depuis son retour, Mosha sortait souvent, sans rien dire des gens qu'il rencontrait ni de l'itinéraire de ses promenades. Eliha n'était pas très sûr qu'il dût parler de ces escapades à son père. Siméon n'avait pas besoin de souci supplémentaire.

En ville, l'ambiance n'était pas, non plus, très euphorique. Persuadé qu'une saine administration passait par la rigueur, le gouvernement de l'amiral Horthy rappelait par des décrets et des arrêtés quotidiens que la Transylvanie était vieille province hongroise, peuplée majoritairement de Hongrois. En vingt ans, les habitants avaient eu tout le temps d'apprécier la facilité de vivre sous la tutelle roumaine. Ils regrettèrent vite de ne plus dépendre de Bucarest. Au fond, peu leur importait la capitale. Leur seul pays, c'étaient leur vallée, leurs pâturages, leurs bois, le château du seigneur et la place du Marché. Ils admettaient comme étant de leur famille les montagnards des vallées voisines. Depuis des générations, ils se battaient avec eux dans les foires et avec eux échangeaient leurs filles à marier. Leur sens patriotique s'arrêtait là. A Budapest, les tracasseries du gouvernement s'appelaient « remise en ordre ». A Tirgu-Mures, on les ressentait comme des brimades.

Parmi les plus mécontents du nouvel ordre de choses, les ouvriers des scieries cherchaient une occasion de manifester leur opposition. Ils ne se rendaient pas du tout compte qu'un simple défilé revendicatif dans la rue pouvait déclencher les foudres de l'autorité. Lorsque fut publié un décret fixant la production utile de la province à deux cent mille mètres cubes de bois de traverses pour le semestre d'hiver, les bûcherons, qui ne s'attendaient pas à être payés de leurs efforts au juste prix, n'assurèrent plus leurs livraisons de troncs bruts. L'automne était brumeux et froid, la neige se sentait dans l'air. Les fermiers des faubourgs cherchaient le moyen de camoufler une partie de leurs maigres récoltes. Les soldats hongrois accomplissaient leur service avec une nervosité à laquelle le brouillard de novembre n'était pas étranger. Les scieurs de long décidèrent, puisqu'ils ne recevaient plus de bois brut, d'arrêter leurs machines. L'occasion de réclamer un meilleur salaire horaire, un meilleur ravitaillement et des logements plus décents leur parut idéalement choisie. Ils annoncèrent leur manifestation avec vingt-quatre heures d'avance.

Jamais Tirgu-Mures n'avait connu pareille agitation sociale. On en parla donc abondamment dans tous les foyers.

Dans leur salle à manger privée du premier étage, la famille Leibowitz sacrifia au sujet du jour, pendant le dîner.

— Ces malheureux sont fous, regretta Siméon. Ils vont tout droit au suicide.

— Ils ne sont pas fous du tout, interrompit Mosha. Ils ont simplement compris qu'il faut se défendre et ne pas attendre un secours extérieur qui ne vient jamais.

Siméon arrêta sa fourchette au-dessus de son assiette de carpe. Voilà que Mosha recommençait ses bravades et ses professions de foi. Il fallait lui faire comprendre que les temps n'étaient plus à ces excès verbaux.

— Si tel était le fond de tes idées, mon fils, je te redis à voix haute ce que je t'avais dit tout bas à ton retour : il fallait rester en Roumanie.

— Mais, Père, je peux être aussi utile aux pauvres gens d'ici qu'à ceux de Bucarest.

Eliha n'avait généralement pas le droit de parler à table. Pourtant, outré par la suffisance de son frère, il s'aventura :

— Toi, utile aux pauvres gens ? Comment fais-tu pour les aider ?

— Bien qu'il ait pris la parole sans autorisation, je trouve qu'Eliha t'a posé une bonne question. Peux-tu répondre ?

Mosha réunit dans le même regard à la fois peiné et triomphant le père et le fils, ceux qu'il nommait avec une gentillesse moqueuse, dans ses bons jours, les « vrais rabbins de la famille ».

— Je vais leur parler, voilà tout. Leur expliquer quelle est la ligne du Parti, celle qu'ils doivent suivre pour réussir un jour la Révolution.

La voix passionnée de Mosha portait loin et sonnait clair. Salida se leva d'un bond et partit vérifier la fermeture de la porte. Elle était furieuse et le montra.

— Si tu désires le martyre, Mosha, libre à toi. Mais n'oublie pas que tout ce qui pourra t'être ici reproché sera compté comme charge contre chacun de nous, ton père, tes frères, ta sœur ou moi. Les Hongrois habitent chez nous. Anton Gzifa est tous les soirs dans la grande salle en train de boire avec ce lieutenant hargneux. Si tu dois continuer à dire des folies, je préférerais que tu t'en ailles les dire ailleurs.

Personne chez les Leibowitz n'avait jamais entendu Salida se laisser aller à un tel débordement. Mosha en resta un moment sans voix, hésitant entre sourire et colère. Puis il se leva, fit le tour de la table et prit sa mère dans ses bras. Il était déjà bien aussi grand qu'elle. Il admira, de tout près, les yeux sombres étincelants, le nez petit qui frémissait encore et les lèvres tremblantes.

— Père, demanda-t-il en tournant la tête, vous fait-elle songer à Ruth, à Esther ou à Judith ?

C'était la force du caractère de Mosha. Il savait manier les gens, les inquiéter, les brusquer, les faire rire ou s'attendrir. Les Leibowitz rirent de bon cœur, Salida plus que les autres. Mais ce rire ne l'avait pas délivrée de sa nouvelle angoisse. Les enfants couchés, deux heures plus tard, elle se confia à Siméon.

— Notre Mosha court à sa perte et à la nôtre, Père. Nous devons essayer de le renvoyer à Braïla, chez Samuel.

— Je crains que personne ne puisse plus passer la frontière sans passeport, hélas ! A titre individuel, ça me paraît exclu. Peut-être pourrions-nous obtenir un laissez-passer collectif pour toute la famille, ça nous reviendra assez cher, sûrement, mais je pense toujours que c'est notre seule chance de survie

Salida se détourna de son mari. Cette hantise de la fuite lui laissait, comme à Mosha, un goût de renoncement trop facilement assimilable à de la lâcheté.

— Je n'en suis pas encore certaine, Siméon. Donne-moi encore quelques jours de réflexion. Si Mosha s'assagissait, le risque serait moins grand pour nous tous.

Mosha ne s'assagit pas plus que les ouvriers des scieries. Le lendemain, une longue théorie de revendicataires se forma dans la rue principale de Tirgu. Les policiers locaux, qui connaissaient à peu près tous les manifestants par leurs noms, mirent trop peu de nerf à réprimer cette indiscipline, au gré du lieutenant-gouverneur. Une heure après le début du rassemblement, alors que les premiers rangs arrivaient devant l'Hôtel de ville, Andraty fit sortir sa section de fusiliers et l'aligna entre ses deux chars, face à la foule. Aucun coup de feu ne fut tiré. Andraty se rendait compte que commander le feu déclencherait un massacre, mais il s'était résolu à ne pas même discuter avec ces rebelles.

— Ils en ont aux mesures du gouvernement, avait-il

dit la veille, qu'ils aillent donc présenter leurs doléances à Cluj. Ici je n'ai pas le moindre pouvoir de modifier le texte des décrets et des ordonnances. je suis là pour les faire appliquer, c'est tout.

Les meneurs de la manifestation balancèrent un long moment, sagement arrêtés à vingt mètres de la troupe. Il n'y eut même pas échange d'insultes. Venant d'une maison discrète des faubourgs où siégeait la Cellule Révolutionnaire de Tirgu, inspiratrice de ce défilé, un jeune garçon remonta jusqu'à la tête de la colonne à travers les rangs des ouvriers et transmit les ordres de repli. La seule concession que Mosha Leibowitz avait faite à la sécurité de sa famille était le passe-montagne dont il s'était masqué, et que le temps brumeux et froid justifiait. Les scieurs de long refluèrent aussi sagement qu'ils étaient venus. La foule, qui n'avait jamais compté plus de trois cents personnes, se dissocia. Les scieries restèrent fermées. Quant à Siméon et Salida, ils continuèrent à ignorer que leur fils aîné s'était politiquement tellement engagé.

Le lieutenant Andraty s'était plutôt sorti à son avantage de cette confrontation. Il en rendit compte par la voie hiérarchique en termes volontairement dépouillés. Cette modestie parut suspecte au colonel-comte Graneth.

— Szescko, dit-il au capitaine qui commandait la garnison de Cluj, j'aimerais que vous alliez faire une tournée d'inspection dans vos sections détachées. Commencez donc par Tirgu. Notre ami Andraty sera certainement heureux de vous voir après le succès qu'il vient d'obtenir face à ses coupeurs de madriers. Partez demain.

Le capitaine Szescko salua réglementairement et sortit furieux du bureau du colonel. Il neigeait depuis le matin. Son voyage jusqu'à Tirgu s'annonçait pénible par les routes de montagne. Il envoya un message au lieutenant Andraty, annonçant son arrivée pour le 3 décembre.

De Cluj à Tirgu, deux routes s'offraient au capitaine. La plus sûre, mais aussi la plus longue, remontait la vallée que commandait la citadelle de Cluj, et par un col d'altitude raisonnable, redescendait sur le bourg de Turda avant de rejoindre la vallée de la Mures. Szescko choisit, sans qu'on sût pourquoi, d'emprunter l'autre route, celle des hauteurs, qui flirtait avec les 1 500 mètres d'altitude. Il préférait sans doute aller vite. Il décida d'ailleurs de réduire son train à une limousine bien fermée et ne se fit accompagner que d'un conducteur et de son ordonnance.

Le 3 décembre en fin de matinée, le lieutenant Andraty passa en revue sa section et ses éléments blindés, impeccablement alignés sur la place, entre l'Hôtel de ville et la façade baroque de l'église Saint-Étienne. Il rectifia aigrement quelques tenues, convint que les véhicules et le matériel avaient l'air parfaitement astiqués, et commença à piétiner avec ses hommes les dix centimètres de neige tombés dans la nuit. A quatre heures de l'après-midi, il continuait à neiger et le détachement hongrois continuait à attendre son capitaine. Une demi-heure plus tard, il faisait nuit. Le capitaine Szescko n'était toujours pas arrivé.

— Prévenez Cluj par téléphone, ordonna le lieutenant, et demandez à quelle heure est parti le patron.

Hélas ! Il semblait que la neige avait coupé la ligne. Il fallut donc recourir à la radio, qui marchait mal. Ce ne fut que très tard dans la soirée, vers vingt-trois heures, que la liaison put être établie et que le colonel Graneth fut averti que l'officier n'avait pas atteint Tirgu. Les secours, organisés à grand renfort de messages, ne se lancèrent sur la route quasi impraticable que très avant dans la nuit. Pour multiplier les chances de retrouver son adjoint, le gouverneur de la province avait prescrit que deux détachements partiraient à la rencontre l'un de l'autre, de Tirgu même et de Cluj. Ils mirent trois jours à dégager l'itinéraire habituel de ses congères. Encore n'y parvinrent-ils qu'au prix de gelures pour les personnels, de pannes continuelles des moteurs, et d'accidents, bénins mais très préjudiciables à la rapidité de la progression. Le 7 décembre au matin, les sauveteurs partis de Cluj firent leur jonction avec les fusiliers d'Andraty.

— Avez-vous trouvé la voiture du capitaine ?

demanda plein d'espoir le sous-lieutenant spécialement mandaté par Graneth.

Sur la ligne droite balayée par un vent sauvage qui lui brûlait les yeux de rafales de neige, la réponse était évidente : le capitaine Szescko, son ordonnance, son conducteur et sa limousine avaient disparu.

A l'état-major, personne n'imagina qu'ils avaient pu tenter de passer par la route des crêtes. Le colonel-comte se rangea vite à la conclusion la plus simple : ces chiens des Carpathes avaient manifesté leur haine des Hongrois en enlevant un officier et ses hommes. Sans doute même les avaient-ils tués. « Il était horrible de constater, disait la proclamation du gouverneur immédiatement affichée sur les murs du chef-lieu, que cet attentat avait eu pour cible un officier connu pour l'humanité de son tempérament et les bons rapports qu'il entretenait avec la population. » Ce dernier point était difficilement contestable ; en cinq mois de présence, le capitaine Szescko avait noué des liens affectifs étroits avec plusieurs donzelles de Cluj, assez lancées dans la galanterie locale. « En conséquence », concluait cette proclamation, « à titre de représailles » dix habitants du chef-lieu provincial et dix habitants de la ville de Tirgu-Mures seront arrêtés et passés par les armes dans un délai de vingt-quatre heures.

L'exécution des otages de Tirgu eut lieu le 9 décembre, dans le jour naissant, au bord de la Mures gelée. Les chars d'Andraty avaient été mis en place pour interdire toute manifestation éventuelle aux abords du terrain choisi pour le sacrifice. Trois des ouvriers des scieries faisaient partie du lot, ainsi que l'ancien bourgmestre. Devenu commensal attitré du lieutenant Andraty, Anton Gzifa l'avait conseillé dans l'établissement de la liste des condamnés. Peut-être avait-il de la reconnaissance envers Siméon Leibowitz, qui l'avait nourri et abreuvé au « Lion des Carpathes » ? Peut-être le réservait-il pour des exécutions futures, qu'il se promettait plus distrayantes que cette boucherie dans la neige ? Toujours est-il que Siméon fut épargné. Mais il fut tout de même sadiquement désigné pour la corvée de tombes.

Le sol glacé était dur comme du granit ; les pioches y

rebondissaient comme sur du métal. La corvée mit cinq heures pour creuser une fosse de quatre mètres sur deux, à peine profonde de quatre-vingts centimètres. Les dix cadavres suppliciés n'y entrèrent que tassés à la pelle. C'était une matinée pénible même pour les hommes rompus à un travail manuel. Pour le doux Israélite depuis longtemps amolli à la douceur de son cabinet, elle fut le vestibule de l'enfer.

Il rentra au « Lion des Carpathes » épuisé, malade de froid et de peur, persuadé que ses jours étaient désormais comptés.

— Salida, ma chère, souffla-t-il le soir à sa femme dans le secret de son bureau, je ne pourrai supporter une autre séance comme celle de ce matin. La prochaine fois d'ailleurs c'est moi qu'on enterrera. Les visages d'Andraty et de Gzifa me l'ont crié tout au long de la matinée.

— N'ayez pas de ces idées morbides, Père, dit-elle en entourant de ses bras les vieilles épaules rompues. Ils vont s'amuser à nous terroriser mais n'entreprendront rien contre nous.

Il posa ses lunettes et se frotta les yeux d'un geste las.

— Pourquoi donc, dit-il, n'oseraient-ils pas s'attaquer à un vieux Juif sans défense ? Salida, je souhaite que vous ayez réfléchi à ma proposition. Il n'y a plus à hésiter. Nous devons fuir en Roumanie.

La disparition du capitaine Szescko eut un épilogue, dès le début de janvier 1941. Poursuivant un solitaire insomniaque qui avait ravagé des ruches en hivernage, des chasseurs d'ours du village de Reghin retrouvèrent la limousine militaire enfouie sous la neige. Les trois occupants étaient aussi raides que du bois et aussi cassants que du verre. Les montagnards les descendirent avec précaution à Tirgu, d'où le lieutenant Andraty les réexpédia sur Cluj en camion. Preuve était faite que la « Résistance transylvanienne » n'existait encore que dans l'esprit du colonel. Les otages n'en étaient pas moins morts, et enterrés.

Les soirées de Siméon étaient livrées à la panique.

Chaque jour à la tombée de la nuit, il rassemblait dans une cassette les plus précieux de ses trésors et la remettait en cérémonie à Salida devant les enfants réunis autour de la table.

— Si l'on vient m'arrêter cette nuit, l'Éternel m'est témoin que je vous ai confié le nécessaire pour vous mettre à l'abri. Je vous en conjure, Salida, décidez-vous à partir.

L'assassinat des otages avait fortement marqué Salida, mais son entêtement à rester à Tirgu s'en était curieusement raffermi.

— Nous hébergeons ce lieutenant, répétait-elle, nous abreuvons ce porc de Gzifa gratuitement. Si nous ne leur donnons pas de prétexte, ils ne pourront inventer de raison pour vous arrêter.

Peut-être parce qu'il passait de nombreuses heures studieuses dans la compagnie de son père, Eliha en était devenu très proche. Il épousait totalement les points de vue alarmistes de Siméon et ses terreurs. Le refus permanent de sa mère le heurtait comme une preuve d'indifférence.

Un soir, vers la fin du mois de janvier, alors que Salida recevait la précieuse cassette des mains de son mari avec son air habituel de morosité excédée, Eliha n'y tint plus :

— Mère, dit-il sourdement, pourquoi souhaitez-vous la mort de Père et la nôtre ? A quoi sert de rester ici alors que nous serions heureux chez l'oncle Samuel ?

Salida considéra tristement son fils cadet. Il venait juste d'avoir onze ans, et il n'avait pas beaucoup grandi l'année précédente. Son apparence physique semblait le destiner davantage à l'étude qu'à l'action. Faible et introverti comme il l'était, il serait toujours plus malheureux que Mosha.

— Eli, dit-elle enfin, comprends que je ne souhaite la mort de personne pas même la mienne. Je désire simplement que nous luttions pour conserver ce qui nous appartient. Tu apprendras plus tard qu'il est parfois nécessaire de se battre pour affirmer ses convictions.

En parlant à Eliha, elle s'était tournée vers son fils aîné, comme si elle en avait inconsciemment attendu le soutien. Depuis la manifestation des ouvriers des scieries, Mosha était devenu sombre. Il ne sortait plus que rarement et ne rencontrait plus jamais ses anciens amis si peu présentables de la basse ville. Quand Salida lui avait demandé la raison de ce changement, il avait vaguement murmuré :

— Ce sont tous des lâches. Pas un seul d'entre eux ne croit suffisamment en son droit pour aller jusqu'au bout.

Depuis que les discussions entre son père et sa mère se tenaient devant l'assemblée familiale, il n'avait pas paru se sentir concerné. Il n'en avait pas moins sérieusement réfléchi à leur départ éventuel. L'appel discret de Salida lui donnait l'occasion de donner son avis. Il le fit, avec sa rudesse coutumière.

— Je ne suis pas de votre avis, Mère. Il ne sert à rien de se battre si l'on est certain de perdre. Ici, nous en sommes sûrs. La cause des Juifs, que vous croyez incarner, n'a pas besoin de martyrs volontaires. Elle en trouvera bien assez si la guerre se développe. Il vaudrait mieux pour nous choisir un pays où notre race pourrait vivre ailleurs que dans des ghettos. La Hongrie n'est pas de ces pays-là.

Salida, Eliha et Siméon étaient stupéfaits de cette véhémence et de la clarté de ces convictions.

— Je suis heureux que tu penses comme moi, mon garçon, dit enfin Siméon. Je crains malheureusement que ta Terre promise ne soit difficile à découvrir.

Mosha le regarda avec une flamme affectueuse dans les yeux.

— Père, vous avez eu tort de vous installer en Transylvanie il y a dix-huit ans. Eussiez-vous choisi de le faire en Bessarabie que nous serions aujourd'hui devenus citoyens d'une République socialiste soviétique. Nous n'aurions plus d'inquiétude sur notre avenir. Les Russes communistes ne traiteront jamais les Juifs comme les Allemands et leur clique.

— Tu es fou, Mosha. Les Russes sont sans Dieu. Ils ont toujours persécuté nos frères. Qu'ils soient devenus communistes ne les a pas changés.

— Pourtant, moi, j'ai changé depuis que je suis communiste.

La foudre était tombée sur la famille Leibowitz. Blanche d'émotion, Salida étreignait l'épaule d'Eliha, qui n'osait plus regarder ce frère inconnu, brutal et révolté. Tassé dans son fauteuil Siméon avait fermé les yeux sous le choc. Il les rouvrit et soutint le regard de Mosha. Les bras croisés dans une attitude de défi, il ne semblait pas avoir conscience du vide que les siens avaient fait autour de lui.

— Ne me brave pas, Mosha. Tu sais que notre religion est l'ennemie de ces athées. Tu n'as pas pu faire une chose pareille. Je ne te crois pas. Tes maîtres t'en auraient empêché.

— Je l'ai pourtant fait, Père. Depuis un an, je suis inscrit aux Jeunesses Rouges, à Bucarest. Si je n'avais pas été renvoyé à Tirgu, je serais peut-être déjà chef de section. Vous verrez qu'un jour vous serez heureux et fiers de mon engagement. Quand les Russes auront balayé Antonescu, Horthy et Hitler.

— En voilà assez. Ce soir, j'ai l'impression d'avoir perdu mon fils aîné. Quand les temps seront plus calmes, tu suivras la voie que tu voudras. Jusque-là, garde pour toi tes idées et ne fais rien qui puisse nous nuire. J'espère que tu as gardé assez de sens moral pour te soucier encore de nous.

L'abattement de son père et sa voix cassée touchèrent Mosha bien plus que le sermon furieux qu'il s'était préparé à entendre. Son visage crispé se dénoua ; il n'était plus qu'un garçon de quinze ans, au bord des larmes.

— Mais je vous aime, Père, parvint-il à prononcer, une boule dans la gorge.

Il avait subitement l'air si malheureux, si abandonné, que Salida courut jusqu'à lui et l'embrassa tendrement.

— Nous le savons bien, dit-elle, en le serrant convulsivement.

Elle ajouta, quand elle le sentit se détendre :

— Il faut que tu m'avoues autre chose. Ici, à Tirgu, quelqu'un d'autre que nous sait-il ce que tu viens de nous dire ?

— Oui, balbutia Mosha. Les hommes de la scierie. Ne vous inquiétez pas ! Ce sont des lâches mais ils ne diront pas un mot à mon sujet. Ils se condamneraient eux-mêmes.

Salida se retourna vers son mari. Elle était ferme et décidée.

— Père, annonça-t-elle solennellement, notre fils vient de me convaincre. Nous partirons comme tu le veux. Le plus tôt possible. Si les Hongrois entendaient parler des opinions de Mosha, nous serions tous arrêtés et envoyés dans les camps. Combien de temps te faudra-t-il pour obtenir les laissez-passer nécessaires ?

— Deux mois, au moins, soupira Siméon.

Il jeta un regard vers son fils aîné et lui sourit, avec une jeunesse d'expression depuis longtemps perdue.

— J'ai été un peu vif tout à l'heure, Mosha. Pardonne à ton père. J'ai trop besoin de mes fils pour en perdre un seul.

— Celui qui n'a plus d'enfant est un homme mort.

Toute la famille se tourna vers Eliha, qui venait de citer les Écritures si à propos. Leurs rires nerveux et soulagés l'empourprèrent de plaisir et d'orgueil.

CHAPITRE 3

A l'émigrant venu des Carpathes sombres, mystérieuses et lugubres, la ville de Braïla paraissait étonnamment aérée, claire et plate. Quelques usines de traitement de la cellulose lui donnaient, du moins dans ses faubourgs nord, une coloration ouvrière, mais le plus clair des activités tenaient à la présence du port sur le Danube. De grands cargos de la mer Noire y remontaient en toute saison, apportant l'odeur iodée de leurs cargaisons qui faisaient rêver les gamins, du travail pour une instable faune de débardeurs et de confortables profits à tous ceux qui faisaient métier d'armement, d'affrétement et de pêche. Au-delà de la ville, vers Galati au nord et vers le delta du grand fleuve, commençait une zone de marécages cloisonnés de haies de roseaux. Des villages entiers de bateliers y campaient, occupés le plus souvent, entre la confection d'articles de vannerie et la relève de leurs nasses à silures, à chanter la joie de vivre dans une convivialité biblique.

Cette campagne pleine d'étangs drainait au printemps et en été les envies de promenades et de piqueniques des cent vingt mille habitants de Braïla. Mais les mois d'hiver n'étaient pas pour eux sans distractions. La riche bourgeoisie de la batellerie n'hésitait pas à se rendre souvent par la route à Bucarest, à peine distant de deux cents kilomètres. Elle savait soutenir les efforts de création artistique d'une administration imaginative. Des troupes théâtrales donnaient régulièrement des représentations des meilleures pièces du moment, quelques salles de cinéma projetaient les films européens les plus récents, deux ou trois cercles de notables organisaient des conférences et des concerts. La présence d'un Tribunal régional et de maisons d'éducation sérieuses renforçaient cette ambiance intellectuelle. Mais le petit peuple n'en avait pas moins ses fêtes bon enfant, promenant de dimanche en dimanche et de place en place des orchestres de violoneux autour desquels la jeunesse dansait jusqu'à l'aube, et buvait beaucoup.

Quand ils débarquèrent à Braïla chez Samuel Botich, le frère de Salida, les membres de la famille Leibowitz crurent atteindre la Terre promise. Seul Siméon restait insensible au confort et à la sécurité retrouvés. Il aurait pourtant dû se féliciter d'avoir respecté son calendrier, puisqu'ils avaient quitté la nouvelle Hongrie, en voiture de louage, le 1er avril 1941. Les autorités hongroises, personnifiées par le lieutenant Andraty, avaient finalement accordé l'exeat à ces Juifs dont les seules attaches étaient roumaines. Un décret du commissaire aux Affaires juives de Budapest préconisait d'ailleurs l'expulsion du territoire des israélites étrangers. Les Leibowitz, non sans que Siméon ait dû grassement récompenser Gzifa pour s'être entremis en leur faveur, quittèrent donc la Hongrie parce qu'ils étaient juifs roumains.

Les contradictions de leur situation apparurent dès le passage de la frontière. Depuis septembre 1940, c'est-à-dire depuis le départ du roi Carol II, le maréchal Antonescu tentait de resserrer les rênes du pouvoir. Sachant parfaitement qu'il ne pourrait longtemps s'opposer à ses puissants voisins, il avait accepté de jouer, contre la Russie qui venait d'annexer la Bessarabie, la carte allemande. Mais le maréchal n'entendait pas accepter malgré tout l'intégralité des options hitlériennes, notamment en ce qui concernait le racisme. Il avait personnellement assuré au grand rabbin Alexandre Safran, directeur spirituel des communautés juives roumaines, que ses ouailles ne subiraient que quelques brimades administratives. Il n'avait par contre pu promettre que sa protection s'étendrait aux Juifs réfugiés des provinces perdues, considérés comme étrangers. Siméon, sa femme et ses enfants se virent allouer, par le premier poste de douanes roumaines qu'ils rencontrèrent sur la route de Braïla, une carte de migrants. Ils rentraient chez eux en Juifs hongrois.

Salida et les enfants ne furent pas d'abord sensibles à ce distinguo. La mère de famille, chargée de travaux et de responsabilités à Tirgu-Mures, retrouvait ses amies d'enfance, des cousins et cousines mariés qu'elle avait perdus de vue depuis des lustres.

Mosha, que son père avait sérieusement morigéné, avait promis de se remettre sérieusement à ses études et de ne pas chercher à prendre contact avec les « Jeunesses Rouges », à supposer qu'il en existât à Braïla. Il en existait, et la proximité de la frontière russe, qui bordait le Danube à quarante kilomètres, les rendait très actives.

La section locale contacta Mosha dès le surlendemain de son arrivée en ville. Il résista pendant une semaine, en fils obéissant, puis se laissa entraîner dans l'arrière-salle d'une gargote du port de commerce. Les Jeunesses y tenaient réunion quotidiennement. Puisqu'il arrivait d'un territoire ennemi, on lui posa force questions sur « la vie d'esclave » que les Hongrois imposaient aux habitants de Transylvanie. Mosha était vif et intelligent. Il répondit si brillamment qu'on lui demanda une conférence sur le sujet ; il aurait à parler devant toute la section rassemblée ; peut-être même des représentants des cellules d'ouvriers des usines de cellulose et de dockers assisteraient-ils à la réunion.

Pour clandestin qu'il fût, le parti communiste roumain s'agitait beaucoup. Mosha fut très excité à l'idée de parader devant un tel rassemblement de militants. Il ne put résister à l'envie de confier son enthousiasme à son frère cadet.

— Père sera furieux contre toi, se contenta de répondre Eliha.

De toute la famille il était le plus sensible à l'humeur de Siméon. Sans doute était-il le seul à savoir pourquoi l'ancien hôtelier ne se sentait pas aussi heureux qu'il s'y attendait d'être enfin revenu au sein d'une véritable communauté. Les Juifs de Braïla étaient nombreux, commerçants, médecins, ingénieurs. Le frère de Salida était considéré autant pour sa réussite personnelle d'avocat que pour la notoriété de son père le rabbin.

Dans la grande maison qu'il habitait en célibataire, il n'avait eu aucune peine à loger la famille de sa sœur. Avec Siméon il avait eu une conversation sérieuse, dès le lendemain de l'installation des réfugiés. Eliha, toujours dans les jambes de son père depuis Tirgu, était resté auprès des deux hommes malgré la mise en garde de Samuel.

— Siméon, mon frère, peut-être vaudrait-il mieux que votre fils n'assiste pas à notre discussion.

— Discussion n'est pas dispute, mon cher. Eliha, que j'instruis moi-même, peut parfaitement entendre tout ce que nous dirons. Il va bientôt avoir douze ans. C'est un garçon sérieux.

Eliha se contenta de baisser le nez sur ses genoux osseux, de se musser sur une chaise, à l'écart des fauteuils de son père et de son oncle, et d'ouvrir un livre pris au hasard dans la bibliothèque de Samuel. C'était « Souvenirs d'enfance » de Ion Creanga, paru en 1880.

— Votre situation est meilleure mais l'avenir reste sombre, commença Samuel. Les nouvelles de Bucarest ne sont pas bonnes pour nous.

— Je sais. J'ai tenté de me mettre au courant depuis mon arrivée à Braïla. Encore n'ai-je sûrement pas entendu tous les ragots du moment. J'étais mieux renseigné du temps où je lisais le Kelet de Cluj.

Siméon avait répondu d'une voix terne.

— De tous les bruits qui courent, simplifia le beau-frère, un seul est contrôlé et d'importance : Killinger, l'ambassadeur d'Allemagne, a imposé à Antonescu la présence en Roumanie d'un certain Gustav Richter, qui serait commissaire, délégué aux questions juives. Ce qui laisse penser que le gouvernement du maréchal va devoir mettre les pouces et exécuter les programmes racistes allemands.

— Pourtant j'ai appris que le président du parti national paysan, Juliu Maniu, sollicité entre autres par le rabbin Safran, était allé voir Antonescu pour intercéder en faveur de nos communautés.

— C'est vrai, Siméon. Mais n'oubliez pas que le maréchal est également soumis aux pressions de l'archevêque de Bucarest. Et ce Trifa est un véritable nazi, qui nous hait et fera tout pour promouvoir la solution allemande.

— Nous sommes tout de même six cent mille Juifs en Roumanie, mon cher. Peut-être serons-nous parmi ceux qui auront de la chance. C'est peu glorieux d'espérer être moins malheureux que le voisin, mais c'est humain.

Samuel restait sombre. Ce qu'il avait à dire lui paraissait cruel. Comment détruire le dernier espoir de cet homme vieillissant, qui croyait déjà avoir fait le principal en surmontant les premières épreuves ? Il se décida.

— Vous serez plutôt parmi ceux qui n'auront pas de chance, je le crains, hélas ! Le gouvernement tiendra certainement le plus longtemps possible à protéger ses ressortissants. Mais il sera bien obligé d'abandonner aux Allemands tous les Juifs réfugiés de l'étranger, c'est-à-dire ceux de Bessarabie, qui sont théoriquement russes, et ceux qui viennent de la Transylvanie hongroise.

Un long silence salua cette lugubre prédiction. Sur sa chaise, Eliha devant le Creanga ouvert se demandait ce que pouvait bien signifier « solution allemande » ou « ressortissants étrangers ». Il ne comprenait qu'une chose dans ce qu'avait dit oncle Samuel, la situation allait s'aggraver. Cela signifiait-il que la famille serait obligée d'entreprendre un nouveau voyage ? Le jeune garçon se sentait plutôt heureux à cette idée. Mais un coup d'œil vers son père lui apprit que celui-ci n'envisageait pas leur avenir sous d'aussi riantes perspectives. Il souffla sans bruit et referma son livre. Il détestait son oncle Samuel qui avait ainsi le pouvoir d'assombrir son père en quelques phrases.

— Alors, dit Siméon, il ne nous reste qu'à prier. Nous sommes dans la main de l'Éternel.

La situation, à peu près stationnaire, évolua brusquement en juin, lorsque l'Allemagne se lança à l'abordage de l'U.R.S.S. En quelques jours, la Bessarabie fut arrachée aux Russes et restituée à la Roumanie. Emporté dans le tourbillon de la guerre, le maréchal Antonescu se trouva confronté à plusieurs problèmes graves et urgents. L'un deux était de codifier le statut futur des Juifs, que son obédience à l'égard de Berlin mettait en tête des revendications allemandes.

Le 3 juillet 1941, le commissariat roumain aux Affaires juives qui venait de se constituer sous la direction du fils du maréchal Antonescu dut accepter la formation d'un Einsatzgruppe D, commandé par un envoyé direct d'Eichmann, Otto Ohlendorf. La solution allemande était en marche.

Les 8 et 9 juillet, cinq cents Juifs de Moldavie furent hâtivement regroupés dans une bourgade de la province, qui suivant les occupants s'appelait tantôt Cernauti, tantôt Czrnowitz et tantôt Chisinau. Au fur et à mesure de leur arrivée, ils furent tout simplement exécutés au fusil et à la mitrailleuse.

Quand la nouvelle de la tuerie parvint à Braïla, Siméon Leibowitz perdit toute espérance et toute pugnacité. Même Eliha, qui pourtant soutenait son père en toutes circonstances, se demanda s'il ne valait pas la peine de se rebeller comme Mosha contre cet immobilisme résigné. Les nouvelles lui avaient appris ce qu'était le risque couru par les israélites sous le poing allemand. Il commençait à apprendre rapidement.

Le tremblement des communautés juives se calmait à peine quand l'annonce d'un nouveau massacre acheva de briser leurs défenses. Le 1er septembre, à Doubossary, en Bessarabie reconquise, quatre notables, dont le bourgmestre, avaient offert à l'Einsatzgruppe D un joli tableau de chasse : hommes, femmes, enfants furent supprimés à la chaîne. Six mille en tout. Juifs, bien entendu. Ceux qui ne furent pas fusillés furent enterrés vivants et recouverts de terre et de chaux vive.

Chaque jour de ce mois de septembre 1941 fut d'ailleurs tragique pour les Juifs vivant en Roumanie. Ohlendorf, le délégué d'Eichmann, avait travaillé rapidement. Les troupes allemandes ayant progressé loin vers l'est, il fallait occuper et organiser les provinces russes d'outre-Dniestr. Cette tâche fut en partie confiée aux Roumains. Pour qu'ils n'aient pas de problèmes de main-d'œuvre, on leur constitua une réserve conséquente où puiser. Cent dix mille Juifs, en majorité venus de Bukovine et de Bessarabie, furent déportés en Transnistrie, parqués dans des camps de baraques, armés de pelles et affectés à la réalisation d'une ligne de fortifications réclamée par le haut état-major. Pour faire nombre, la police d'Antonescu prit aussi quelques Juifs dans les villes de Roumanie, parce qu'ils avaient eu des démêlés avec la justice, parce qu'ils étaient fichés pour leurs opinions politiques, ou tout simplement par hasard.

Ce fut aussi un hasard si Mosha évita la déportation cette fois-là. Depuis qu'il avait été la vedette de la réunion d'information des cellules communistes sur la « solution hongroise », ses convictions s'étaient renforcées de la considération qu'on lui portait. Il trouvait assez grisant d'être abordé dans la rue par un vieil ouvrier de la « Cellulose Danubienne », heureux de lui demander conseil sur l'action à mener dans son atelier contre un contremaître despote.

Quand les Allemands franchirent la ligne de démarcation avec la Pologne soviétisée et attaquèrent l'armée russe de front le 22 juin, le gouvernement roumain, contraint à l'alliance avec Berlin, reçut l'ordre de pourchasser ses brebis galeuses. Déjà interdit, le parti communiste roumain fut déclaré ennemi de l'intérieur. Tout individu convaincu d'y être inscrit devait finir dans les camps d'internement et de travail. Les responsables du Parti à Braïla, avertis des rafles préparées par un policier sympathisant, cherchèrent à faire circuler un mot d'ordre de mise en sommeil. Tous les camarades ne purent être touchés par les nouvelles consignes.

Mosha, solide garçon de seize ans aux appétits physiques exigeants, délaissait quelque peu, depuis la reprise des cours, les classes du lycée de Braïla où Siméon l'avait fait inscrire. Il avait fait en août la connaissance d'une cousine, à peu près de son âge. Leur parenté, assez vague, n'en assurait pas moins que la jeune personne était de même race et de même religion. Mosha était plus attaché à ses convictions politiques qu'à son appartenance au judaïsme. Mais l'orthodoxie de sa chère Esther en la matière lui fut prétexte à ne pas résister à son penchant. Il avait tenté d'expliquer son état d'âme à Eliha, qu'il prenait de plus en plus souvent comme confident.

— Personnellement, vois-tu, je me moquerais bien de tomber amoureux d'une goy. Mais je songe au chagrin que Père et Mère en auraient. Avec Esther, ils ne pourront qu'approuver mon choix.

— Je me demande, dit Eliha encore imperméable à ces échauffements, ce que tu peux trouver d'agréable à fréquenter des filles ; elles ne savent parler que cuisine et rire bêtement entre elles.

— Attends un peu. Tu t'apercevras qu'elles ne sont pas toutes du même modèle. Si je te racontais...

— Mais enfin, si tu crois que Père serait d'accord avec le choix de ton Esther, pourquoi ne lui en parles-tu pas ? Veux-tu que je lui dise que tu es décidé à te marier ?

Mosha sauta en l'air, épouvanté.

— Malheureux ! Je ne t'ai pas dit que je voulais épouser Esther. Ce sont des histoires qu'on ne raconte pas aux parents. Et mêle-toi de tes affaires. Sinon, je te rosserai.

L'idylle du lycéen et de sa cousine se développa donc dans un secret coupable. Flattée des hommages pressants que lui prodiguait ce cousin à la réputation sulfureuse dans la famille, Esther tardait à sauter le pas. Le garçon en oubliait, outre ses cours, ses devoirs à l'égard de sa cellule des Jeunesses Rouges. Un jour ensoleillé de fin septembre, il rencontra à la porte du lycée, où il était allé faire pour une fois acte de présence, un camarade des « J.R. ».

— Content de te voir, dit l'autre. Malgré les risques nous devons avoir une réunion ce soir.

— C'est imprudent, dit Mosha. Nous avons reçu l'ordre de ne plus nous réunir.

— Aujourd'hui, c'est exceptionnel. Il paraît que les armées de nos frères russes encerclées dans la poche de Kiev ont été anéanties. Cela veut dire que nous n'avons plus aucun espoir de voir arriver des secours du nord. Nous devons organiser nos actions futures.

— Très bien, admit Mosha. Où et quand ?

— Six heures. Dans le vestiaire du stade de l'Olympic.

— J'irai.

Il n'y alla pas. A six heures, il était de l'autre côté de la ville, dans le jardin discret d'une auberge des bords du fleuve. Esther, qui avait aussi délibérément manqué ses cours de violon que Mosha ses classes de mathématiques, avait accepté ce rendez-vous délicieusement périlleux. Que son compagnon fût à l'aise dans ce milieu populaire, qu'elle parait d'un éclairage d'aventures louches, le lui rendait plus digne d'admiration. Les attentions de plus en plus pressantes de son cavalier la rendirent rose. Ils étaient tous deux charmants, et l'aubergiste avec un bon rire les avait laissés seuls dans le jardinet masqué de buissons.

— Les deux petits youpins vont jouer à papa et maman, avait-il dit à sa femme en fermant la porte de derrière de la salle.

Peut-être le gargotier les avait-il guettés derrière sa fenêtre ? C'était un brave bougre, qui professait que les Juifs avaient le droit de vivre comme tout le monde, et que ces deux adolescents avaient attendri.

— Jeune homme, dit-il, des clients viennent de me signaler que les rues de la ville sont envahies par la police. Je ne sais pas ce qui se passe, mais vous devriez rentrer chez vous sans tarder.

Mosha se souvint alors de la réunion au stade. Bien sûr, il était beaucoup trop tard. Son absence avait dû être ressentie comme une trahison par ses amis, surtout s'ils avaient été découverts. Il se désespéra de sa futilité, se considéra comme un criminel. La pauvre Esther fit à tel point les frais de cette sombre humeur qu'elle en pleura réellement tout le long du trajet de retour à travers des rues désertes, halée par un Mosha dramatiquement silencieux. Il la quitta devant la maison de ses parents, sans même songer à lui dire quand il se déciderait à la revoir.

Les quinze garçons des Jeunesses Rouges qui étaient venus au stade de l'Olympic furent arrêtés dans le vestiaire, et expédiés le lendemain vers les camps de travail de Transnistrie.

La nouvelle courut Braïla que les communistes locaux avaient chèrement payé leur entêtement dans l'erreur. Bien que marquant une aggravation de la situation, elle fut pourtant bien accueillie chez les Leibowitz. Siméon et Salida se tenaient un raisonnement simple : la cellule des J.R. avait été liquidée par la police ; or Mosha n'avait pas été arrêté ; c'est donc qu'il n'avait pas recommencé à fréquenter ce si dangereux milieu.

— Je vais le féliciter de sa sagesse et de son obéissance, dit Siméon.

— Ne faites pas ça, Père, intervint Eliha, qui prenait de plus en plus souvent part aux conversations sérieuses de ses parents. Mosha en ce moment est complètement hors de lui. Si vous lui parlez de ses amis déportés, il croira que vous vous moquez de lui et fera n'importe quelle bêtise pour prouver à tout le monde qu'il n'a pas changé d'idées.

— A-t-il renoué avec ces fous ? s'effaroucha Salida. Tu dois nous le dire, Eliha, ce serait trop grave !

— Il l'a fait, Mère. Et il est désespéré de ne pas avoir été arrêté avec eux.

Il regarda ses parents avec un sentiment tout nouveau. Il les voyait si désemparés, si désarmés, qu'il se sentait responsable d'eux. Nourri des citations et des préceptes religieux que son père avait sans cesse aux lèvres, il était à douze ans aussi réfléchi et aussi mûr qu'un adulte. Il n'y avait qu'un revers à cette formation si enrichissante : vivre en symbiose quasi permanente avec Siméon ne l'avait en rien préparé aux difficultés matérielles et à la méchanceté des temps. Il alla à sa mère, habituellement optimiste, et pour cette fois totalement abattue. Le visage dans ses mains, elle pleurait sa confiance perdue en son fils aîné, elle pleurait parce que chaque jour apportait une menace supplémentaire. Elle pleurait parce qu'elle s'abandonnait, n'ayant plus à s'occuper du « Lion des Carpathes », et qu'elle se rendait compte enfin du vide de leur existence.

— Oh ! Siméon, dit-elle, que va-t-il advenir de nous ?

Eliha, debout à côté d'elle, tendit une main jusqu'à son épaule ; Salida la saisit avec reconnaissance, et la serra, comme surprise de trouver un réconfort auprès d'un membre de la famille. Elle tourna la tête vers son fils. Il était bien jeune encore, et physiquement si près de la prime adolescence...

— L'important, dit en hésitant Siméon du fond de son fauteuil, n'est plus ce que pense Mosha, ni ce que nous pensons nous-mêmes. L'important est d'être ensemble et de continuer à vivre. Et je ne pourrais supporter de perdre l'un d'entre vous, ma chère.

— Vous dites toujours qu'Israël échappera au châtiment s'il est uni, Père.

La voix d'Eliha avait pris un ton révérencieux, comme s'il eût tenté d'imiter la voix psalmodiante de Siméon quand il citait les Écritures. Le vieil homme fut soudain sensible aux lacunes de l'éducation trop livresque et trop sage qu'il avait donnée à son second fils. Un enfant de cet âge, en ces temps si troublés, n'aurait pas dû raisonner et parler comme une réplique de rabbin.

— L'Éternel me pardonne, dit-il, de t'avoir trop enseigné les Saints Livres et pas assez comment te défendre des rigueurs de la vie.

Les Juifs vivant en Roumanie, spécialement ceux qui étaient dotés du statut de réfugiés des provinces perdues, eurent encore trois mois de répit. Si l'on peut appeler ainsi une existence angoissée étranglée par la crainte d'une arrestation et la menace, que chaque jour rappelait, grossie des nouvelles de bouche à oreille rapportant les souffrances de leurs frères déjà déportés, maltraités ou tués dans les camps de Transnistrie.

Le destin fut ironique avec les Leibowitz. Le premier à subir les rigueurs de l'ordre nouveau fut le seul Roumain de la tribu. Samuel Botich, le frère de Salida, que son métier d'avocat avait entraîné à défendre la cause de familles d'internés, fut arrêté comme activiste dès le matin du 2 janvier 1942. La police n'y mit aucune discrétion. Deux voitures de couleur grise stoppèrent devant l'immeuble dont il habitait le rez-de-chaussée. Quatre agents à casquette, escortant un Allemand en manteau d'uniforme de cuir noir, tapèrent à la porte cochère, brutalement.

Au premier étage, celui des Leibowitz, tout le monde crut arrivée l'heure tant redoutée. Le caractère de

Mosha ne s'était pas amélioré depuis septembre ; malgré le chagrin visible de ses parents, il découchait souvent pour aller traîner dans les quartiers populaires du port ; il enrageait de se sentir pris au piège.

— Fuyons par le toit, proposa-t-il en s'élançant vers le palier.

— Reste ici, Mosha. Tu es l'aîné. Ta place est auprès de tes parents. Il n'est pas question que ta mère ou tes frères et sœur plus petits se lancent dans une fuite où ils risqueraient la mort. Et cette fois, tu m'obéiras.

Dans l'épreuve, Siméon avait retrouvé sa dignité et son autorité de chef de famille. Eliha sentit son cœur se poindre d'amour filial et de tristesse à la vue de cet homme fatigué et blafard, auréolé de ses mèches frisées déjà blanches, qui serrait contre son épaule une Salida au teint terreux et aux yeux affolés. Figée dans une attente interminable, la famille entendit la porte d'entrée s'ouvrir, quelques bourdonnements de voix rauques, les réponses indistinctes de Samuel, puis la porte claqua et le silence retomba sur la maison.

Jacob, le beau et blond Jacob, échappa au bras protecteur de sa mère et courut à la fenêtre du salon, qui donnait sur la rue.

— Les soldats emmènent oncle Samuel, renseigna-t-il. Il va avoir froid, il n'a même pas de manteau.

De ce jour-là, les Leibowitz vécurent terrés. Seuls Mosha, après que son père en eut exigé promesse de ne pas chercher à disparaître, et Eliha servant de chaperon, furent envoyés au ravitaillement. Aucun des deux garçons, par chance, ne pouvait encore être pris pour un adulte. Dans les rues de Braïla comme dans toute la Roumanie, les hommes faits qu'on pouvait rencontrer étaient des Juifs, seuls dispensés du service militaire. Les deux Leibowitz paraissaient bien être ce qu'ils étaient : deux adolescents au type racial trop peu marqué pour qu'on les étiquetât comme israélites. Et dans la liste de denrées que ses fils devaient se procurer, Salida avait soigneusement évité tout ce qui ne se trouvait que dans des magasins juifs.

Salida avait accepté l'arrestation de son frère avec

une philosophie apparente. L'unique marque de son affliction était la robe de laine noire qu'elle avait revêtue après le départ de Samuel. Seule Sarah — mais que comprend-on à six ans ? — avait vu sa mère pleurer en rangeant dans la grande malle aux vêtements les deux toilettes colorées, que Siméon l'avait convaincue d'acheter depuis leur arrivée dans la grande ville. Elle avait plié les tissus soyeux, les avait entourés de papier, avec le soin qu'elle eût mis à faire la toilette d'un mort. Et, agenouillée contre le cercueil d'osier, elle s'était laissé aller à ses sanglots, quelques secondes au bord de l'éternité qu'elle pressentait.

C'est dans sa robe noire que les policiers la trouvèrent, quand ils se présentèrent, cette fois en nombre, pour arrêter les sept Leibowitz, le 7 janvier.

Ils ne prirent pas la peine d'attendre que quelqu'un descendît leur ouvrir la porte d'entrée. Ils firent simplement sauter la serrure d'un coup de bélier et gravirent posément l'escalier à grands bruits de bottes. A la porte du vestibule qui desservait les quatre pièces de l'appartement, ils trouvèrent Salida dressée comme une tragédienne antique, l'œil sec et flamboyant. Sans paraître impressionné par cette opposition dérisoire, l'Allemand au manteau de cuir, qui semblait commander la troupe, la saisit par un bras et la projeta sur le palier, dans les bras des sbires.

— *Heraus !* Tout le monde sortir, et vite, gueula le représentant de l'Einsatzgruppe D.

En quelques secondes, la meute débusqua de leurs chambres les membres de la famille. Un tremblement incontrôlable agitait le menton et les mains de Siméon quand il rejoignit sa femme, mais elle remarqua avec presque du soulagement que son regard était ferme. Eliha suivit son père, les joues blanc de craie et les yeux fiévreux. Mosha, manifestement enragé, avait été calmé par une maîtresse gifle qui empourprait son visage ; un filet de sang coulait de son nez tuméfié. Poussés par deux policiers, qui paraissaient gênés de s'en prendre à des enfants, Jacob, Jonas et Sarah apparurent à leur tour au milieu de la meute. Sarah en larmes courut jusqu'à sa mère, qui la prit tendrement dans ses bras.

— Laissez-nous au moins prendre des vêtements chauds, hasarda Siméon.

— Vous n'en aurez pas besoin, rit l'Allemand.

— Mais nous sommes en hiver, les enfants vont prendre froid.

— Vous êtes juifs, coupa l'autre. Donc vous croyez en votre Dieu, *nicht wahr ?* Alors priez-le et vos enfants se porteront bien. Descendez.

Il se tourna vers le chef du détachement de policiers et l'apostropha avec raideur.

— Faites votre travail. Et ne soyez pas aussi bêtement sentimentaux avec ces gens. Ces Juifs ne sont rien. Du bétail.

Sans doute les Roumains ne souhaitaient-ils pas subir la colère de l'Hauptscharführer Friedrieck. Ils empoignèrent sans ménagement leurs prisonniers, leur firent descendre l'escalier d'un seul élan et les jetèrent dans la rue, contre la tôle d'un camion de l'armée, massif, bâché et menaçant « comme une machine de guerre des Amalécites », s'étonna de penser Eliha. C'était bien le moment de songer à l'Histoire !

Dans la caisse si haute qu'il fallait pousser ceux qui devaient y monter, une trentaine de visages aux regards mornes et prostrés se tournèrent vers les Leibowitz. Les Juifs arrêtés depuis le début de la matinée se tassèrent, sous les coups de gueule des policiers, pour faire de la place aux nouveaux arrivants.

Le train qui quitta la gare centrale de Braïla, au petit matin du 8 janvier, ne comportait que dix wagons. Un compte rond. A soixante occupants par fourgon à bétail, cela faisait tout juste six cents personnes transportées aux frais de l'État roumain. Ces voyageurs un peu particuliers, les Juifs arrêtés au cours de la rafle de la veille, n'eurent pas le loisir d'admirer le paysage tout saisi du froid de l'hiver, ni même de connaître leur destination. Dans leurs cages de planches, ils étaient soigneusement à l'abri des regards. Les portes des wagons avaient été fermées et plombées, les impostes à barreaux recouvertes de l'extérieur de paille et de barbelés. Les seules ouvertures qui leur permettaient de communiquer avec l'extérieur étaient les lunettes d'aisances percées hâtivement par des charpentiers des Chemins de fer dans les planchers de leurs geôles roulantes. Encore sous le choc de leur arrestation, grelottant de peur, de fatigue et de froid après une nuit passée à piétiner d'appel en appel sur le terrain du stade de l'Olympic, les déportés n'avaient pas donné beaucoup de mal à embarquer. Quelques coups de crosse, généreusement distribués par les gardes du commissariat aux Affaires juives qui avaient relevé la oolice municipale, avaient suffi à faire grimper dans leurs cages les lots de soixante passagers.

Les Leibowitz, par chance, n'avaient pas été séparés. Halés par Mosha et Eliha, qui avaient pris la direction de leur troupe, ils s'étaient trouvés dans les premiers au fond du fourgon, où les deux frères avaient défendu, des épaules et des griffes, deux mètres carrés de plancher. Réveillé de son abattement par la nécessité, Siméon, qui n'avait pas prononcé un mot depuis qu'on les avait arrachés à la maison de Samuel, vint enfin prêter main-forte à ses aînés. Il n'était pas d'un grand secours, tant il se montrait l'image même de la défaite résignée, mais il apporta, à faire barrage contre les envahisseurs du coin familial, son inertie et un semblant de hargne, qui permirent à Salida et aux trois plus jeunes de s'asseoir contre les parois de planches.

Avant de boucler la porte à glissière, les gardes-chiourme jetèrent dans les pieds des derniers embarqués une botte de paille et un sac de pain. Puis la pénombre régna sur un début d'empoignade. Affolés comme des abeilles retirées de leur essaim, ces soixante Juifs glapissants oubliaient leur sens tribal.

— Que chacun de vous reste là où il est et s'assoie sur place, tonna une voix, que tous reconnurent.

Le docteur Ebenezer Broduvitch était une figure de la communauté israélite de Braïla. Près de deux mètres, aussi cadavérique que les squelettes qui ornaient son cabinet de consultation, des yeux rouges ahuris derrière des verres à triple foyer, il terrorisait les enfants qu'il visitait. Ceux qui le connaissaient mieux savaient la délicatesse de son toucher, sa charité permanente et son redoutable humour à froid de célibataire.

— Ne vous conduisez pas comme des chiens. Nous sommes des frères, pas des ennemis, ordonna encore le docteur, alors que le train s'ébranlait dans des grincements et des heurts de métal.

Dans chacun des wagons, le choc du départ fit vaciller cet agglomérat d'êtres primitifs qu'ils étaient tous redevenus. Pressés comme ils l'étaient, ils se soutinrent mutuellement et prirent soudain conscience, pour la première fois depuis leur arrestation, qu'ils n'existaient plus individuellement. Ils n'étaient que les briques d'un mur dont le seul ciment serait, peut-être, l'entraide. Cette vie collective, dont les coups de tampons marquèrent la naissance, ils n'en voyaient pas encore tous les devoirs mais à l'imaginer, ils se sentaient dans une hypnose terrorisée.

Le docteur Ebenezer n'eut plus à donner de la voix. Dans le clair-obscur du wagon numéro 7, dont il avait sans effort et sans volonté délibérée pris le commandement, la botte de paille fut éparpillée sans discussion ; les boules du sac de pain furent distribuées par famille ; il y avait quarante boules.

— Faites durer cette ration au maximum, conseilla Broduvitch. Je serais bien étonné que nous recevions autre chose à manger avant d'arriver.

De fait, toute la journée du 8 janvier se passa sans que les gardiens manifestent de quelque façon qu'ils s'intéressaient à leur marchandise. Très vite, après la première heure de route occupée par chacun à organiser sa place, la torpeur entretenue par un petit froid aigre souda les passagers en un magma sommeillant, dont émergeait parfois une silhouette, relevée en grinçant des genoux. Avec un sourire d'excuse que personne ne distinguait dans la pénombre, l'homme — car les femmes bougeaient peu — gagnait la lunette percée dans un coin à l'avant du wagon. Ceux qui avaient hérité des abords de ce lieu vite malodorant l'avaient isolé en sacrifiant un châle et un pardessus accroché par les manches aux ferrures des parois. Chaque famille entretenait, dans un regroupement serré, des conversations chuchotées dont le secret n'échappait pas aux voisins indifférents. De temps à autre, quand le train, dont la vitesse réduite laissait mal augurer de la durée du transport, ralentissait, une voix demandait d'un ton normal « où sommes-nous ? » Passé la mi-journée, après des arrêts grinçants de freins dans des gares de silence, personne ne s'interrogeait plus ouvertement.

Mosha bénéficiait d'un jour entre deux planches qui envoyait sur son visage boudeur et enflé un rai de lumière sinistre. Vers trois heures de l'après-midi il annonça :

— Je crois que nous arrivons à Bucarest.

Cette simple phrase réveilla un moment les espoirs ensevelis.

— Nous allons être internés en banlieue et travailler à la voirie, dit un jeune.

— Antonescu va nous proposer de nous envoyer en Palestine. Il paraît que la place vaut 200 000 lei.

Tous, les plus âgés surtout, se remettaient à imaginer des plans irréalistes, se disaient prêts à la vie de colon qui les attendait là-bas, au soleil de la Terre promise. Le cœur des plus jeunes restait serré d'angoisse. Le docteur Broduvitch doucha les enthousiasmes d'une seule question.

— Combien d'entre vous ont-ils eu la permission d'emporter de l'argent ?

Bien sûr. Pas d'argent, pas de Palestine. D'ailleurs l'arrivée à la gare de Bucarest, si c'était bien là qu'ils se trouvaient, ne fut marquée que par d'interminables et secouantes manœuvres. Deux heures plus tard, alors qu'à l'extérieur la nuit tombait, le train s'enlisa sur une voie solitaire. Le silence, à peine troublé par les pas d'une sentinelle sur les cailloux du ballast, retrouva son épaisseur irréelle. Dans les fourgons, cette affirmation de l'abandon où ils se sentaient les replongeait dans la résignation. A peine une voix cria-t-elle, quelque part vers le début de la rame.

— Laissez-nous sortir !

Ceux du wagon numéro 7 n'entendirent qu'une exclamation indistincte et le choc des crosses sur les wagons accompagné d'insultes grasses. La nuit était complète. Un froid intense rapprochait les groupes. Serré entre son père et son frère aîné, Eliha se demanda comment ils allaient pouvoir supporter les heures à venir. Peut-être leur apporterait-on de la soupe chaude ? Peut-être auraient-ils le droit de se détendre un peu sur un quai ? Près de lui Mosha reniflait avec hargne, et soupirait à chaque fois qu'il tentait d'allonger une jambe ankylosée. Comme les cinquante-trois autres occupants de leur cage, la famille Leibowitz était muette. Eliha s'endormit d'un seul coup sans s'en rendre compte, d'un sommeil épais traversé de vagues piétinements, de toux rauques et de murmures. Son frère Jonas, dont les pieds raclaient les planches entre ses genoux, grelotta toute la nuit, malgré le caraco dont l'enveloppa Salida.

Le deuxième jour de leur voyage fut semblable au premier. Sauf qu'ils ne virent le jour que par les rainures des parois et qu'on ne leur apporta aucun ravitaillement. Sans qu'ils en aient eu conscience le train s'était remis à rouler, mais sa lente progression était coupée comme la veille d'arrêts interminables et de manœuvres brutales. Le mauvais sommeil de la nuit avait laissé sur les visages salis un abrutissement morne. Ils commençaient à avoir faim. Quelques bébés pleuraient et leurs mères trouvaient encore la force de les bercer et de leur chantonner d'anciennes berceuses des jours de paix. Jonas était rouge et manifestement fiévreux.

— Je ne peux rien y faire, maugréa Ebenezer, qui avait réussi en piétinant quelques occupants à gagner le coin des Leibowitz, si ces damnés n'ouvrent pas la porte. Comment leur parler ? D'ailleurs ont-ils eux-mêmes le droit de nous procurer des médicaments ? A en juger par ce que nous avons à manger et à boire, ils cherchent plutôt à se débarrasser de nous le plus vite possible.

La seconde nuit fut une succession de sommes accablants et de longues veillées aveugles et glacées. Mosha, qui s'était félicité le premier jour d'être assis contre deux planches disjointes, grelotta à son tour dans un courant d'air qui gelait même sa colère haineuse. Quand il s'écroula de fatigue aux dernières heures, sa mère l'entendit réclamer « Esther ? » d'une voix qui semblait sortir d'une gorge déchirée.

Au matin du troisième jour, le train était arrêté en

pleine campagne. Jonas, abattu, couché en chien de fusil au milieu de sa famille accroupie, ne tremblait plus.

— Le fièvre a monté. Je ne réponds de rien si je ne peux soigner ce gamin, soliloqua le docteur.

Vers midi le train se remit en marche sans que les gardiens aient manifesté leur présence. Les plus sages avaient fini de mastiquer les dernières miettes de leur ration de pain. Tous avaient l'impression que leur langue était de laine. Leur misère physique leur retirait toute curiosité de l'endroit où ils se trouvaient, et les lançait de plus en plus fréquemment vers l'isoloir d'aisances devant lequel deux ou trois fantômes piétinaient en permanence. C'était le seul endroit où ils montraient encore de l'humeur et de l'impatience.

— Que fait-il donc ? Parole, il s'est endormi.

Le cinquième qui s'attira ainsi les récriminations ne s'était pas endormi. Il était mort. Pardessus écarté, ceux qui attendaient le découvrirent tassé sur le plancher, fesses nues aux talons. Grotesque et indécent petit vieux au visage bleui par sa dernière crise cardiaque.

— Pauvre David, constata le docteur Broduvitch appelé par des voix sourdes. Ce genre de voyage n'était pas indiqué comme traitement. Ramenez-le auprès de sa femme.

Les femmes n'eurent pas le temps de se rassembler autour de la veuve, qui ne paraissait pas se rendre compte que ces trois hommes chancelants lui apportaient le cadavre de son mari. Les yeux caves et brillants d'insomnie, décharnée, elle maugréait d'indistinctes imprécations contre son vieux compagnon.

— David ! Tu ne changeras jamais. Pourquoi quittes-tu ton foyer pour aller boire ? L'Éternel te châtiera, David !

— *Herhaus !*

Sans que les esclaves l'aient remarqué, le train s'était arrêté. Plombs coupés, la porte coulissait sur un jour lumineux inondant un paysage plat et enneigé. Mains gantées, sanglé dans son manteau de cuir noir, l'Hauptscharführer Friedrieck tapait du pied sur le ballast.

— Tout le monde dehors pour promenade. Obligatoire pour nettoyer le wagon. Un quart d'heure d'arrêt seulement.

— Il y a un mort et nous avons besoin de vivres et de boisson.

Ebenezer Broduvitch entendait bien profiter de l'occasion qui lui était donnée de réclamer un traitement décent et des médecines pour ses malades. Il ne réussit qu'à éclairer d'un sourire le visage du garde-chiourme.

— J'ai dit nettoyez le wagon. Jetez votre mort avec les autres ordures. Ça pue beaucoup, chez vous ! ricana-t-il avant de continuer son chemin vers le wagon numéro 8.

Le train, reparti avant la nuit, leur parut plus hostile encore. Depuis qu'ils avaient goûté la joie de quelques pas torturants le long de la rame, retrouver leurs décimètres carrés de planches ravivait les crampes de leurs mollets et les douleurs de leurs reins et de leurs genoux courbatus. Du moins avaient-ils reçu un autre sac de pain et une haute marmite où clapotait un bouillon maigre encore tiède. Ils durent venir le laper un par un à même le récipient.

— C'est infect, s'insurgea Siméon, dont c'étaient les premières paroles depuis Braïla.

— Vous avez raison, concéda le docteur qui veillait à la juste consommation du breuvage, cette odeur de crésyl est rebutante, mais au moins notre carrosse est-il correctement désinfecté.

Les allées et venues qu'occasionnait la distribution de la soupe et du pain permettaient aux groupes d'échanger les impressions accumulées pendant la halte.

— Ils ont rajouté dix nouveaux wagons depuis notre départ. Croyez-vous qu'il y ait encore d'autres frères qui nous aient rejoints ?

— Ces montagnes couvertes de neige que nous avons vues à l'horizon, c'était quoi ?

— J'ai reconnu les Carpathes, murmura Eliha à son père.

Jonas mourut cette nuit-là, dans les bras de Salida qui

ne perçut même pas le dernier souffle de son fils de neuf ans.

Les quatrième, cinquième et sixième jours de leur exténuante randonnée ne marquèrent aucune différence avec les trois premiers. Ne peuvent être nommées différences la croissance de la faim et de la soif qui tourmentaient sans arrêt les organismes, ni la pestilence qui étouffait les survivants, noyés dans les déjections, les vomissures et l'odeur des vingt cadavres qui se décomposaient lentement.

L'après-midi du sixième jour fut consacré à une nouvelle halte, de plus de deux heures cette fois. Traînant au bord de la voie leurs corps qui leur paraissaient indépliables, les plus vaillants eurent la surprise de reconnaître, loin derrière leur train stoppé, qui comptait maintenant trente wagons, les bulbes et les profils des édifices de Braïla. Ainsi, ils avaient subi ces six éternités de souffrances pour revenir à leur point de départ ?

Le chef de l'escorte le leur confirma avec urbanité.

— Reprenez des forces, et soyez rassurés. Vous arriverez demain à Cernauti, si la voie est libre.

Au moment de rembarquer dans leur catafalque roulant, il fallut arracher de force Salina prostrée devant les cadavres amoncelés sur le talus, au milieu desquels achevait de pourrir le corps de Jonas.

— Je t'en supplie, ma chère, pria Siméon en se cramponnant à ses épaules osseuses, songe que nous aussi avons besoin de toi. Et que nous sommes vivants, acheva-t-il avec presque de l'émerveillement.

Une rafale de pistolet-mitrailleur déclencha une panique subite juste à l'aplomb de leur wagon. Trois jeunes hommes, dont Mosha, venaient de tenter de s'évader. Leur trot hésitant comme celui d'un ivrogne avait fait s'esclaffer les gardes, et puis, parce que c'était la consigne, ils avaient tiré. Deux fuyards furent à peu près coupés en deux. Mosha trébucha, indemne, mais sans force. Deux gardes le rattrapèrent alors qu'il essayait de se relever et entreprirent de lui apprendre que l'évasion était strictement interdite par le règlement. Ebenezer

Broduvitch retint fermement Eliha et Jacob, déjà remontés, prêts à sauter au sol pour secourir leur aîné.

— Laissez. Ils ne le tueront pas. Ce jeune démon a la vie chevillée à la carcasse.

Ils ne le tuèrent pas, mais jetèrent à la volée comme un sac sur le plancher du wagon leur prisonnier inanimé et saignant, assommé à coups de crosse et de botte. La porte se referma pour la sixième nuit. Le ravitaillement n'avait pas diminué : comme les trente unités du convoi, l'unité du fourgon numéro 7 avait « touché » une marmite de « soupe » et quarante boules de pain.

— Ne vous rationnez pas. Mangez, intima le docteur à ses compagnons. Demain à Cernauti, nous aurons sans doute besoin de tenir debout.

Les mille trois cent douze Juifs qui débarquèrent de leur train fantôme le 14 janvier 1942 pouvaient dire qu'ils avaient de la chance. D'abord d'avoir survécu, puisque quatre cent quatre-vingt-huit de ceux qui avaient embarqué avec eux étaient morts. Ensuite d'être arrivés quelque part, après ce périple de ramassage sans queue ni tête. Enfin parce que l'autorité avait eu l'idée de construire sur quelques kilomètres une voie ferrée spéciale, partant de la gare de Czernowitz ; cette ligne réservée aboutissait à un quai de planches brutes, grand comme la place centrale d'une préfecture. Ce quai était pourtant en rase campagne et ne desservait qu'une sinistre agglomération de baraquements, alignés comme des tombes aux bords d'allées boueuses.

Le premier regard des déportés chassés à grands coups de gueule de leurs wagons ne fut pourtant pas dirigé vers ces méchantes constructions, mais vers les montagnes grises qui se devinaient dans le sud-ouest sous un ciel neigeux. Le vent du nord pinçait mais le sol n'était pas encore gelé quand les files de prisonniers commencèrent à y tituber, dans la douloureuse réacclimatation à la marche désapprise.

Les gardiens n'étaient plus les mêmes. A peine, en

quittant l'estacade de planches pour la terre grasse, les voyageurs purent-ils apercevoir l'Hauptscharführer Friedrieck, campé dans son immuable uniforme à côté de la locomotive. Il comptait les pièces de son chargement avec un sourire satisfait. Le déchet était suffisamment important pour être acceptable ; il prouvait que le transport s'était effectué avec toute la rigueur désirable.

A peine visible au-dessus de la haute silhouette de l'Allemand, le visage du chauffeur roumain s'encastrait à la fenêtre de guet de la locomotive. Eliha Leibowitz, un instant en passant, croisa les yeux de cet inconnu. Il y lut distinctement la résignation, la honte et la compassion. « Ce regard, se promit-il, je ne l'oublierai jamais de ma vie. »

— Baisse le nez, jeune chien ! l'apostropha aimablement Friedrieck. Ici tu apprendras que tu n'as pas le droit de regarder tes maîtres.

Traînant les pieds entre Siméon et le docteur Broduvitch, qui trouvait dans sa carcasse efflanquée la force de soutenir un Mosha bosselé et geignant, Eliha, comme on le lui ordonnait, baissa la tête et fixa les flaques de boue gluante. Stupidement il ne pensait qu'à la mauvaise qualité des brodequins qu'il avait chaussés le matin de leur arrestation. Puis la tête de la procession s'arrêta, sous les ordres hurlés par les soldats en uniforme vert. Eliha, malgré l'interdiction, leva la tête. Il vit alors qu'ils étaient arrivés à l'entrée de leur futur domaine. Un gigantesque portail de bois plein barrait un porche de poutres liées. Loin, à gauche et à droite, s'allongeait une muraille de barbelés, haute de trois mètres, touffue comme une forêt en été. Et, dressé comme le symbole de la force, commis à la surveillance du royaume, un mirador.

CHAPITRE 4

— Caporal Magalescu, rappelez-vous les consignes. Il est interdit de fraterniser avec les internés.

— Mon lieutenant, j'ai seulement accordé une pause à ce vieux bonhomme. Il était si fatigué qu'il ne pouvait plus lever sa pioche. Il aurait claqué sur le chantier.

— Et alors ? Vous l'auriez fait enterrer sur place, voilà tout. Inscrivez-le à la visite médicale. S'il n'est pas reconnu malade, vous serez puni, compris ?

Le caporal Magalescu se raidit dans son garde-à-vous, et leva le menton avec énergie, les yeux fixés sur l'horizon comme l'exigeait le règlement. « Espèce de salopard, pensait-il, tu laisserais sans scrupule mourir de vieux Juifs, mais toi qui interdis de fraterniser tu ne te prives pas de caresser leurs jeunes fils ! » La section du lieutenant Andrea faisait des gorges chaudes des mœurs de son officier. Celui-ci, satisfait d'avoir rappelé le caporal à l'obéissance, tapota d'une cravache nonchalante la tige de ses bottes vernies, épousseta une tache imaginaire sur son dolman et tourna les talons.

Magalescu soupira et se détendit. A dix pas de là, dans un silence hébété, sa troupe de travailleurs attendait ses ordres. Ils n'étaient même plus satisfaits, comme aux premiers temps de leur internement, d'avoir découvert une trace d'humanité chez un de leurs gardiens. D'ailleurs celui-là, qu'ils subissaient depuis plus de six mois, ne leur avait jamais paru compréhensif. C'était un paysan noueux, très grand, aux cheveux noirs plantés bas sur le front. Ses petits yeux foncés manquaient d'étincelles, comme s'ils continuaient à se noyer dans les paysages désolés de son Baragan natal. Nicolas Magalescu, à l'évidence, n'avait jamais été tout à fait civilisé. Pourtant, ces temps-ci, il s'étonnait de sentir en lui de vagues sentiments de compassion à l'égard de ses prisonniers. Ce vieux qui s'était à moitié évanoui tout à l'heure en creusant ses trois mètres de tranchée, c'était un homme comme lui ; il devait même avoir été avant son arrestation une manière de notable ou d'intellectuel. Il avait sûrement été un chef de famille respectable, à en juger par l'affection et les soins que lui prodiguaient les trois garçons qui l'accompagnaient, et dont le plus jeune traînait souvent du côté des quartiers du lieutenant Andrea.

— A l'infirmerie, dit le caporal au bonhomme encore mal remis de sa défaillance de l'après-midi. Pour les autres, nettoyage des outils.

— Mon père n'ira pas à l'infirmerie, cracha l'aîné des garçons. Il est fatigué, pas malade. Personne ne revient jamais de votre lazaret.

Magalescu regarda méchamment celui qui venait de s'adresser à lui sans autorisation.

— Je te conseille de te taire. Et toi le vieux, obéis !

Un géant roux à lunettes, d'une maigreur cadavérique, retint par le bras le jeune homme qui s'apprêtait à répliquer encore.

— Reste tranquille, Mosha. Je vais accompagner ton père. Je connais le docteur. Il lui donnera le remontant nécessaire et m'autorisera à le ramener à la baraque. Va.

Le caporal Magalescu se désintéressa subitement de la question. Il n'avait aucune envie de s'opposer au détenu Broduvitch, le seul de tout le camp à être plus grand que lui, le seul aussi dont il ne pouvait supporter le regard clignotant de chouette. Après tout, le lieutenant était loin. Aucun garde ne constaterait ce nouvel accroc à la discipline.

— Allez, bougonna-t-il, aux outils !

Broduvitch ne s'était pas trompé sur le médecin du camp. Il avait gratifié Siméon Leibowitz d'une ration de viande, libéralité inconnue des internés actifs en ce mois de juillet 1942. Le lieutenant Andrea leur avait aimablement signifié que les autorités prenaient soin de leur santé :

— En été, avait-il proclamé de sa voix maniérée, vous avez besoin de moins de calories. Nous veillerons à ce que vous n'engraissiez pas assez pour être alourdis à votre travail. Je n'aime pas les hommes gras.

Il devait être satisfait de la minceur de ses administrés, à peu près tous étiques et chancelants. Les pertes en effectif étaient croissantes. Le lazaret ne désemplissait pas ; ceux qui y étaient admis quelques jours, nourris à l'ordinaire des gardiens, reprenaient vite assez de forces pour rejoindre les chantiers de fortification. Mosha avait été de mauvaise foi.

Broduvitch avait insisté auprès de son confrère, heureux de se débarrasser d'un patient pour une fois peu désireux de chercher asile et repos. Privé le jour même de leur arrivée à Czernowitz de la présence de Salida et de Sarah, parquées dans le camp séparé des femmes, Siméon ne pouvait plus vivre qu'auprès de ses fils et de son ami. Seule leur affection sans cesse active lui donnait la force de tenir. Aussi avait-il accepté de mauvaise grâce d'être dispensé de chantier pendant deux jours.

— Je veux aller avec vous, avait-il grommelé. Que ferais-je seul dans cette baraque ? Qui terminera ma tranchée ?

— Vous dormirez le matin et ferez un petit tour de camp dans l'après-midi. Nous nous partagerons votre besogne. Ne récriminez pas, espèce de vieux Juif grincheux !

La voix du docteur Broduvitch avait retrouvé le ton autoritaire qu'il employait dans son cabinet de Braïla. Siméon n'avait pas insisté et avait regagné sa paillasse plate, guignant du coin de l'œil la partie d'échecs, entreprise voilà une semaine, que continuaient sur le châlit voisin Ebenezer et Eliha. « Cet enfant est doué, avait apprécié son vieil ami, il me battra bientôt ! » Replié sur sa tristesse et sur sa lassitude, Siméon s'était endormi d'un bloc.

Il avait passé sa première journée d'inaction dans une hébétude sans réveil, traînant ses galoches d'uniforme sur le plancher écaillé du baraquement, houspillé par les hommes de corvée de nettoyage, deux voyous d'un ghetto bessarabien qui devaient leur affectation à leur tempérament de mouchards obséquieux.

— Fous le camp d'ici, grand-père, ou tu vas travailler à notre place.

— L'œil qui se moque du père, le corbeau le percera, avait proféré Siméon un instant redressé, se souvenant des Proverbes.

Les deux balayeurs l'avaient mis dehors d'une bourrade. Il avait passé l'après-midi accroupi au soleil, les yeux aveugles aux ruelles poussiéreuses et aux parois de planches grises des constructions, alignées comme les tombes d'un cimetière militaire.

De ce jour-là, le caporal Magalescu, dont l'attitude avait déplu au lieutenant Andrea, fut retiré de la surveillance du chantier et affecté à la garde du mirador numéro 8. Cet ouvrage trapu n'avait pas l'importance ni l'armement des miradors qui jalonnaient l'enceinte principale. Constitué d'une simple plate-forme de bois à couverture de tôle, juchée sur quatre poteaux métalliques consolidés d'entretoises, son rôle était secondaire : sa sentinelle surveillait le double mur de barbelés qui séparait du camp principal celui des femmes ; aucun interné ne pouvait s'approcher de cette barrière sans risquer le coup de fusil du guetteur de service. Les ordres étaient simples : « Ouvrir le feu sur tout détenu s'approchant des barbelés à moins de deux mètres. » Magalescu avait pris connaissance des consignes avec froideur. « M'étonnerait, avait-il pensé, qu'un de ces pauvres types risque sa peau pour regarder de plus près ces fantômes de femmes de l'autre côté. »

Pourtant, au cours de sa faction du matin, le deuxième jour de son service, alors que tous les hommes valides étaient partis aux chantiers depuis des heures, son regard accrocha une silhouette voûtée qui se dirigeait à pas hésitants vers la barrière interdite. Il la reconnut. C'était le petit vieux dont il avait eu pitié l'avant-veille. « Qui aurait cru qu'un bonhomme pareil se souciât encore du sexe ? » songea Magalescu avec un amusement grivois. En bas, Siméon Leibowitz avançait toujours, les yeux fixés vers une forme indistincte, dressée de l'autre côté des barbelés, que son cœur croyait reconnaître, malgré le crâne tondu et la robe informe qui masquait mal une maigreur d'arbre mort. Un instant ses jambes tremblèrent et il s'arrêta, à dix mètres de la zone proscrite.

— Salida, appela-t-il.

Il avait voulu crier, mais sa voix l'avait trahi, davantage soupir ou gémissement.

— Salida, cria-t-il cette fois en se mettant à courir.

De l'autre côté des fils de fer, la femme, jusque-là immobile dans sa bure, se retourna d'un bloc. Dans son visage émacié aux pommettes d'ivoire le regard flamboya un instant. Six mois de solitude et la mort de Sarah l'avaient rendue à peu près folle. Pourtant son cœur lui donna un éclair de compréhension.

— Samuel, murmura-t-elle dans un émerveillement enfantin.

A son tour, à petits pas mécaniques, elle se dirigea vers la forêt de fer qui la séparait de celui qui l'appelait.

— Ne bougez pas, vous deux, hurla Magalescu de son perchoir.

Fébrilement, il manœuvra la culasse de son arme, brandie dans un geste de menace. Il ne concevait pas que sa mise en garde puisse laisser insensibles ces deux malheureux, et cependant ils continuaient, comme hors du monde, leur marche l'un vers l'autre. Déjà Siméon, parvenu à la première nappe de barbelés, saisissait les fils à pleines mains, s'y déchirait les paumes.

— Halte ! cria encore l'homme dans son mirador.

Un coup de feu, tiré en l'air, ponctua cette injonction de la dernière chance. La détonation agit comme un coup de fouet sur Salida. A son tour elle se précipita vers la toile d'araignée, s'y jeta, la prit de ses doigts décharnés et la secoua dans un délire de sanglots.

— Père, Père, gémit-elle, Père, enfin toi !

Séparés par l'épaisseur infranchissable des réseaux, ils trépignaient, de rage et de douleur, insoucieux des blessures de leurs mains saignantes, dévorés par une ardeur qu'ils n'avaient jamais connue, sourds aux hurlements de la sentinelle.

Ils n'entendirent aucun des quatre coups de feu que

tira Magalescu. A peine sentirent-ils dans leur poitrine la brûlure des deux premiers qui les jetèrent à genoux dans les ronces de fer. La mort apportée par les deux autres les saisit alors qu'ils tentaient encore d'accrocher dans leur brume le regard de l'autre. Ils se tassèrent sur leur lit de barbelés, envahis par une dernière pensée commune, désespérés de ne pouvoir joindre leurs mains au bout de leurs bras tendus.

Chevauchée par un détachement d'alerte, la voiture du lieutenant Andrea arrivait dans un glapissement de moteur et de freins. Armes hautes en direction de la troupe de femmes qui jaillissait des baraques les plus proches, quatre gardes sautèrent en voltige et s'alignèrent derrière les barbelés.

— Bravo, caporal, félicita le lieutenant d'une voix posée. Cette fois tu n'as pas fait de sentiment. Mais pourquoi diable as-tu tiré cinq cartouches alors que deux suffisaient ? N'oublie pas de m'expliquer ce gaspillage quand tu me feras ton rapport.

Là-haut, Magalescu serra les dents et tenta d'avaler la boule qui remontait dans sa gorge. C'était la première fois qu'il tuait un homme.

L'année 1942 et le premier trimestre de 1943 passèrent ainsi avec leur cortège de famine, de mauvais traitements et de deuils. Les pensionnaires qu'amenaient chaque mois de nouveaux convois, prenaient rapidement des allures de bétail soumis et silencieux. Chaque jour quelques dizaines d'entre eux mouraient, la plupart du temps de faiblesse et de fatigue, sans que les armes des gardiens aient eu besoin de les dépêcher. Un crématorium déroulait nonchalamment son aigre fumée noire au-dessus de la campagne paisible.

Dans les baraques, les malheureux avaient vite pris leurs habitudes. Ils s'y terraient, muets, jaloux de leurs maigres trésors, épluchures de légumes, vieux clou, morceau de planche ou boîte rouillée. L'adversité les avait rendus individualistes, forcenés. Il n'était pas rare de les voir user le peu de forces qui leur restaient dans des bagarres féroces et ridicules qui faisaient s'esclaffer les gardes et donnaient au commandant l'occasion de juger les fauteurs de désordre et de prononcer quelques sanctions définitives, publiquement appliquées, pour l'exemple.

Mosha, Eliha et Jacob supportèrent vaillamment le dur régime du camp. Le docteur Broduvitch les avait pris en affection, surveillait leur santé physique et veillait à maintenir leur moral. La mort de leurs parents, cadavres exposés nus pendant deux jours sur la grand-place, les avait violemment affectés. Eliha avait été le premier à se dominer et affichait à présent une insensibilité lointaine.

— Ne pense qu'à toi-même, lui serinait son mentor. N'aie qu'une idée en tête : tu dois survivre. Fais tout ce qu'il faudra dans ce seul but. Garde la colère ou la peur pour l'avenir. Rappelle-toi sans cesse les mêmes mots : je vivrai.

Eliha vivait, aussi introverti qu'autrefois, dur au travail malgré ses faibles moyens physiques, appliqué aux parties d'échecs disputées le soir dans la baraque contre le docteur. L'échiquier était tracé à la teinture d'iode sur une paillasse, les pièces n'étaient que des cailloux ramassés sur la route qu'ils arpentaient deux fois par jour.

Mosha, lui, devenait littéralement enragé. La contrainte de la discipline de fer qu'imposaient les hommes d'Andrea lui donnait un regard halluciné où flamboyaient toutes les damnations. Sans Ebenezer, dont incompréhensiblement il admettait l'autorité, il se fût livré à un geste définitif. Il se contentait momentanément de cracher haineusement chaque fois qu'il apercevait ce grand caporal aux yeux éteints qui avait tué son père et sa mère. Il avait été félicité de son efficacité devant tous les occupants du camp rassemblés, à l'appel du matin qui avait suivi l'exécution.

Jacob était, des trois frères, celui qui s'était le plus transformé. Physiquement, il n'était encore qu'un garçon de douze ans, que l'austérité du régime n'avait pas réussi à flétrir. Même, le duvet qui poussait sur son maigre crâne rasé ajoutait à la finesse angélique de son visage une auréole immatérielle. Mais l'espièglerie avait disparu de son regard, remplacée par une amertume et un cynisme qui désolaient Broduvitch et glaçaient ses frères. Il s'institua ravitailleur de leur petit groupe dès la fin du mois de juillet 1943. Le soir, au retour du chantier où il n'abattait pas beaucoup de besogne, il disparaissait dans les ruelles sombres du camp. Deux heures plus tard, il revenait, déballant de sous sa méchante vareuse de toile morceaux de pain ou restes de ragoût.

— Où trouves-tu tout ce que tu ramènes ? questionnait Eliha.

Jacob ne répondait jamais, levant le menton de côté avec une moue qui semblait au bord des larmes.

— Je parie que tu le voles à la cuisine des gardiens, rageait Mosha. Tu ferais mieux de pisser dans leur soupe. Qu'ils en crèvent, ces ordures.

— Ton frère mérite que tu le remercies, pas que tu le houspilles. Sans lui nous ne tiendrions peut-être pas aussi bien.

Pensif, Ebenezer Broduvitch, tout en sermonnant Mosha, considérait les joues pâles, le regard fiévreux et fuyant de son benjamin.

Au début de septembre, Jacob fut exempté définitivement de chantier. Il était affecté aux écritures à l'infirmerie principale. Le ravitaillement qu'il rapportait chaque soir, très régulièrement maintenant, s'améliora nettement. La vieille boîte de conserve dont il avait jusque-là extirpé ses rogatons fit place à une très officielle gamelle de fer-blanc, « cadeau de l'infirmier », consentit-il à avouer. Pendant deux semaines il en sortit de quoi soutenir le moral et le physique d'une escouade entière. Des fèves bouillies dans une sauce de viande ; quelques soirs plus tard un pigeon entier, rôti au four, doré dans son jus, que ses frères et Ebenezer raclèrent jusqu'aux os. Jacob refusa de manger avec eux.

— Frère, avoua Mosha presque de bonne humeur, je ne veux pas savoir comment tu trouves tout ça, mais je suis prêt à te pardonner n'importe quoi.

Inexplicablement, l'amabilité de son aîné fut insupportable à Jacob. Il éclata en sanglots. De grands hoquets d'enfant, coupés de gémissements reniflés. Quand Eliha voulut le consoler il lui échappa et se réfugia sur son lit, tout en haut de l'échafaudage branlant où s'étageaient leurs couchettes.

— Laissez-moi tranquille. Mangez et laissez-moi, cria-t-il.

Dans la pénombre qui envahissait la baraque, les trois autres finirent silencieusement leurs agapes.

— Je ne suis pas sûr, dit sombrement Mosha, que nous ayons raison d'accepter ce que nous rapporte Jacob. Il doit avoir du mal à le gagner. Il en souffre. Il vaudrait mieux qu'il s'arrête.

— Peut-être ne le peut-il pas, observa le docteur tristement.

Du regard, les deux frères questionnèrent Ebenezer. Que savait-il du trafic auquel se livrait Jacob ? Faisait-il partie d'une de ces bandes de rats de camp, dans lesquelles les voyous de Bessarabie embrigadaient les plus faibles des détenus, le plus souvent des enfants ? Secouant sa tête de chouette, le docteur refusa de répondre. Cette nuit-là, Eliha entendit très longtemps pleurer Jacob au-dessus de lui. Dans le noir il chercha à saisir la main de son frère mais celui-ci la retira comme s'il l'avait brûlé.

Le lendemain, au réveil, Jacob avait déjà quitté le baraquement quand les trois autres s'agglutinèrent au magma des partants pour le chantier. Il était mal vu d'être le dernier à apparaître dans la cour de rassemblement et l'étroitesse de la porte engendrait tous les matins de sauvages bousculades. Mosha s'indignait de cette lâcheté, mais prenait part à cette mêlée avec une ardeur et une méchanceté qui faisaient presque sourire Ebenezer.

— On dirait que tu en veux à ces pauvres gens. N'oublie pas que les vrais responsables sont ceux qui nous attendent dehors, pas tes frères de race.

— Ne vous en faites pas, oncle, disait Mosha. Je cherche seulement à me donner un peu d'exercice. Mieux vaut que j'explose ici qu'au rapport.

La journée, sous le soleil encore chaud de cette fin septembre, fut aussi harassante que d'habitude. Les tranchées, dont d'ailleurs personne n'envisageait plus l'utilité depuis que le front s'était, paraissait-il, stabilisé loin à l'est, en Russie, progressaient suivant le bon plaisir du lieutenant Andrea. Elles zigzaguaient de fonds boueux en tumulus d'après l'humeur qu'il affichait à sa visite du matin. Ce jour-là, il devait être bilieux ; il distribua quelques coups de cravache aux forçats les plus proches de sa voiture et désigna, pour objectif de l'après-midi, une côte caillouteuse et pelée.

Au cours du quart d'heure de halte de la « soupe » de midi, lavasse d'eau tiède et de farine apportée du camp dans une carriole à deux chevaux qui faisait la tournée des chantiers, le docteur Broduvitch et ses deux protégés tentèrent de s'isoler.

— Votre frère m'inquiète, avoua Ebenezer.

— Est-il malade ?

Eliha envisageait déjà le pire. Il avait plus de treize ans, et la dernière année lui avait déjà ravi quatre êtres chers. Pourquoi pas un de plus ? « Moi, se dit-il déjà marqué par l'endoctrinement du docteur, moi je tiendrai. » La naissance de cet égoïsme n'avait pas encore totalement supprimé son affection pour ses frères, ni son attachement à « oncle » Ebenezer. Mais dans le secret de son cœur, il se sentait plus « responsable » qu'aimant. « Père disait que la famille fait notre force, se répétait-il. Je suis le seul de nous trois à réfléchir. Jacob est un gosse et Mosha un peu fou. Dans mon propre intérêt, je dois les garder auprès de moi, les encourager et les retenir. »

— Je crois plutôt que Jacob s'est mis dans un sale trafic, intervint Mosha.

— Sans doute, un trafic de gitons.

L'homme qui venait de se glisser dans la conversation n'était pas seul. Accompagné de deux jeunes gens pâles, lippus et vaguement menaçants, il concrétisait l'image du combinard, faussement compréhensif, faussement prêt à donner des conseils et manifestement en train d'exploiter la naïveté ou les malheurs de ses compagnons de déportation. Mosha blanchit et serra les poings avant de se retourner.

— Bien sûr, tu as dit ça au hasard ?

— Non, camarade. J'ai seulement raisonné froidement sur ce que je sais et je vois de ton frère. Dispensé de chantier et pourtant de plus en plus fatigué, inutile à tout travail rentable et ramenant ouvertement des rations de *kapo*. Entre parenthèses, toi et ta famille manquez totalement de générosité ; vous ne partagez jamais.

— Pas d'autres preuves ?

— Tu sais ce qu'on dit du lieutenant Andrea ? Réfléchis avant de me sauter dessus. Tu es blessé que ton frère fasse partie de son troupeau. J'ai cherché à te prévenir parce que je sais que tu étais membre des « Jeunesses » à Braïla, comme nous à Bucarest.

Cette dernière remarque réussit à retenir Mosha, prêt à se jeter sur le calomniateur.

— Que sais-tu d'autre à mon sujet ?

— Que tu as eu une veine de pendu de n'être pas arrêté en même temps que les gars de ta cellule, par exemple.

Ce rappel d'un après-midi d'enfer et de passion avec Esther contraignit l'aîné des Leibowitz à se maîtriser.

— Merci du renseignement, convint-il. J'aviserai.

Silencieux, Ebenezer et Eliha avaient assisté à l'algarade. Ce nervi pouvait bien avoir dit vrai. L'attitude de Jacob confirmait les pires soupçons. Les aboiements du nouveau gardien de leur équipe, aussi peu amène que le caporal Magalescu, les ramenèrent à leurs pioches et à leurs brouettes.

Le drame éclata le soir même, dès leur retour au camp. Sortis livides de la douche de désinfection imposée aux corvées des chantiers, la première personne qu'ils distinguèrent, dans la pénombre de la baraque où ils avaient pénétré en traînant les galoches, fut le lieutenant Andrea. Dressé à côté du châlit de la famille Leibowitz, il paraissait en train d'exhorter, d'une voix pressante, une forme recroquevillée sur la couchette supérieure. L'arrivée des convicts le raidit et son ton se fit cassant :

— A ton aise, si tu ne viens pas me voir demain matin, mon petit, j'enverrai toute ta famille en commando spécial. Tu sais ce que cela signifie.

Les commandos spéciaux passaient à Cernauti pour un aller simple vers le crématoire. Beaucoup y étaient affectés, personne n'en revenait jamais.

Tapotant ses bottes d'une cravache nerveuse Andrea se fraya un chemin à travers les grappes d'internés. Bonnet à la main, tous s'effaçaient avec servilité, attentifs à ne pas déplaire au maître de leurs bourreaux. L'homme qui avait abordé les Leibowitz, à midi, rectifia même la position avec un sourire. Bruyamment, Mosha se racla la gorge et cracha, presque sur les bottes vernies. Les quatre gardes qui escortaient le lieutenant traversèrent au galop les quelques mètres de plancher qui les séparaient de l'algarade. Dans un silence terrifié, Mosha fut jeté au sol d'un maître coup de crosse, qui lui ensanglanta le visage. Tendu, au bord de l'explosion, Eliha osa lever les yeux vers le grand caporal qui avait abattu son frère. Celui-là même qui avait été félicité pour le meurtre de ses parents. Le regard qu'il rencontra était déterminé mais sans haine. Juste celui d'un soldat en service.

Suivi de ses sbires, le lieutenant sortit de la baraque 14.

Beaucoup plus tard, Mosha se réveilla de son évanouissement, la tête sur les genoux d'Ebenezer. Autour d'eux, dans une nuit presque complète, les soixante occupants de la chambrée se tassaient dans un silence tétanisé.

— Tu vois bien que j'avais raison, chuchota une voix. Maintenant cette ordure vient relancer son petit ami ouvertement.

Relevé d'un bond, Mosha se dressa vers la paillasse où reniflait un Jacob terrorisé.

— Alors c'est vrai. Tu couches avec ce porc !

Il avait agrippé son frère par le col, le secouait avec désespoir, comme pour détacher de lui ce péché monstrueux, dégradant, dont il se sentait malgré lui complice puisqu'il avait profité du salaire payé. Eliha tenta de s'interposer.

— Laisse-le. Il est assez malheureux. Ce n'est pas lui le coupable.

Mosha le balaya d'un revers, l'envoyant dans les bras d'Ebenezer. Sanglant, hors de lui, Mosha était prêt à tout. Il ne savait que répéter d'une voix furieuse, entre ses sanglots de honte :

— Toi, toi ! Avec ce porc !

Jacob, une seconde, voulut se dégager. D'une secousse son aîné l'arracha à sa paillasse. Dans ce recoin obscur les spectateurs ne distinguèrent que l'éclair blanchâtre d'un corps qui jaillissait à hauteur de tête et venait s'écraser à leurs pieds.

Quand ils se penchèrent sur lui, incrédules et horrifiés, l'enfant était mort, le cou rompu. Eliha ferma les yeux sur cette abomination, tentant de retrouver l'image du frère blond, frisé et angélique que leur mère appelait son roi David. Mais son cœur ne voyait plus qu'un visage amaigri, ravagé de larmes, au regard exorbité. Il sut qu'il retrouverait toute sa vie ce regard au fond de sa mémoire.

Mosha leur fut arraché le lendemain au réveil, sans qu'ils aient cherché à savoir qui avait averti les gardes.

Trois jours plus tard, en rentrant du chantier, ils le retrouvèrent pendu au gibet qui trônait au centre de la place de rassemblement. Sa face tuméfiée et violette montrait que l'exécution avait été précédée d'une sauvage correction. Une pancarte épinglée à vif à la peau de sa poitrine efflanquée justifiait la sentence d'un seul mot : « Fratricide. »

A dix pas de ce corps supplicié, Eliha et Ebenezer restèrent longtemps figés et silencieux. Quatre gardes armés dissuadaient les détenus de s'approcher davantage.

— N'oublie pas, dit enfin le docteur Broduvitch au dernier des Leibowitz. Ce n'est pas encore le temps de la colère et de la passion. Tu dois vivre, pour toi et pour tous les tiens.

Chapitre 5

— *Hände hoch ! Schnell !*

Le soldat au casque gris, uniforme souillé et déchiré, paraissait plus apeuré que réellement menaçant. Pourtant Eliha sortit de son fossé et leva les bras avec obéissance. Les dernières semaines, depuis l'éclatement du camp de Cernauti et sa fuite sur les chemins d'une Europe embrasée, l'avaient rompu à toutes les ruses et les prudences d'un animal sauvage. Ses poignets maigres jaillissaient des manches trop courtes du veston qu'il avait volé sur le cadavre d'un garçonnet endimanché, quelque part aux environs de Breslau, trois jours plus tôt.

— *Bleib' still !* Reste tranquille !

Karl Freiwilder trouvait à ce garçon jailli du sous-bois un air particulièrement inquiétant. Des cheveux frisés en casque, un regard minéral de serpent et une balafre rougeâtre sur la joue droite. Bien sûr, il n'était pas bien grand ni bien solide, mais son comportement trahissait sa condition de fugitif. On rencontrait beaucoup de fugitifs, en ce début d'hiver 1944, sur les routes d'Allemagne. Celui-là était tout jeune. A peine quinze ans. Cette constatation rassura Karl, dont les nerfs étaient fort ébranlés depuis que sa compagnie avait été hachée par un pilonnage d'orgues de Staline et un déboulé de chars soviétiques, huit jours auparavant en retraitant dans la campagne de Cracovie. Tout étonné d'être sorti vivant de ce qui lui avait paru des heures de combat, il avait tout simplement décidé que la guerre était pour lui terminée et s'était mis en route vers l'ouest, la nuit venue. Sa Rhénanie natale était bien loin, mais il y arriverait peut-être pour fêter en famille l'anniversaire de ses dix-huit ans, au mois d'avril prochain.

— Approche ! Qui es-tu ?

— Tu n'as pas plus intérêt que moi à faire du bruit, constata Eliha avec un sourire glacial. A mon avis, tu n'es qu'un déserteur.

Il parlait un allemand difficile, alourdi des chuintements de l'accent yiddish. Les deux garçons restèrent face à face quelques secondes, s'estimant de l'œil, puis Karl détourna le canon de son Mauser et Eliha baissa les bras.

— Tu ne m'as pas répondu. D'où viens-tu ?

Eliha était fatigué. Depuis le 20 août il avait vécu de vols et de pauvres cueillettes, grignotant les légumes crus arrachés à un jardin traversé, trottant toutes les nuits pour s'éloigner de la zone des combats qui semblaient le poursuivre. Il avait franchi les frontières sans les voir, toujours seul, attentif comme un lièvre. Ce soldat, à peine plus âgé que lui, lui parut presque un don du ciel.

— Je suis évadé d'un camp de travailleurs juifs, dit-il avec détachement.

Cet aveu coupa les jambes de Karl. Il s'assit au revers du talus. Cette semaine, décidément, ruinait toutes ses convictions. Il s'était cru courageux et patriote ; son premier combat sérieux l'avait jeté dans un charnier dont il s'était enfui avec une lâcheté qui le faisait encore trembler quand il croyait entendre dans son sommeil le glapissement des fusées russes. Il s'était cru bon Allemand, et voilà qu'il était assis devant l'ennemi désigné de sa race, devant un Juif ! Et, manifestement, le jeune évadé avait trop de caractère pour qu'il pût s'en débarrasser autrement qu'en le tuant.

Comme s'il avait lu dans les pensées de Karl, Eliha prévint le geste que l'autre amorçait vers son fusil abandonné.

— Je crois que j'ai une idée qui pourrait nous être utile à tous deux, dit-il.

« Encore la finesse d'esprit de cette race maudite», pensa le jeune Allemand. On m'avait bien dit qu'ils étaient pourris de ruses et de combines. » Le contact de son arme le rassura. Après tout, écouter l'idée de son prisonnier ne coûtait rien. Il hocha la tête.

— Si nous continuons seuls, séparément, poursuivit Eliha, nous n'arriverons nulle part. Un de ces jours tu te feras prendre et fusiller. Pour moi, ce sera encore plus simple : je serai abattu sur place, peut-être après avoir été un peu torturé auparavant, si ceux qui m'attrapent veulent s'amuser. Tandis que...

Ces funestes prédictions correspondaient si bien avec les craintes de Karl qu'il ne pensa pas à interrompre l'augure. Il se raidit seulement, serrant les dent sur une pénible envie d'éclater en sanglots. Un soldat du Reich ne doit pas pleurer, n'aurait-il que dix-sept ans.

— Tandis que, continuait le stratège, si nous sommes ensemble, personne ne songera que nous sommes des criminels. Qui se méfierait d'un soldat blessé accompagné de son jeune frère échappé aux bombardements ? Je sais que j'ai encore l'air d'un gosse. Sans doute parce que je n'ai pas assez mangé depuis trois ans, ironisa-t-il avec une amertume venimeuse.

En silence, le jeune soldat considérait la proposition surprenante de ce fou de Juif. Ce qu'il avait vu de la désorganisation-panique des arrières, en montant vers la zone de front, venait conforter le raisonnement de son vis-à-vis. Mais...

— Mais, dit-il, tu oublies un détail. Je ne suis pas blessé.

Eliha le considéra sardoniquement.

— Tu pourrais l'être.

— Mais je ne le suis pas, coupa fermement Karl. C'est dommage, si tu veux, parce que ton idée n'est pas si mauvaise. Je crois même qu'elle aurait très bien marché.

— Puisque tu es convaincu que c'est la seule bonne solution pour nous deux, tu n'as qu'à montrer un peu de courage, pour une fois. Tu as un fusil, et des cartouches, j'imagine. Flanque-toi une balle dans le bras ou dans le mollet. Avec du sang et un bon pansement tous ceux que nous rencontrerons te plaindront.

Karl sauta sur place.

— C'est vrai que tu es complètement fou. *Ganz ver-*

rückt, Mensch ! Me blesser moi-même ! C'est de la mutilation volontaire. Puni de mort dans notre armée.

— La désertion n'est-elle pas punie de mort elle aussi ? susurra Eliha méchamment.

Le soldat se rassit, maussade.

— Écoute. Je ne ferai pas ce que tu proposes, mais puisque tu voulais m'aider, je serai bon bougre. Je te laisserai filer. Et je te conseille de tourner les talons et de repartir vers l'est retrouver tes amis les Russes. Ils aiment les Juifs, dit-on, et ce sont eux qui t'ont sans doute permis de filer en ouvrant ton camp. Peut-être même pour nous espionner.

Un instant Eliha crut revoir le fantôme de Mosha. Mosha reprochant à son père de s'être installé dans les Carpathes plutôt qu'en Bessarabie. Mosha, visage bleui et défoncé, pendu sur la place de rassemblement à Cernauti. Une phrase que Siméon avait un soir à Tirgu prononcée sur un ton inhabituellement violent monta instinctivement à ses lèvres.

— Les Russes sont sans Dieu. Ils ont toujours persécuté nos frères. Notre religion est l'ennemie de ces athées.

Il avait dit ces mots avec véhémence, comme il aurait cité un Prophète. Une seconde, il s'en voulut d'avoir cédé à la force des sentiments, et reprit, à nouveau tout au calcul qu'il avait échafaudé :

— D'ailleurs, ils n'aiment pas davantage les gens de ta race. Imagine un peu ce qu'ils pourront faire de toi s'ils te rattrapent. Je ne crois pas qu'ils se contentent de te fusiller.

Il nota du coin de l'œil que l'Allemand s'était figé. Il s'allongea dans l'herbe glacée, comme si la question ne l'intéressait plus. Puisqu'il était prisonnier de ce déserteur à l'esprit lent, il refusait de prendre d'autres initiatives. Seul le froid humide de décembre l'empêcha de s'endormir d'un coup.

Le regard dans le vague, Karl Freiwilder tentait de prendre une décision.

— *Steh' auf, Jude*. Lève-toi, Juif.

Eliha se secoua, perclus. Malgré le froid il s'était

endormi. L'après-midi ne devait pas être encore très avancé, mais déjà, encouragée par de sombres nuages sans doute annonciateurs de neige, l'obscurité donnait au paysage lugubre, gris et noir, l'air d'un décor pour film de fantômes. Karl avait repris son fusil en main et se tenait debout devant Eliha, qu'il secouait d'une botte agacée.

— J'ai réfléchi, *Kerl.* Ton plan est sûrement bon, mais je pense que c'est toi qui devrais jouer le rôle du blessé. Alors...

Déjà il manœuvrait la culasse du Mauser. Ses yeux de faïence brillaient d'une excitation incontrôlée. Eliha se fit prudent mais réagit rapidement.

— Arrête, cria-t-il. M'écharper ne te servira à rien. Crois-tu que tes compatriotes laisseront un soldat en pleine forme comme tu l'es accompagner un soi-disant frère à travers l'Allemagne ? Ils te renverront au front aussitôt qu'ils te verront.

Le jeune Karl se tassa sur son arme. Il n'était pas de force. Ce damné garnement, à chaque parole, le ramenait à la solution qu'il avait proposée. La seule possible au fond, il en convenait. Il abdiqua, d'un coup.

— Très bien, dit-il. Mais c'est toi qui me tireras dessus. Je refuse de faire ça moi-même.

Il tendit son fusil, provocant et tremblant à la fois.

— Comment sais-tu que je ne vais pas tout simplement te tirer une balle dans la tête ? demanda Eliha, une main sur la crosse.

— Parce que tu as autant besoin de moi vivant que j'ai besoin de toi. Sans doute même plus. Mais ne t'avise pas de m'abandonner après m'avoir blessé. Même si je dois y laisser ma peau, je te promets bien que j'alerterai tout le pays sur la présence d'un youpin en liberté dans le secteur.

Eliha brandit l'arme qu'il venait d'arracher brutalement et la pointa sur l'Allemand.

— Ne m'appelle plus jamais youpin, cracha-t-il. Après tout, je pourrais m'en tirer sans toi. Depuis trois ans j'en ai vu assez pour être mort dix fois.

Il visa gauchement. C'était la première fois qu'il tenait une arme.

La détonation lui arracha presque le fusil des mains et

s'en alla miauler dans les buissons du fossé. Genou traversé, Karl hurla, s'écroula sur la route et s'évanouit. Sa rotule s'ouvrit comme un bouton de rose.

A peu près décemment vêtu de sa veste trop juste et d'un pantalon volé dans une ferme, Eliha Leibowitz avait pris le parti de ne pas parler quand ils rencontraient, dans les campagnes traversées, quelque femme trop curieuse ou un des ces hommes inutiles, trop vieux ou mutilés, qui restaient seuls dans les villages allemands.

— Ton accent est infect, avait constaté Karl. Mieux vaut dire qu'un bombardement à Breslau t'a rendu complètement abruti.

Dans son uniforme souillé et déchiré, le visage tordu par la souffrance aiguë qui tenaillait sans cesse son genou blessé, image parfaite avec son pansement sale et toujours sanglant du vaillant jeune soldat allemand confronté au désastre national, Karl était beaucoup plus émouvant que son jeune frère choqué par les bombes. Il jouait honnêtement sa partie dans le scénario monté par Eliha. Ils allaient lentement, de ferme en ferme, de village en village, vivant de vols et de charité. Karl répétait les noms des bourgades qu'ils traversaient et comptabilisait la distance qui restait à parcourir jusqu'à sa Rhénanie. Tous ces vocables en -gau, en -chen, en -dorf ou en -wal ne disaient rien à Eliha. Lui ne savait même pas où il allait. Comme un animal affolé par un incendie de forêt, il ne cherchait qu'à fuir les roulements du combat, qui parfois les rejoignaient avec le vent d'est, sur la route ou au fond d'une grange.

Au fil des jours, une étrange camaraderie se nouait entre l'adolescent sorti de l'enfer de Cernauti et le jeune déserteur rhénan. Ils piétinaient dans la marmite de l'Europe protégés par une étonnante solitude, car Eliha, qui avait rapidement pris le commandement réel, avait jugé plus sage d'éviter, tant que faire se pouvait, les grands rassemblements de peuple. Ils traversèrent ainsi la Silésie, avec des précautions qui leur prirent tout décembre. La seule alerte qu'ils connurent, dans une minuscule ferme, encerclée de bouleaux squelettiques, fut la rencontre d'un soldat, permissionnaire ou déserteur lui aussi. En maillot de corps, pantalon feldgrau et bottes d'uniforme, l'homme occupé à une toilette sommaire dans un seau d'eau glaciale les avait regardés venir de loin, pendant qu'ils clopinaient à travers un immense champ de betteraves. Dès qu'ils avaient été assez près de lui pour distinguer la méfiance hargneuse de son regard, Eliha avait chuchoté à l'oreille de Karl :

— Tue-le !

— Il n'est peut-être pas seul, avait hasardé Karl.

— Raison de plus pour ne pas attendre qu'il appelle à l'aide.

Bien sûr, Karl n'avait pas osé. Il s'était arrêté à quelques pas de l'homme, et avait débité la fable habituelle, « permission à Breslau en famille, bombardement, toute la famille écrasée dans la maison détruite, seul le jeune frère indemne mais choqué et cette mauvaise blessure au genou ».

— Primo, Breslau est la seule ville d'Allemagne avec Dresde à n'avoir pas été bombardée. Ensuite, pourquoi n'es-tu pas dans un hôpital militaire ? avait coupé l'autre.

Manifestement il ne croyait rien de ce scénario romanesque.

— Je préfère rejoindre mon bataillon, avait hasardé Karl.

— Quel est le numéro de ton régiment ?

C'est à ce moment qu'Eliha, dont l'homme ne se souciait pas trop, avait décidé qu'il valait mieux en finir. La vie hasardeuse et libre, une nourriture presque suffisante lui avaient redonné des forces. D'un coup de pioche il avait assommé le questionneur, à la grande colère de Karl.

— C'était un Allemand, tu n'as pas le droit de porter la main sur un Allemand, chien de Juif.

— Tu ferais mieux de l'achever, avait simplement constaté Eliha.

Personne en tout cas n'avait remarqué que le propriétaire des lieux avait disparu. Personne n'était venu aux nouvelles. Le cadavre de leur trouble-fuite tiré loin de la masure jusqu'au milieu d'un champ, les deux garçons s'étaient accordé quelques jours de repos. La blessure de Karl avait vraiment mauvaise allure et dans la cuisine de la ferme ils avaient trouvé des pommes de terre et près d'un demi-jambon.

Ce fut une semaine hors du temps. Depuis trop de mois, Eliha avait appris à se taire, à tenter d'oublier les moments de terreur, les privations, les bouffées de haine. Ce calme subit le ramena aux faiblesses de son âge. Soir après soir, devant un maigre feu de planches qu'il n'osait pousser trop fort de peur de signaler de loin leur présence, auprès d'un Karl de plus en plus morose, dont la jambe prenait de sinistres couleurs d'infection, il prit l'habitude de raconter son passé.

— Alors, s'effara le jeune Allemand, ton Mosha a tué ton petit pédé de frère, et tu n'as rien fait, rien dit ?

— Ce n'était pas à moi de faire justice. Les autres d'ailleurs s'en sont bien chargés.

— Et quand on l'a pendu, tu es resté aussi insensible. Une pierre sans cœur, voilà ce que tu es.

Eliha contempla un instant dans les flammes le visage de Mosha. C'était étrange, de tous les siens, Mosha était le seul dont il retrouvait facilement les traits, l'expression, le regard.

— J'avais peur, sans doute. Et je voulais continuer à vivre. C'est une chose que tu peux comprendre, et pourtant ta vie de soldat n'a sûrement pas été moitié aussi sauvage que celle des déportés. Nous avions l'obéissance dans la peau. Nos gardiens roumains nous l'avaient tatouée à coups de botte, de gourdin et de fouet. Pour survivre, il fallait d'abord subir et se taire. Avoir l'air de travailler sous les coups et se battre pour arracher un bol de soupe au *kapo*. Le docteur Broduvitch n'a pas cessé de me le dire, tous les jours, à toutes les minutes.

— Qu'est devenu ton docteur ? demanda Karl de son nuage.

— Oncle Ebenezer était trop vieux et trop faible pour résister. Je crois même qu'il s'est privé de l'indispensable pour me le donner.

— Et tu as tout naturellement accepté qu'il se sacrifie ?

Eliha le regarda d'un air presque amusé.

— Tu n'as aucune idée de la force de persuasion d'Ebenezer, affirma-t-il. D'ailleurs, je te l'ai dit, je voulais vivre, et lui ne le voulait plus. Un matin je l'ai trouvé raide sur sa paillasse. Mort de faim, de froid, d'épuisement. Il était si léger que j'ai pu le soulever tout seul et le traîner jusqu'à la porte de la baraque 14 pour le remettre à l'équipe du crématoire. Il y a tout juste un an qu'il est mort.

Dans le long silence qui suivit, Karl sommeilla, quelques minutes, la tête envahie de cauchemars.

Le lendemain, il voulut reprendre le fil des souvenirs d'Eliha, mais celui-ci estimait en avoir fini d'exorciser le passé. A peine consentit-il à raconter comment il avait quitté Cernauti.

— Le 20 août dernier, les Russes des fronts d'Ukraine ont attaqué plein ouest tes compatriotes et les Roumains d'Antonescu. Ceux-ci n'ont pas été très ardents, à en croire les gardes du camp qui les ont maudits pendant deux jours pour leur lâcheté, ouvertement, devant nous. En quelques heures la moitié au moins de nos surveillants avaient disparu. Partis vers la Pologne, ou vers l'Allemagne. Déserteurs, quoi. Ne restaient que les plus hargneux, les brutes, les assassins. Quand l'ordre de déménager le camp vers l'arrière est enfin arrivé, le 22 août, ç'a été la grande pagaille. Les camions ne marchaient pas, les gardes se battaient entre eux, les déportés aussi. On annonçait les Russes à moins d'une journée de marche. Tu comprends que je suis resté aussi neutre et invisible que possible. Je n'avais personne à protéger, que moi-même. Je suis resté dans le troupeau le plus longtemps que j'ai pu. Quand les soldats armés dans les camions ont commencé à tirer au hasard, dans leur panique, et que j'ai vu tomber autour de moi des grappes entières de pauvres bougres, je me suis jeté au sol, au milieu d'eux et j'ai fait le mort. Au bout de deux ou trois heures les camions sont partis. Les baraques brûlaient. C'était presque le silence, mis à part le bruit du canon et des moteurs qui venait du côté russe. Je me suis relevé et je suis parti. C'est tout.

Karl n'avait pas encore son compte de détails.

— Et cette balafre sur ta joue ? Tu as été blessé par les gardiens ?

— Non, dit Eliha sombrement. Par un Juif, comme moi. Il a cherché à m'assommer pour me voler mes galoches.

Il continua, dans un haussement d'épaules :

— Il était beaucoup trop malade pour m'avoir. C'était lui ou moi. Il est resté là-bas avec les autres.

— Combien ?

— Cinq à six mille morts, je pense. Comme à peu près autant ont disparu, les Gardes de Fer n'ont pas dû emmener plus de deux mille de mes frères. Rien, quoi. Des youpins, comme tu dis.

Le 12 janvier 1945 les armées russes du premier front d'Ukraine, sous les ordres du maréchal Joukov, lancèrent une offensive musclée de soixante-dix divisions visant le cours de l'Oder, entre Breslau et Glogau. En moins de huit jours, comme les armées soviétiques qui débouchaient de la Vistule sur le front nord, celles de Joukov atteignirent leurs objectifs. Ce déferlement armé était précédé par un cri de terreur qui ravageait les campagnes et les bourgades comme une torche :

— Les Russes arrivent.

En quelques heures une marée humaine se jeta sur les chemins de l'aventure. C'était une avalanche de malheureux, tirant de méchantes charrettes que les bœufs et les chevaux abandonnaient en crevant au timon, dans la neige. Par un froid de moins 25° ; femmes et enfants s'attelaient à des tables retournées faisant office de traîneaux, où s'amoncelaient malades et blessés agrippés à des baluchons de misère. Le ciel était, seule chance, trop couvert pour que l'aviation pût participer à la curée. La terreur d'être rattrapés par les infiltrations russes, que la rumeur panique multipliait, galvanisait ces hordes aveugles et gelées.

Le 21 janvier, sous une tempête de neige comme on n'en avait jamais vu de mémoire de paysan, elles balayèrent la ferme où Karl et Eliha s'étaient accordé une trêve. D'un bout à l'autre de l'horizon visible, une multitude de silhouettes sombres avançaient dans la plaine.

Rien ne pouvait les arrêter, semblait-il. Que la mort.

— Nous partons avec eux, décida Eliha.

Karl eut un sourire résigné.

— TU pars, rectifia-t-il. Moi je ne pourrai pas avancer plus loin avec cette patte. Laisse-moi le fusil. Tu n'en auras pas besoin avec eux.

— Et ta Rhénanie ? objecta Eliha.

Leur vie commune avait effacé une grande part de son insensibilité. Depuis longtemps ils n'étaient plus des ennemis, mais deux adolescents jetés dans le même enfer.

— Pense à ton anniversaire. Je t'emmène. On trouvera bien un coin de planche pour te tirer.

— Assez, dit Karl d'une voix nette et tranchante, qu'Eliha ne lui avait jamais connue. Mon village s'appelle Dalsheim, près de Worms. Rappelle-toi ce nom. Tu iras pour moi voir mes parents, si tu y arrives. File !

Un instant, du pas de la porte, le jeune Leibowitz, quinze ans depuis un mois, regarda son ami allemand, qui tentait de lui sourire. Puis il se retourna et se jeta dans un groupe de femmes qui halaient une luge prête à basculer. Rageusement il empoigna une corde et se mit à tirer avec les autres. Personne ne lui posa de questions. En s'éloignant dans la neige, sous les rafales de vent, il n'entendit même pas le coup de feu dérisoire qui claqua dans la ferme qu'il venait de quitter. Cette fois-ci, Karl Freiwilder n'avait pas hésité à se tirer lui-même une balle dans la bouche.

La nuit suivante, Eliha fut blessé par un éclat d'obus, pendant que son groupe traversait à pied l'Oder gelé. Loin de l'abandonner, les femmes le chargèrent inconscient sur le traîneau et reprirent leur marche sans espoir, vers l'ouest.

La ville de Worms avait souffert de la guerre dans ses quartiers périphériques et dans le quartier de la gare. Mais, en ce mois de juillet, premier juillet de paix depuis six ans, la ville avait retrouvé une animation qui rosissait les briques des lourds édifices publics et même les ruines poussiéreuses, que des équipes de manœuvres nonchalants toilettaient en tas ordonnés et balayés.

Presque à l'extérieur de la ville, longue bâtisse visiblement construite pour les besoins nés de la guerre, l'hôpital mixte bordait la route du Rhin, encore baptisée « Mainzstrasse ».

Dans une salle du premier étage, inondée par le soleil du matin, un médecin français, en uniforme de capitaine, passait la visite. De la fenêtre ouverte débordaient les accords lointains d'une musique militaire, coupés de bruits de moteurs ; le régiment de spahis qui venait d'arriver en garnison préparait son défilé du 14 juillet, comme s'il avait été dans ses anciens quartiers d'Algérie. Le médecin s'arrêta devant le lit occupé par un adolescent pâle et maigre, qui flottait dans une veste de pyjama d'adulte. Sous le turban d'un pansement frais, les yeux gris du blessé soutinrent le regard du Français, sans rien livrer, ni reconnaissance, ni confiance, ni espoir.

— Comment va notre ami Karl Freiwilder aujourd'hui ?

Tout le personnel de l'hôpital employait ce ton faussement réjoui pour lui parler, comme si l'amabilité du verbe pouvait effacer la tristesse d'avoir perdu toute sa famille. A Dalsheim, où pourtant la guerre n'avait pas laissé beaucoup de traces, un court engagement de blindés avait pulvérisé la ferme-bijou des Freiwilder. Ainsi était fait le monde : deux vieux parents et deux fillettes étaient morts dans une bourgade paisible des bords du Rhin alors que le fils plongé dans la fournaise du front de l'Est en était revenu vivant. A vrai dire, il n'en était pas revenu tout seul. Des femmes réfugiées de Silésie avaient déposé ce garçon blessé au crâne, qui avait à peine eu le temps de leur dire son nom et celui de son village avant d'être touché sur l'Oder, dans une infirmerie de campagne, du côté de Fulda en Thuringe. Pour un soldat, le garçon parut bien jeune aux infirmiers, mais ils en avaient vu d'autres et les temps n'étaient à plaindre les faibles. Ils soignèrent le blessé, « inconscient depuis près d'un mois », disaient les femmes. Quand, au bout d'un autre mois, il fut déclaré « hors d'affaire » et qu'il eut confirmé son nom et son origine, la hiérarchie l'évacua vers Worms, malgré le manque de papiers et le peu de détails qu'il donnait sur ses campagnes. La Rhénanie avait été avalée par les troupes alliées en quelques jours. De son lit d'hôpital, Eliha Leibowitz, usurpateur de l'identité d'un déserteur allemand qui passait pour un héros, entendit à peine les quelques canonnades qui marquèrent la prise de la ville.

— Mon petit Karl, dit le médecin français, tu vas déménager aujourd'hui. J'ai besoin de ton lit, et te voilà pour ainsi dire sur pied. Nous allons te garder encore quelques semaines au service des convalescents avant de te renvoyer dans ton village, si tu veux y retourner.

— Je ne crois pas que j'irai à Dalsheim, dit Eliha en français.

Depuis qu'il était assez conscient pour réfléchir à son avenir, il évitait de parler allemand. Son ami Freiwilder, il s'en souvenait, lui avait reproché son accent épais, et il voulait encore passer pour un jeune Rhénan. Il ne se rendait pas du tout compte des changements que la fin de la guerre avait apportés dans les mentalités. S'avouer juif ne le désignerait-il pas à une nouvelle arrestation, à un nouveau camp, à de nouveaux bourreaux ? Mieux valait s'appeler Karl. Et il parlait français, grâce aux leçons de son père. Le personnel allemand prenait ce parti pris pour de la servilité à l'égard de l'occupant, mais le capitaine-médecin était touché de ce qu'il croyait être un gage d'amitié.

— Vas-y, Karl. On essaiera de te trouver un treillis à ta taille. J'irai te voir demain dans ta nouvelle installation. Tu y seras plus heureux. Je crois même que tu y trouveras des joueurs d'échecs. Moktar te montrera ton nouveau lit.

Le sergent-infirmier Moktar, ci-devant étudiant en médecine à l'université d'Alger, blouse kaki et lunettes de myope, se montra efficace. En moins d'une heure il eut habillé son protégé, qu'il dota aussi d'une gamelle et d'une fourchette avant de lui glisser une boîte de rations américaines.

— Ma parole, tu traites ce gamin comme s'il était un copain. Ce n'est qu'un *Chleuh*, qui finira dans un camp de prisonniers. C'est sa place.

Le magasinier de l'hôpital, qui avait rejoint le service de Santé de la division pendant son passage en Alsace, gardait manifestement au cœur la haine de l'Allemand ; agressif, il ajouta même :

— Lui, je t'assure, ne te traiterait pas aussi bien s'il avait encore une arme. Regarde ses yeux.

— Tu dis des conneries, répliqua Moktar. C'est un gosse et pas un guerrier. Ses yeux, va, ils sont pleins des saloperies qu'il a rencontrées là-bas contre les Russes. Et n'oublie pas que nous avons tué toute sa famille. Il y a de quoi avoir l'air un peu sauvage, non ?

Quand l'infirmier l'eut laissé seul dans le vaste hall qui servait de dortoir aux convalescents, Eliha s'assit sur le lit qui lui avait été affecté. Ce qu'il venait d'entendre laissait supposer, à son esprit encore envahi par le brouillard du camp et de l'exode, qu'il pourrait bien sous peu se retrouver derrière des barbelés. Il faisait peu de différence entre une « détention pour erreur raciale », ainsi qu'avait été baptisé leur internement à Cernauti, et une arrestation de prisonnier de guerre. Son père, ni son oncle Samuel, ni le docteur Ebenezer ne lui avait enseigné ces finesses de vocabulaire. Il venait de saisir dans la conversation des deux Français les mots « camp de prisonniers ». Il imaginait de nouveaux chantiers menés comme des chiourmes, de nouveaux coups, de nouvelles exécutions. Et, encore, cette faim dévorante qui lui avait noué le ventre pendant trois ans. Lancinante, l'exhortation du docteur Broduvitch remonta à sa mémoire : « N'oublie pas, Eliha, tu dois tout faire pour survivre. »

Il se sentit prêt à aller voir le capitaine français pour revendiquer son état de Juif roumain, évadé des geôles d'Antonescu. Soudain il prit conscience d'une présence, au pied de son lit. Un grand garçon, noir de poil, au tendre regard sombre derrière des cils de velours, maigre mais ossu, attendait avec un grand sourire que le nouveau convaslescent voulût bien s'apercevoir qu'il était là.

Eliha lui jeta un regard absent et s'enquit, d'un hochement de menton, de ce que voulait ce gêneur.

— Est-ce que tu parles roumain ? Personne ne me

comprend ici, articula l'inconnu sans cesser de sourire.

Eliha ne calcula pas. Instinctivement, avant de se mordre les lèvres il avait répondu, dans sa langue natale.

— Moi aussi je suis roumain !

— Mais, hasarda le garçon, qui pouvait avoir à peu près son âge, on nous avait annoncé un Allemand. Un soldat allemand. Comment...

— Ils me croient tous allemand. Je t'expliquerai. Ne dis à personne que je suis roumain, sinon je t'assomme.

Un instant, le regard du nouveau venu se voila d'incompréhension et de tristesse devant la brutalité de la menace. « Un pauvre type sans courage », jugea Eliha. Peut-être était-ce un réfugié de longue date, ou le fils d'une famille venue en Allemagne du temps des Nazis. Il trouva pourtant, à détailler le thorax étriqué, les joues creuses et les poignets proéminents de son vis-à-vis, les marques des épreuves que l'autre venait sans doute de subir. Était-il possible que ce fût comme lui un fugitif, un frère ? Eliha fut à deux doigts de bénir son Dieu, qui suscitait auprès de lui la présence d'un nouvel ami chaque fois qu'il était dans la peine. Ebenezer, autrefois, le pauvre Karl plus tard, et maintenant ce compatriote.

— D'où viens-tu ? demanda-t-il.

— De Cernauti.

La main du Seigneur était si évidente dans cette coïncidence qu'il ne sourcilla même pas.

— Je viens aussi du camp de Cernauti, asséna-t-il.

A peine le garçon marqua-t-il un recul. La joie de parler enfin, de se confier, balaya ses incertitudes.

— Moi, dit-il, j'habitais en ville avec ma mère. Mais tu as peut-être connu mon père. Il travaillait au camp, lui aussi. Il était caporal dans la Garde, le caporal Magalescu.

Eliha resta figé. La haine, soufflant en tornade, brouilla ses yeux et fit trembler ses doigts. Le sang aux tempes il revécut en un éclair la longue séance de félicitations débitées par le lieutenant Andrea au caporal qui avait assassiné Siméon et Salida, dont les corps déchirés et boueux s'étalaient devant les six cents déportés de la Division. Il revoyait le coup de crosse qui avait jeté à terre son frère Mosha et lui avait sans doute définitivement faussé l'esprit, le soir de la mort de Jacob. Ce Roumain, en face de lui, était donc le fils du destructeur de sa famille ? Oui ! Il pouvait chanter une action de grâces à Jéhovah !

— Comment t'appelles-tu, fils de Magalescu ? dit-il d'une voix blanche.

— Bradu. Bradu Magalescu.

— Peux-tu me dire où est ton père, Bradu ? Je donnerais n'importe quoi pour le revoir.

— Je ne l'ai pas revu depuis près d'un an, dit tristement Bradu. Les familles ont été évacuées avant le personnel du camp et nous ne nous sommes jamais retrouvés. Dieu sait où il est maintenant. Pourquoi souhaites-tu tant le revoir, toi aussi ?

Eliha avait repris son calme glacé, mais son cœur chantait un hymne de violence, comme celui des guerriers du roi Saül avant d'affronter les Amalécites.

— Pour le tuer, souffla-t-il dans un sourire carnassier. Vois-tu, mon cher Bradu, ton père est une des plus abominables ordures que j'aie rencontrées.

La réaction du jeune Magalescu fut instantanée. Il plongea sur le lit, les poings en avant, dans un hurlement de rage. Au passage Eliha accrocha l'éclat de son regard furieux que les longs cils bruns n'adoucissaient plus. « Une fille en colère », songea-t-il mécaniquement. Mais Bradu ne se battait pas comme une fille. Ses deux premiers coups de poings jetèrent Eliha à bas de sa couche, avec son pyjama fripé et sa gamelle, qui sonna sur le dallage.

Autour d'eux, en un clin d'œil, les autres occupants du hall s'étaient agglutinés pour assister à la bagarre. Un hôpital manque de distractions pour de jeunes hommes. Paris et encouragements fusèrent.

— Allez, le grand, ne te laisse pas insulter.

— Crève-le, l'Allemand ! Fous ce métèque en l'air !

Eliha se sentait dédoublé. Son corps recevait les coups, sa pommette éclatait sous la main de son adversaire, son cerveau entendait les cris et les exhortations. C'était lui, l'Allemand ! Sans doute Bradu était-il plus grand, plus lourd, plus fort. Mais il n'était pas aguerri par quatre ans de bagne ; ses nerfs ne brûlaient pas au feu de la vengeance. Sous la grêle des coups assénés par le Roumain, Eliha trouva la force de décocher, du sol, un coup de pied meurtrier en direction du bas-ventre de son ennemi. Bradu s'écroula en couinant, mains crispées sur sa jeune virilité. Hors de combat. Les spectateurs appréciaient la technique et s'égayaient déjà vers leurs places quand Eliha se releva. C'était une victoire trop facile. Le brasier en lui n'était pas éteint. Son crâne blessé résonnait des appels de Siméon, de Salida, de Jonas, de Sarah, de Jacob, d'Ebenezer, jaillis comme le tonnerre de l'Éternel d'une seule bouche hurlante.

Délibérément, il ramassa la fourchette neuve que lui avait donnée Moktar, se pencha sur Bradu Magalescu toujours gémissant et cracha :

— Un jour, je tuerai ton père.

Il accompagna ce serment d'un geste bref et rageur, plantant la fourchette jusqu'au ras des dents dans la gorge palpitante. Il ne se releva pas assez vite pour éviter le jet de sang qui bondit de la carotide déchirée.

Le crime ayant été commis dans un hôpital soumis au régime d'occupation, c'est un tribunal militaire français qui jugea le procès du jeune Juif. Malgré le témoignage du capitaine-médecin qui mentionnait les séquelles d'une blessure crânienne récente et malgré une plaidoirie pleine de sentiment du lieutenant commis d'office comme avocat de la défense, le tribunal se montra inflexible.

Le lieutenant avait tout uniment demandé la relaxe, estimant que le geste meurtrier d'Eliha n'était que la première exécution d'un arrêt que tous les tribunaux de l'Occident prendraient bientôt contre la race des bourreaux. Les juges ne retinrent au chapitre des circonstances atténuantes que les récits des spectateurs de la rixe, qui affirmèrent que la victime avait frappé le premier.

Le dénommé Eliha Leibowitz, quinze ans et six mois, citoyen roumain, fils de Siméon Leibowitz et de Salida Botich, décédés, fut condamné àpuger cinq ans d'emprisonnement dans une forteresse militaire.

Chapitre 6

Le sergent Jos Shamir n'avait rien d'un tendre. Ses fonctions d'enquêteur-interprète à l'antenne de recrutement de la Légion étrangère à Kehl réclamaient une connaissance aiguë du caractère et du comportement humain, jointe à une méfiance permanente. Rien qui incitât à l'optimisme, en ces premiers mois de paix de 1945.

Shamir était petit et sec mais ceux qui se croyaient encouragés, par sa taille fluette et ses épaules étroites, à lui taper dans le dos d'un air protecteur, recevaient en retour un regard à leur figer les moelles. Des cicatrices jumelles sur les deux joues, souvenirs d'une balle qui lui avait traversé la mâchoire quelque part en Italie, n'arrivaient pas à simuler un sourire. Ces deux étoiles, blanches dans le visage brun, surmontées d'yeux verts et perpétuellement agressifs, suggéraient exactement l'adjectif « sardonique ».

Militairement, le sergent Shamir était un pur produit de la Légion étrangère du temps de guerre. A peine s'il venait de terminer son premier contrat d'engagement, mais, dans les rangs de la 13e Demi-Brigade, il avait été de tous les combats où avait brillé le Commando Juif. Qu'il fût parvenu à son grade disait assez qu'il avait été parmi les meilleurs.

Le légionnaire qui frappait à la porte du bureau où officiait le sergent paraissait circonspect. Bien que porteur d'un ordre du capitaine commandant l'antenne, il s'inquiétait de la façon dont il allait être reçu. Ce satané

Juif le mettait mal à l'aise. Ce qui était normal ; le légionnaire Still, pseudo-Suisse engagé de fraîche date, n'oubliait pas son passé récent de Breton servant sous l'uniforme de la division Charlemagne. Il savait fort bien que le sergent Shamir, qui « sentait » littéralement les anciens S.S., n'avait pas été dupe de l'histoire rocambolesque qu'il avait racontée à son arrivée. Dieu merci, le capitaine avait fait mine de la croire.

— Entrez, gueula Shamir.

Still se mua en robot pour franchir la porte, saluer, retirer son calot vert et rouge et se présenter d'une voix tonnante. Puis il rencontra malgré lui les yeux verts du sergent et devint muet.

— Alors ? Accouche !

— Le capitaine vous demande, sergent. Au poste de police.

Personne, pas même le sergent Shamir, ne faisait attendre le capitaine Jeanpierre. Non qu'il manifestât facilement sa mauvaise humeur. C'était simple envie de ne pas lui déplaire. Jeanpierre avait le don assez rare de prendre ses subordonnés par le cœur. Depuis peu revenu d'un camp de concentration en Allemagne, il avait été affecté à Kehl dès son retour au service. L'énergie qu'il mettait à sa tâche de recrutement semblait, jour après jour, redonner des forces à sa solide carcasse éprouvée par le régime des camps. Il attendait son sergent en piaffant à côté de sa jeep.

— Dépêche-toi, bonhomme. De l'autre côté, ils ont toute une brochette de nouveaux arrivants qui pourraient faire notre bonheur.

Shamir ne discuta pas. Le capitaine avait ses informateurs dans tous les P.C. de la Zone d'occupation française en Allemagne. Sans doute même au 2e Bureau du général de Montsabert, à Baden. Confiant dans les qualités de conducteur du légionnaire Still, qui ne s'habituait pourtant pas à transporter le sergent La Vipère sur le siège arrière, Jeanpierre appuyé sur un coude expliquait à Shamir que la prévôté de Kaiserslautern avait intercepté trois gaillards dont la conversation serait instructive.

— Manifestement, ce sont des évadés. Ils ne portaient bien sûr pas de vareuses timbrées P.G. ou W.P., mais ils avaient encore des culottes de la Wehrmacht quand les gendarmes les ont pris. Plutôt satisfaits, paraît-il, d'être arrêtés par des Français. Ils ont parlé de la Légion. A nous de jouer.

— Encore de la racaille S.S., grommela Shamir.

Still serra les dents à son volant et rata de peu l'aile du camion qu'il était en train de dépasser.

— Je me fous pas mal que ce soient des S.S., dit Jeanpierre. Ce que je ne veux pas c'est qu'ils aient participé à un massacre de civils ou qu'il aient appartenu à un Einsatzgruppe quelconque. Les Waffen-S.S. des régiments de ligne étaient des soldats comme les autres. Souvent même meilleurs. Ne confonds pas les durs à cuire et les voyous, mon vieux.

Dans la mairie intacte de Kaiserslautern, les prévôts, qui occupaient une aile au rez-de-chaussée, avaient prêté au capitaine Jeanpierre un minuscule bureau sans fenêtre, sommairement meublé de deux chaises et d'une table de bois blanc. Attentif comme un carnassier attendant une proie, Jos Shamir assis écoutait les dernières directives du capitaine, qui marchait mains aux poches de long en large.

— Scénario habituel. Nous recevons les bonhommes un par un. Je questionne, tu te contentes de traduire si nécessaire, sans ajouter ton grain de sel mais en notant ce qui te paraît louche. Une fois le type ressorti, nous comparons nos impressions. S'il semble y avoir des doutes sérieux sur l'histoire qu'il nous a racontée, tu le fais revenir et je te le laisse pour lui faire vider son sac. Au travail.

Les deux premiers prisonniers ne donnèrent pas grand mal au duo des interrogateurs. Le premier avouait sans difficulté qu'il s'était évadé d'un camp de transit américain près de Francfort.

— Je voulais revoir ma femme au pays, dit-il. J'étais charcutier à Trèves. Être si près de la maison me rendait fou.

Il n'avait retrouvé que les ruines de son commerce. Sa femme était partie, « avec un nègre américain », avaient précisé des voisins venimeux.

— Celui-là n'a jamais saigné que des porcs, conclut Shamir dégoûté. Je ne vois pas ce que la Légion pourra bien en faire.

Le second au contraire permit au sergent d'exercer tous ses talents. Droit et arrogant, il répondit, sans ciller un instant de ses yeux de faïence, à toutes les questions du capitaine.

Oui, il venait lui aussi du camp de Francfort. Il était un guerrier, et fier de l'être. Il avait été fait prisonnier les armes à la main dans les derniers combats sur le Danube. Par chance ce n'étaient pas les Russes qui l'avaient pris. Oui, il exécrait les Russes, les *Untermenschen,* les Juifs. Non, il n'avait jamais eu l'occasion d'en tuer, mais, s'il en avait reçu l'ordre, il l'aurait exécuté de bon cœur. C'était presque de la provocation. Les cicatrices de Shamir pâlissaient un peu plus à chaque profession de foi du prisonnier. Celui-ci eut droit, en tête à tête, à l'interrogatoire spécial du sergent.

— Bien sûr, il porte le tatouage sous le bras, rendit compte Shamir. Il a fini par reconnaître qu'il a fait deux ans au camp de Dora. Gardien à la Division IV.

Jeanpierre serra les dents. Il avait lui aussi de pénibles souvenirs.

— Refusé. Au suivant.

Le dernier candidat proposé aux légionnaires était un véritable athlète. Massif, très grand, il prétendait s'appeler Nicolas Tarass, et se disait sujet roumain. Apparemment, la malignité du petit sergent rouquin aux yeux verts ne l'impressionnait aucunement. Il perdit même beaucoup de sa retenue et de sa lourdeur quand Jos, excédé de son allemand difficile, l'apostropha dans sa langue. C'était un des mystères de la vie aventureuse de Jos Shamir. Il possédait une dizaine de dialectes et de patois européens, comme s'il avait passé sa jeunesse à écumer les frontières.

— Ne raconte pas d'histoires. Tu ne t'appelles pas Nicolas Tarass.

Les petits yeux bruns du Roumain devinrent inquiets. « Il ne tiendra pas la distance », pronostiqua Jos. Il décida de poursuivre son avantage.

— Si tu veux t'appeler Tarass, je m'en fous. Mais pour la bonne règle, pour nous montrer que tu n'as rien à te reprocher tu ferais mieux de me donner ta véritable identité.

— Je m'appelle Tarass, décida le géant d'une voix morte.

Un quart d'heure de questions ne changea rien à son entêtement. Dévêtu, son corps ne présentait aucun indice sur son passé ; ni tatouage, ni cicatrice récente. Il racontait, avec une simplicité nostalgique, sa jeunesse dans son Baragan natal, ses escapades de gamin à la poursuite des buissons de chardons emportés par le vent fou qui enlevait, chaque année, les garnements miséreux à leurs villages arriérés. Il disait les difficiles années d'avant-guerre, quand il n'était bon à rien, traînant sur les docks de Braïla.

— Il n'a pas pu inventer tout ça, admit Shamir. Là-dessus, il dit la vérité, aucun doute.

— Un pauvre garçon, conclut le capitaine. Je l'accepte.

— Pourtant il y a quelque chose de trouble, mon capitaine. Un bouseux peut-être, mais qui est soldat allemand. Comment est-il arrivé jusqu'au fin fond de l'Allemagne ? Dès le début de la débâcle dans leur pays, les Roumains ont tourné casaque et ont pris le parti des Russkis. Pourquoi pas celui-là ?

— Je t'accorde qu'il n'est pas tout net. Emmenons-le à Kehl. Tu auras tout le temps de le cuisiner davantage avant de lui faire signer son engagement.

— Il ment au moins sur un point, continua à maugréer le sergent. Il ne s'appelle pas Tarass, j'en parierais ma Bible. Pourquoi diable a-t-il peur de donner son vrai nom ?

Quand le grand Roumain et le charcutier de Trèves furent transférés à Kehl, au dépôt des volontaires à l'engagement, un étrange compagnonnage s'instaura entre le soi-disant Tarass et le sergent Shamir. Au début, Jos n'était animé que par un besoin presque physique d'être vainqueur de ce duel. Il avait pris conscience de la force d'inertie de son adversaire.

— Avec un type aussi privé d'imagination que ce paysan du Danube, se répétait-il, pas de danger d'obtenir une contradiction sur les détails de ses aventures. Il n'en donne aucun.

Il jouait donc de deux vertus qui pourtant lui manquaient cruellement, la patience et la chaleur humaine.

Bizarrement la deuxième sembla porter ses fruits. Sur la dizaine d'impétrants qui espéraient une décision définitive pour être envoyés au temple de Sidi-bel-Abbès, le Roumain était bien le seul à trouver de l'agrément aux conversations avec La Vipère. Peut-être parce qu'elles étaient pour lui les seules occasions de parler de son pays.

Il existait, dans ce groupe de déracinés, une remarquable propension à l'introspection et à l'égoïsme. Chacun revivait ses malheurs d'hier et ne se souciait que de son propre avenir immédiat. Seuls, les caractères forts pouvaient ainsi espérer tenir en autarcie. Encore la plupart d'entre eux étaient-ils liés au moins par le langage. Privé de ce lien, Tarass se sentait aussi seul qu'il l'avait été dans son enfance villageoise. Les convocations au bureau du sergent Shamir lui semblaient des instants de détente.

Durant plusieurs jours, de plus en plus librement, il revint sur les premières années de sa vie, les plus heureuses dont il se souvînt, disait-il.

Le sergent se contentait d'écouter avec le calme du guetteur qui sait bien que l'adversaire va commettre une faute, un jour ou l'autre. Il revenait parfois sur un mot, un nom, une date. Toujours sur les sujets les plus anodins.

— Ton oncle, dans le Baragan, s'appelait Michel, je crois. De quoi vivait-il ?

Vingt fois au moins, le grand Tarass répondit que son oncle Michel vivait à ne rien faire. C'était peu vraisemblable, mais le soldat rustique et peu délié faisait cet aveu avec une telle simplicité que Jos le croyait. L'oncle Michel était de ces braves campagnards qui louaient leurs services sur les grands domaines, une saison par an, et passaient le reste de l'année à braconner et à boire avec leurs voisins. A faire aussi des enfants à sa femme, à en juger par la liste de cousins et cousines qu'avouait Nicolas Tarass.

Shamir avait assez lu les ouvrages de Panait Istrati pour trouver authentiques les souvenirs de son interlocuteur.

— Tout de même, questionnait-il un autre jour, tu as dû trouver du travail à Braïla, plus tard. Tu étais marié, m'as-tu dit. Père de famille même. Une femme et un enfant, il faut les faire manger, les loger, les habiller.

— C'est vrai, sergent, disait l'autre, que le sujet abordé rendait grave. Au début, j'ai eu du mal. Je me suis marié trop jeune et personne ne voulait d'un gamin aux docks. J'ai d'abord aidé des marchands ambulants, sur les marchés. Ils me prêtaient une charrette où nous dormions avec Magdalena. Nous allions de bourg en bourg, tout le long du Danube, trois jours ici, une semaine là. Nous avons été heureux, alors. C'est comme ça que nous avons conçu notre fils, Bradu. Pour sa naissance, j'ai trouvé en ville une chambre à partager avec un autre ménage et j'ai aussi obtenu du travail, à peu près régulièrement, sur le port. Ce n'était pas la richesse, mais jusqu'à la guerre, ma femme et mon fils n'ont pas eu à se plaindre de moi.

— Jusqu'à la guerre ! intervint le sergent. Tu veux dire jusqu'en 1940. Quand exactement ?

— Oh ! Je crois que c'était en février ou en mars. Je me souviens qu'il faisait froid, et que nous ne trouvions presque plus de bois à brûler. Je devais aller de nuit en chercher sur une île du delta. C'était dur : au moins trois heures de rame, et les bûchettes à charger ensuite dans la barque plate. Je ne rentrais qu'au matin.

— Donc en mars 1940. Que s'est-il passé alors ?

— Le maréchal nous a dit que le pays était menacé par les Hongrois et par les Russes et que nous devions le défendre.

— Et pour faire plaisir à ton Antonescu, tu t'es engagé dans les Gardes de Fer, voilà.

Trois fois au moins, arrivé à ce point de son histoire, Tarass avait changé de registre. Sans convaincre le sergent de sa sincérité, il simulait tantôt l'irritation, tantôt la pauvreté d'esprit.

— Ce n'était pas *mon* Antonescu. C'était notre Premier ministre. Un grand homme que même vos chefs ont respecté. Nous le lisions dans les journaux.

— Où avais-tu appris à lire, Nicolas ?

— Magdalena m'avait appris, au début. Je n'ai jamais été très fort mais c'est elle qui me lisait les articles, ou Bradu. Il allait à l'école, lui.

— Bref, tu es devenu soldat. Et tu as fait la guerre, bien sûr, quand la Roumanie a déclaré la guerre aux Russes.

— Bien sûr, admettait le Roumain.

— Quel régiment ? Quels combats ?

Là, Tarass achoppait. Ses réponses jusqu'alors précises, immédiates, chargées des mille riens de la vie courante, se faisaient évasives.

— Où ça ? En Transnistrie d'abord. Après sur le Don. Un régiment de notre division est même allé jusqu'à Stalingrad.

— Mais toi, Tarass, toi : où t'es-tu battu ? As-tu revu Magdalena et Bradu, plus tard ?

Tarass restait muet. Il aimait bien le petit sergent aux cheveux roux et au regard pointu qui s'intéressait tant aux jours heureux de sa vie, mais il refusait d'aborder les années sombres, l'affectation aux unités de gardes des camps de travail, les nuits de Cernauti passées dans le froid des miradors, le grouillement des fourmis juives autour d'eux, le vice et le sadisme du lieutenant Andrea, l'apocalypse de la défaite. Il se taisait.

— Essaie de te souvenir, Nicolas, disait Shamir, presque amicalement. Nous nous reverrons demain.

Tarass repartait tristement vers le baraquement des engagés, lourd de sa mémoire bouleversée, de ses chagrins et de ses remords. « Pour ce garçon fruste, se disait son tourmenteur, les soirées face à son passé ne doivent pas être drôles. »

Soudain, au bout d'une semaine, sur une question anodine déjà maintes fois posée, la digue se rompit.

— Sais-tu où est Bradu, aujourd'hui ? Si nous les retrouvions, lui et sa mère, comment s'appelleraient-ils ? Tarass, comme toi ? avait demandé le sergent.

— Oh ! Vous savez déjà que ce n'est pas mon vrai

nom, capitula sa victime. Je suis Nicolas Magalescu, et je n'ai pas servi dans les régiments de combat. J'étais surveillant dans un camp de travail.

Cette fois, Nicolas Magaslescu baissait les yeux, vaincu. Comme si l'amitié qu'il avait cru lire dans le comportement de Jos s'était adressée à un autre homme. Il s'attendait à une explosion. Sûr qu'il allait être chassé de cette confrérie, qu'il avait voulu rejoindre par hasard, et qu'il découvrait maintenant indispensable à sa survie, morale autant que physique. Shamir se taisait, à son tour.

— Je sais, hasarda le géant gauchement. Je vous ai menti pendant longtemps. Vous devez m'en vouloir. Tant pis pour moi. Mais ne faites pas de mal à ma famille si vous les retrouvez.

Cette histoire ne laissait au sergent qu'une impression de fatigue amère. Il savait bien, d'expérience, que ce premier aveu allait entraîner tous les autres. Peut-être allait-il entendre le récit de tant d'horreurs que même le capitaine Jeanpierre ne pourrait pardonner, qu'ils devraient livrer Magalescu à la police militaire. Il fut étonné de se sentir pour la première fois peu fier de son métier, de sa rouerie, de ses trucs d'interrogateur professionnel. Il dut s'avouer qu'il avait en si peu de temps appris à estimer la solidité de son adversaire, son entêtement à défendre sa vérité, sa vaillance face à la solitude qui devait être la sienne.

— Assieds-toi, Tarass. Maintenant nous allons vraiment pouvoir parler librement. Je sais que tout ce que tu vas me dire sera la vérité. Je te crois. Je suis ton ami.

Si Jos Shamir était capable de terroriser ses interlocuteurs, il fallait bien admettre qu'il pouvait tout autant toucher leur cœur. Le Roumain se laissa tomber au hasard sur une chaise qui plia sous son poids. Il leva les deux mains à son visage et se mit à pleurer. De longs sanglots silencieux, qui faisaient trembler ses doigts épais dans ses cheveux raides.

Le sergent sortit de la pièce. Il ne voulait pas assister à l'effondrement d'un homme. Le légionnaire Still, qui traînait désœuvré dans le couloir, mal à propos, servit d'exutoire à sa mauvaise humeur.

— Toujours à ne rien foutre, hein ? Et ça veut être légionnaire. Tu n'es pas encore à Bel-Abbès, fichu Charlemagne.

En s'éclipsant, Still se dit qu'on ne pouvait pas cacher ses petits secrets à La Vipère.

A compter de cette séance, les interrogatoires formalistes firent place à de longues conversations entre le petit Jos et le grand Nicolas. A de longs monologues de celui-ci, plutôt, car une simple question du sergent suffisait à mettre la mémoire de Magalescu-Tarass sur ses rails.

Il dit ainsi comment il s'était trouvé à Cernauti. Parce qu'il manquait d'intelligence, qu'il était grand, fort, qu'il avait involontairement l'air d'une brute.

— Ils croyaient que j'étais méchant parce que j'étais renfermé et que je ne parlais pas beaucoup, avoua-t-il. Ils m'ont même dit que j'étais là pour faire peur aux déportés.

— Tu étais bien payé, quand même. Mieux que sur les docks ?

— C'est vrai que la solde m'intéressait. Et la maison qu'on m'avait donnée pour loger ma famille. Malgré tout, j'aurais mille fois préféré me battre sur le front que faire creuser des tranchées jour après jour. Elles ne servaient à rien, ces tranchées. La preuve, quand les Russes sont venus, en 1944, personne ne s'est soucié de les défendre.

— C'était dur, Cernauti ?

— Pour nous, sûrement moins que de se battre. Pour les internés, oui, c'était dur. Ils ne mangeaient pas grand-chose, les pauvres bougres. Les hivers étaient vraiment froids, aussi.

— Il en est mort beaucoup ?

Autant Jos se forçait à la froideur, autant le Roumain laissait paraître sa gêne. Bizarrement, cette difficulté à traiter de ce sujet brûlant paraissait au sergent un gage d'honnêteté. « S'il répugne à évoquer ces malheureux, songeait-il, c'est qu'il a, à l'époque, ressenti l'injustice de leur sort. »

— Oui, consentit à souffler Magalescu, beaucoup

sont morts. Le plus souvent d'épuisement. Quelquefois aussi par la faute des gardes.

Voilà. Il était arrivé au bord même du précipice. Il ferma les yeux sur l'image de ce vieux couple étalé sous ses propres balles dans les barbelés. Ses victimes à lui. Les seules dont il se souvenait, qui effaçaient toutes celles qu'ils avait pu tuer ensuite, en se battant dans le bataillon allemand où il avait été enrôlé après Cernauti. Presque malgré lui, les paroles de l'aveu définitif se formaient dans sa gorge, n'attendant pour naître que le signal de Shamir. Mais Shamir ne demanda rien de plus ce jour-là.

Le lendemain, il s'intéressa au dernier acte. Magalescu retrouva son aisance, alors même qu'il narrait, sans attendrissement, le pire hiver que les hommes aient jamais passé à se combattre. Le maigre détachement de gardes du lieutenant Andrea, parvenu en Pologne occidentale, Vistule passée, avait été purement et simplement digéré par un Bataillon de Marche de *Panzerjäger,* qui faisait grosse consommation d'effectifs polonais, hongrois ou roumains. Les Allemands avaient pris à leur charge tous les travailleurs juifs convoyés jusque-là.

— Qu'est devenu ton lieutenant, Tarass ? Cet Andrea dont tu m'as raconté déjà suffisamment de quoi l'envoyer à son tour au bagne s'il nous tombe dans les mains ?

— Je vous ai dit tout ça pour que vous sachiez comment toutes ces saloperies arrivaient. Pas tellement pour noircir Andrea. Parce que, s'il n'a pas vécu proprement, cet homme-là a bien su mourir. C'était en avril, je crois, du côté de Hanovre. Sans nous en être rendu compte, après nous être battus des semaines contre les Russes, nous nous sommes retrouvés le dos sur les Américains. C'était plutôt moins dur, excepté leurs avions qui nous attaquaient pratiquement en permanence. Pour eux la manœuvre était simple : dès qu'ils trouvaient une résistance, il s'arrêtaient, nous écrasaient sous les bombes, puis revenaient voir si la route était libre. C'est ainsi que le lieutenant a été tué, dans un nid de *Panzerfaust.* Ses trois tireurs étaient morts dans leurs trous ; quand les chars sont arrivés, il a pris lui-même un tube et a détruit le premier. Le suivant l'a aplati sous ses chenilles. Personne n'est tout à fait mauvais, voyez-vous.

— Et toi, que t'est-il arrivé ?

Magalescu sourit, fièrement.

— Vous n'allez pas vous fâcher si je vous dis que j'ai eu moi aussi un char américain ! Et avant, sous la neige, entre la Vistule et l'Oder, trois blindés russes dans la même journée.

Il secoua la tête avec commisération.

— Ces Russes, ils avançaient tout droit au suicide. Leur arme à eux, c'était le nombre. On aurait dit ces petits crabes qui sortent le matin sur les bancs de vase du Danube. Un grouillement. Vous en écrasez une pleine semelle sous votre botte et les survivants grimpent déjà à vos mollets.

La campagne du bataillon multi-racial de *Panzerjäger* avait pris fin devant Hildesheim, face à la 9e Armée américaine, le 7 avril 1945.

— Beaucoup de morts. Beaucoup de déserteurs aussi. Nous n'avons pas été plus de cinquante à être faits prisonniers.

Shamir avait écouté ces récits tout simples sans y reconnaître la guerre qu'il avait connue avec la 13e Demi-Brigade, en Afrique, en Italie ou en France. « Valait-il mieux crever dans le sable ou dans la neige ? se dit-il. Geler dans un trou de glace dans le lit d'un affluent de l'Elbe, ou cuire dans les cailloux de Bir-Hakeim ? » Sur sa chaise, de l'autre côté de la table nue, Nicolas Magalescu attendait en silence, les yeux fixés sur le petit rouquin qui l'avait si bien soulagé de sa trop lourde mémoire. Il ne se demandait même pas ce que pourrait être le jugement. Il avait dit ce qu'il devait dire. Presque tout.

— C'est bien, Nicolas. Tu as bien fait de me faire confiance. Je sais, moi aussi, que toutes ces années ont été dures pour tout le monde. Je vais parler de toi au capitaine. Il te convoquera demain. Va dormir.

Quand il sortit pour rejoindre le cantonnement des volontaires, Magalescu fut étonné de voir qu'il faisait nuit.

Le capitaine Jeanpierre reçut les candidats à la Légion avec toute la pompe réservée traditionnellement à la séance de signature de l'acte d'engagement. D'une voix paisible, il lut, à la dizaine de garçons qu'il avait choisis, les quelques préceptes qui devaient devenir leur évangile pour les mois à venir. Traduites en toutes les langues d'Europe par Shamir et ses camarades interprètes, les phrases tombaient dans un silence attentif, mais au fond peu passionné. Il était question de discipline, de droits, de courrier. Des détails pour ces déracinés au seuil d'une nouvelle aventure. Ils ne manifestèrent de l'intérêt, cette fois vivement, que lorsqu'il fut question d'anonymat.

— A compter d'aujourd'hui, disait Jeanpierre, vous avez dépouillé le vieil homme. La Légion ne connaît que des hommes neufs, porteurs de nouveaux noms. Jamais elle ne dévoilera vos anciennes identités, jamais même elle ne reconnaîtra vous avoir dans ses rangs si quelque organisme que ce soit vous recherchait. Bien sûr, cette promesse ne tient que si vous-mêmes ne commettez pas l'imprudence de signaler votre présence chez nous. En somme, nous acceptons de mentir pour vous protéger si nous sommes sûrs de ne pouvoir être convaincus de mensonge par votre faute. Sommes-nous d'accord ?

Un murmure affirmatif courut dans les deux rangées d'impétrants, dont l'espoir gonflait enfin le cœur. A l'appel de leur nouveau patronyme, ils s'avançèrent, un à un, jusqu'au bureau du capitaine qui leur tendait à signer une feuille couverte de caractères que la plupart étaient incapables de déchiffrer. A chacun, d'une phrase, Jeanpierre montrait qu'il connaissait personnellement son histoire et ses problèmes. Ils rejoignaient leur rang comme s'ils venaient de recevoir un adoubement.

— Michel Tarass ?

Le sergent Shamir toucha le coude d'un Magalescu transporté, sourd, raide comme un guerrier de pierre aux marches d'un monument.

— C'est toi, Nicolas, souffla-t-il.

Stupéfaits, ceux qui regardaient le géant et son

enquêteur surprirent, le temps d'un éclair, un vrai sourire sur les lèvres minces de La Vipère.

— Tâche d'oublier les malheurs que tu as traversés, Tarass, dit le capitaine, et de faire oublier ceux que tu as causés. Le sergent Shamir m'a répondu de toi, et il ne se trompe pas souvent. Ne nous déçois pas.

— Tu sais, ajouta Jos, quand ils furent sortis après la cérémonieuse séance, la vie ne sera pas rose tous les jours maintenant. Ce sera dur, physiquement et moralement. Mais essaie de ne plus penser à Czernowitz ni à ce que tu as été obligé d'y faire. Si je ne t'ai rien demandé de plus, c'est parce que j'ai deviné depuis longtemps que tu n'étais pas un salaud. De temps en temps, souviens-toi que je suis ton ami.

En février 1947, une carte postale traîna plusieurs jours sur les tables de tri du vaguemestre, au Dépôt commun des Régiments étrangers, à Sidi-bel-Abbès. Elle était adressée au sergent Shamir Jos. D'une écriture appliquée, l'expéditeur avait tracé quelques mots de correspondance :

« J'arrive en Indochine. Je n'ai pas oublié. Signé Tarass Michel, matricule 8720. »

Au bout de deux semaines la carte fut jetée à la poubelle. Depuis le 3 janvier, le sergent Shamir était démobilisé. Il avait rejoint la vie civile sans laisser d'adresse.

DEUXIÈME PARTIE

ISRAËL

Vois la noblesse de Dieu !... Il ne laisse pas en vie le méchant, mais fait justice aux opprimés.

(Job, 36, 5-6)

CHAPITRE 7

— Christophe, va voir ce que demande ce client bizarre sur la terrasse.

Socrate Elphandratos accompagna cette injonction d'un coup de savate nonchalant en direction des fesses maigres du paresseux Christophe, adolescent efflanqué, basané et sournois, qui constituait à lui seul tout le personnel de la « Route des Iles ». Le café d'Elphandratos, coincé entre une échoppe de cordages et l'éventaire entouré de mouches où un vieux paysan descendu de la montagne étalait des fruits plus blets que mûrs, était sans doute le plus décrépi de tout le quai aux cargos de Limassol.

Dans la salle, sous le plafond qui n'avait pas été chaulé depuis au moins trente ans, il faisait une fraîcheur humide qui collait aux épaules le maillot douteux de Socrate. Deux vieux silencieux, assis face à face à une table en bois d'olivier, secs comme des arbustes de garrigue, trempaient par habitude leurs moustaches tombantes dans d'étroits verres de raki. Les vitres sales des étroites fenêtres donnaient sur ce que le patron appelait pompeusement « la terrasse ». Ce n'était, au-delà d'un rideau de perles de bois bruissantes, qu'un rectangle de trottoir mal aplani, garni de deux guéridons rouillés et de quatre chaises dangereuses. Aucun des clients fidèles de la « Route des Iles » n'eût eu l'idée saugrenue de s'asseoir là en plein après-midi.

Aussi Elphandratos pouvait-il à bon droit qualifier de bizarre l'individu qui s'étalait apparemment à l'aise au soleil d'août. Il n'avait pas le type des gens de l'île ; Cypriotes grecs ou turcs étaient noirs de poil comme de regard, avaient la voix rocailleuse et bourrue et faisaient preuve d'une politesse surannée. Le petit homme qui venait de redresser Christophe d'un seul regard de ses yeux verts était roux comme une corde de chanvre neuf, et disait avec la plus grande douceur les mots les plus grossiers qu'un Grec bien né n'adresse à son ennemi juré qu'en cas d'extrême offense :

— Fils d'un maquereau et d'une truie, va dire à ce chien de Socrate que s'il n'est pas devant moi, ici, dans une minute, je fais sauter son immonde boui-boui.

Christophe hésita à laisser se révolter son sang méditerranéen, mais un regard sur le visage marqué de son insulteur l'en dissuada. Trop dangereux. Il rentra avec une précipitation qui lui était inhabituelle et transmit le message. A sa grande surprise, le gros Elphandratos éclata de rire, leva les bras au ciel et se précipita vers la terrasse. Même les deux vieillards statufiés à leur table manifestèrent eux aussi leur étonnement et tendirent le cou pour regarder dehors par la fenêtre étroite. Ils virent le patron et l'inconnu debout, s'embrassant et se donnant force claques dans le dos.

— Sacré Shamir ! hoquetait Socrate. Pourquoi ne m'as-tu pas fait prévenir que tu venais à Chypre ? Que viens-tu faire, cette fois-ci ? Encore des farces aux Anglais, je parie.

Trois ans plus tôt, au printemps 1947, Jos Shamir, juste libéré de son service à la Légion étrangère française, s'était fait enrôler par l'Irgoun. Sa première mission l'avait conduit à Chypre. Chargé d'organiser des départs clandestins de réfugiés juifs vers la Palestine, il s'était naturellement cherché des complices dans la faune des ports. Socrate Elphandratos, heureux comme la majorité des Grecs de l'île de battre en brèche l'autorité pesante de la Grande-Bretagne, s'était montré efficace, retors et sûr.

— Cette fois, dit Jos, c'est un peu plus compliqué. N'oublie pas que depuis 1948 l'État d'Israël existe officiellement. Nous l'avons bien montré aux Arabes. Tu as dû en entendre parler ? Nous sommes membres de l'O.N.U. Bref, civilisés, légalistes, respectueux des règlements internationaux, et tout et tout. Plus question d'actions subversives.

— Alors, que viens-tu faire ici ? redemanda Socrate. Revoir tes vieux amis ?

Son sourire réjoui ne tint pas devant l'air sérieux qu'affichait l'Israélien.

— Fais-nous servir deux rakis et assieds-toi. Je te raconterai le principal.

— Sur la terrasse ! Avec cette chaleur ?

— Mais oui, Socrate. Personne ne traîne dehors à cette heure-ci. Nous serons tranquilles pour parler.

Un coup d'œil sur le quai confirma ses dires. Les barcasses amarrées au quai incurvé dormaient sur une mer sale et huileuse, sans un clapotis ; dans la baie, trois cargos à l'ancre attendaient d'être chargés, ou déchargés par la noria de vedettes qui viendraient les assaillir aux heures fraîches. Le cafetier passa la tête à travers le rideau de perles, mit Christophe en branle d'un coup de gueule, et revint s'asseoir bravement en face de son ami Shamir.

— Socrate, je suis venu chercher des Allemands.

— A Chypre ? s'étonna l'autre.

— Oui. Pas des Allemands ordinaires. Des anciens nazis, qui ont trempé dans bon nombre de massacres pendant la dernière guerre en Europe. Tu sais que nous autres Juifs sommes assez pointilleux sur ce sujet. Nous avons entendu dire que ton pays servait de refuge provisoire à quelques-uns de ces messieurs. Ils auraient paraît-il l'intention d'émigrer dans les pays arabes, qui sont par ailleurs nos ennemis les plus hargneux.

— En somme, constata Socrate qui avait l'esprit vif, vous voulez faire coup double. Vous arrêtez les Allemands et vous privez les Arabes de bons techniciens en art militaire. Mais, tout de même, Jos, ces Allemands, si tu les trouves, tu ne vas pas les tuer chez nous. L'île est bien assez agitée par nos bisbilles avec les Anglais.

— Tu as parfaitement compris notre problème. Pas question d'exécution sur place. Nous avons décidé de les enlever et de les juger chez nous, en Israël. Nous n'hésitons encore que sur un point : les procès doivent-ils se dérouler en public, ou non ?

— Quel est ton avis ?

— Je n'ai pas voix au chapitre, mon vieux. Je ne suis qu'un petit capitaine, du service de renseignements de Tsahal, notre armée. Mon seul travail est de repérer nos cibles, de les faire surveiller par des gens sûrs et de les désigner ensuite aux équipes qui seront chargées des enlèvements. C'est tout.

Elphandratos s'agita sur sa chaise, qui grinça dangereusement. Il aimait bien Jos, et son caractère de pirate aventureux n'avait pas tellement souffert de l'âge et du confort de sa vie casanière. Mais il s'avouait qu'il n'avait pas très envie de participer à nouveau à des opérations brutales, alors que les troupes britanniques commençaient à se signaler par leur nervosité. Comment les occupants accepteraient-ils qu'on enlevât sous leur nez, dans un territoire qu'ils avaient mission de contrôler, de braves citoyens sans doute sans reproche et munis de tous les papiers nécessaires ?

— Pourquoi as-tu pensé à moi, mon ami ? Y aurait-il une de tes cibles dans le secteur ?

Shamir se pencha pour s'accouder au guéridon, l'air sérieux. Comme autrefois, les cicatrices blanches sur ses joues fascinaient le cabaretier. Quand Jos le regardait ainsi, il ressentait le magnétisme de ce petit homme si peu impressionnant par son physique. Comme s'il avait soudain regretté d'en avoir trop dit, l'Israélien secoua la tête et ferma les yeux.

— Pardonne-moi, Socrate, dit-il. Le travail n'a pas été facile toute cette semaine à Nicosie. Ici, je ne suis encore sûr de rien. Je suis fatigué. Je continuerai mon enquête demain et je te dirai alors si j'ai besoin de toi. Shalom.

Le Grec le regarda partir le long du quai, silhouette nerveuse en pantalon de toile et chemisette passe-partout . A cent mètres Shamir se retourna et agita la main avant de disparaître dans une ruelle qui remontait vers la vieille ville.

Ce n'est pas au repos que l'agent de Tsahal consacra sa soirée. Le tenancier de la « Route des Iles » ignorait que son ami eût d'autres « correspondants » que lui à Limassol. C'est pourtant chez l'un d'entre eux, au cœur d'une vieille maison aux murs épais, que Shamir étudia le dossier d'identification que lui avait remis son informateur. Une série de photos peu nettes, trois facsimilés de paperasses d'allure officielle, et une fiche couverte de notes.

Le sujet proposé s'était appelé Otto Wilsdorf. *Oberstleutnant* Otto Wilsdorf, qui avait servi en France en 1940, y avait été blessé une première fois, puis avait combattu sur le front russe de fin 1941 à février 1943. Blessé sur le Don une seconde fois, affecté à peine rétabli au commandement du service de sécurité du camp de Drogobytch, chargé de traiter aussi bien des détenus politiques que des déportés raciaux ou des prisonniers soviétiques civils. Nombre des victimes non établi par suite de la disparition totale des archives. Il semblait que le lieutenant-colonel Wilsdorf avait terminé la guerre en Bavière, à la tête d'un détachement squelettique formé en grande proportion de ses subordonnés du camp. Les armées alliées ne l'avaient jamais arrêté, ni même fiché.

A partir du mois de mai 1945, on perdait toute trace de ce guerrier, qu'un de ses anciens soldats, retrouvé par hasard dans la zone d'occupation britannique en Allemagne, prétendait mort. C'était aussi à mai 1945 que remontait la première apparition publique d'un certain Werner Osterbruch, à l'hôpital de Fribourg. Cet Osterbruch y avait été admis pour une mauvaise blessure infectée à la cuisse droite. Il avait fallu l'amputer avant de le renvoyer en décembre de la même année à l'incertitude des temps. Il ne paraissait pas vraisemblable qu'il fût retourné dans sa ville natale, Iéna, alors sous contrôle soviétique. Il avait disparu pendant quatre ans, avant de réapparaître, amputé cette fois de la cuisse gauche mais clopinant sur une jambe droite tout à fait naturelle. Cette résurrection étrange s'était produite au début de cette année 1950, à la frontière italienne où M. l'ingénieur Osterbruch, en route pour la Grèce, s'était pris de querelle avec un douanier soupçonneux. Depuis le mois de juin, il vivait à Limassol, paisiblement, semblait-il. Son passeport était en règle. Dans sa voiture de location, il était allé voilà dix jours à Nicosie où il s'était rendu au consulat égyptien.

Shamir leva les yeux sur son informateur et le félicita d'un hochement de tête satisfait.

— Ce n'est pas tout, dit le correspondant. Regardez maintenant les photos et le verso de la fiche.

La première et la deuxième photo ne représentaient à l'évidence pas le même homme. Sur l'une un officier en uniforme, au visage étroit fortement typé par deux rides bordant le nez, fixait l'objectif avec une sévérité hautaine. L'autre montrait un gisant sur un lit, sans doute d'hôpital. La tête vue de profil semblait bouffie. Les yeux n'étaient pas visibles. Quant à la troisième épreuve, elle ne datait certainement que de quelques semaines ou de quelques jours, à en juger par le décor qui était celui du quai aux cargos de Limassol. Shamir sursauta en distinguant à l'arrière-plan l'enseigne pouilleuse de son ami Elphandratos. L'homme qui se tenait debout devant le café, appuyé de la main gauche sur une canne, regardait dans la direction du photographe avec morgue. De grandes rides, autour de la bouche et à la racine du nez, se crispaient d'une fureur contenue.

— Numéro Un et numéro Trois m'ont bien l'air de représenter le même personnage, commenta l'informateur. L'une date de 1943, sur le front russe ; archives de la revue « Signal ». J'ai pris l'autre moi-même avant-hier.

— Qui est le sujet numéro Deux ? demanda Shamir.

— Osterbruch, photographié par le service administratif de l'hôpital de Fribourg. Rien à voir avec les deux autres, à mon avis.

La lecture de la note ajoutait quelques autres précisions troublantes : avant la guerre, l'amputé de Fribourg, né à Iéna, n'avait fait aucune étude scientifique ou technique qui justifiât le titre d'ingénieur, alors qu'Otto Wilsdorf était diplômé de l'université de Dresde, section physique.

— Très bien, admit l'Israélien. Je veux voir d'assez près notre bonhomme pour me faire une idée. S'il est réellement un fugitif je sentirai bien chez lui quelque trouble, une inquiétude, qui achèvera d'emporter ma conviction.

— Facile. Tous les matins il s'en va sur le port, vers

dix heures. Il boite le long du quai avant d'aller faire une pause dans un de ces cafés minables.

— J'irai donc manger quelques beignets chez Socrate en guise de *breakfast*. Laissez-moi les photos jusqu'à demain.

Pour une fois, la surprise ne joua pas en faveur du capitaine Jos Shamir. Il avait, ce matin-là, fait l'impossible pour discipliner ses mèches rousses et masquait son regard vipérin derrière des lunettes de myope qui lui donnaient l'air hagard. « Aurai-je suffisamment la dégaine d'un étudiant en archéologie ? » Il grimaça un vague sourire en s'observant dans la vitrine du « Shipchandler's Paradise » au coin de Constantin Road : « un étudiant bigrement prolongé, se dit-il, plein de rides et de cicatrices, et pas loin de la quarantaine. »

Lorsqu'en quittant le grand soleil il pénétra dans la salle de la « Route des Iles » en écartant le rideau de perles, il distingua à peine dans la pénombre les silhouettes assises de quatre ou cinq clients éparpillés. En maillot blanc presque propre, ventru et souriant, Socrate le héla de sa voix rocailleuse, qui réveilla l'assistance déjà somnolente.

— *Kalimera*, ami Jos. On est venu demander à l'ami Socrate s'il avait trouvé un guide ?

Accueil inattendu. Quelque chose devait inquiéter le Grec. Avant que Shamir eût réagi, un homme se leva avec difficulté d'une table de coin. Il était assez grand pour dominer Jos d'une tête. Son visage long et marqué de rides profondes affichait un total désintéressement des choses de la vie. Il boitait en s'aidant d'une canne. En le fixant, Shamir remarqua que les photographies n'avaient pas su rendre l'intelligence qui brillait dans les yeux bleus d'Otto-Werner Wilsdorf-Osterbruch.

— Bonjour, monsieur, dit l'Allemand. Je crois que nous devrions avoir une conversation.

Assis face à face, le chasseur et son gibier s'observaient. Shamir avait jugé inutile de se dérober par une phrase du genre « mais, je ne vous connais pas » ou

« qu'avons-nous donc de commun ». Quant à Elphandratos, qui avait tenté d'expliquer à Jos qu'il n'était pour rien dans la présence de ce gêneur, il avait été renvoyé à son comptoir par un regard méprisant du boiteux.

— Pour le compte de qui travaillez-vous ? questionna enfin celui-ci.

La voix était unie, sourde, presque totalement privée d'accent. Interprète virtuose, Shamir admira le grec de son interlocuteur. C'est pourtant en allemand qu'il décida de répondre. Se savoir ainsi classé et repéré ne pourrait que démonter Wilsdorf, dans les yeux duquel il avait cru saisir un vacillement d'inquiétude.

— Voyons, *Herr* Wilsdorf, croyez-vous que je vais vous livrer mes petits secrets ? Vous devriez plutôt me dire quand vous comptez embarquer pour l'Égypte, ou mieux m'expliquer pourquoi vous n'êtes pas encore parti.

— Je crois, constata prudemment son vis-à-vis, qui n'avait pas semblé surpris par le changement de langue, que vous me prenez pour un autre. Mon nom est Osterbruch. Werner Osterbruch, d'Iéna, en République démocratique allemande.

— Werner Osterbruch a été amputé en 1945 de la jambe droite. Il me semble que c'est un détail suffisant pour infirmer votre actuelle identité, non ?

Wilsdorf partit d'un rire distingué.

— Encore cette ridicule histoire ! Vous n'imaginez pas combien de fois j'ai dû remettre les choses au point. Vous savez certainement quelle était la désorganisation des administrations allemandes en 1945. N'importe qui faisait n'importe quoi, comme il pouvait. Le scribe de l'hôpital de Fribourg, dont vous avez sans doute lu les registres, a fait une erreur regrettable : il m'a privé de ma jambe droite alors que l'on venait de me couper la gauche. Pour vous faire plaisir, je devrais être cul-de-jatte !

« Combat d'arrière-garde » pensa Shamir. Une explication tellement saugrenue qu'elle a les apparences de la vérité. » Il décida de poursuivre son attaque.

— Vous n'avez pas répondu à ma question, monsieur Osterbruch. Que devient votre voyage en Égypte ?

— Je pourrais vous dire que cela ne vous regarde pas. Toutefois, comme vous me paraissez vous être déjà mêlé beaucoup de mes affaires, je vais vous faire un aveu : je ne suis pas encore décidé pour l'Égypte.

— Pas encore de contrat ?

— Si vous voulez. Mettons que je fais monter les enchères. Quelles seraient les propositions de vos mandants ?

Jusque-là peu à l'aise avec ce jouteur qui avait longtemps fait preuve de son adresse, Shamir retrouva subitement sa pugnacité, et prit dans l'instant une décision risquée. Il n'était plus possible de laisser dans la nature une telle cible. Wilsdorf n'attendrait pas calmement l'arrivée du commando chargé de l'enlever. Il fallait agir. Il se retourna pour appeler Socrate à leur table. Mieux valait pouvoir compter sur le poids du Grec en cas de difficultés.

— Je crains, dit-il lentement en clouant l'Allemand de son regard vert — les yeux de La Vipère, eût reconnu le légionnaire Still — je crains, *Herr* Wilsdorf, que vous n'ayez commis une erreur à mon sujet. Mes mandants, comme vous dites, ne sont pas disposés à payer un liard pour vous assurer une vie de nabab oriental. Ils désirent seulement vous offrir le gîte et le couvert, dans un local où vous ne serez dérangé que par des gardiens, des magistrats et les avocats que vous aurez choisis.

L'Allemand eut un haut-le-corps. Un instant, Shamir crut qu'il allait craquer, abandonner, se soumettre. C'était mal juger. Les yeux bleus se firent lointains, comme s'ils cherchaient un souvenir. L'ancien colonel ne chercha pas longtemps. Il revint à cet ennemi immédiat, dont il venait de comprendre toute la hargne.

— Bien sûr, vous êtes israélien. Un de ces fous qui s'imaginent que cet État minuscule va pouvoir tenir tête aux centaines de milliers d'Arabes qui sont décidés à avoir sa peau. Israël est voué à la destruction. Depuis dix-neuf siècles.

— Ne faisons pas de généralités, voulez-vous, mordit Shamir. Le sort futur de mon pays n'a pas d'importance pour vous. Vous devriez vous intéresser à votre propre avenir.

— Puis-je vous signaler, mon cher, que votre position est inconfortable. Vous êtes certainement entré en fraude dans ce pays et je ne sais pas comment vous comptez en sortir. Alors que je suis ici très légalement, en touriste possesseur d'un passeport dûment visé. Je n'aurais qu'une plainte à déposer à la police pour que vous ayez de graves ennuis.

— Vous avez encore mal compris, Otto. Vous n'aurez plus le loisir d'aller raconter quoi que ce soit à la police. Vous ne quitterez cette maison qu'en ma compagnie. Regardez donc autour de vous.

Derrière Shamir relevé et menaçant de calme, Wilsdorf vit la salle vide. Silencieusement invités par Socrate à vider les lieux, les rares consommateurs s'étaient éclipsés sans mot dire. Sans avoir le moins du monde perdu son sourire, le cafetier attendait patiemment, debout près de leur table, que son ami lui indiquât ce qu'il devait faire.

— C'est un guet-apens, gronda l'Allemand.

Il savait n'être pas de force à résister physiquement à ces hommes.

— *Judische Schweinerei.*

— Ce n'est pas un guet-apens. Je ne savais même pas que vous viendriez ce matin rendre visite à mon vieil ami Elphandratos. Disons que vous avez eu tort de vouloir engager cette conversation.

— Où allez-vous me tuer ? Dans cette salle ?

Dans un effort de dignité, l'Oberstleutnant s'était redressé sur sa prothèse. Ses lèvres tremblaient imperceptiblement.

— Nous ne vous tuerons certainement pas, Otto. Du moins pas avant que vous n'ayez été jugé en bonne et due forme, à Tel-Aviv. Aujourd'hui vous serez pour quelques heures l'hôte de Socrate, jusqu'à notre embarquement sur le bâtiment de la marine israélienne qui doit relâcher cet après-midi à Limassol.

Wilsdorf ne résista même pas quand Socrate le prit par le bras pour l'entraîner vers la soupente qui s'ouvrait derrière le comptoir.

Le quartier-maître Simon regarda la poitrine écarlate d'Eliha. Les épaules maigres du jeune homme commençaient à peler, comme l'arête de son nez. Le quartier-maître pouffa :

— Je me demande comment tu vas t'habituer au soleil. Tu aurais dû t'engager dans un bureau, pas dans la Marine.

Eliha Leibowitz, matelot canonnier sur le *Jonas* depuis un mois, venait de descendre de quart et retirait avec précaution le maillot qui lui brûlait la peau. Maussade, il regarda le quartier-maître. C'était vraiment une belle fille, fine, mais toute en courbes, la peau d'un brun doré, le cheveu torsadé à la diable sous son bonnet de toile ; ses yeux bruns, peut-être trop enchâssés sous les sourcils touffus, riaient avec tendresse en se posant sur lui. Depuis la veille, le matelot Leibowitz dépendait doublement du quartier-maître. A ses responsabilités d'instructeur technique, Lira Simon avait délibérément ajouté la charge plus aimable d'initiatrice sentimentale. Plus exactement, elle s'était instituée son moniteur en exercices amoureux. Un peut par goût du maternat, un peu aussi parce qu'elle était une Sabra, fascinée, comme tous les Israéliens nés au pays, par les aventures hors du commun de leurs frères européens. Mais sa motivation première avait sans doute été cette impression de faiblesse que dégageait Eliha. Impression trompeuse, comme il le lui avait dit, lui-même.

— Pourquoi, Lira ? Pourquoi moi ? L'équipage ne compte que des hommes jeunes, brillants, durs, beaux, musclés. Tu n'aurais qu'à leur sourire pour les prendre.

— Ce qui m'intéresse, avait-elle avoué, c'est que tu es seul, malheureux, faible, désarmé.

— En somme, ce n'est pas de l'amour que tu éprouves. Tu veux me faire la charité.

— Ne sois pas bêtement fier. Être ta maîtresse ferait rêver toutes les filles d'un village de colons. Tu apprendras, petit Juif, que nous sommes toutes folles des héros qui sont arrivés des camps de la mort.

— Vous avez l'esprit tordu, avait constaté Eliha. D'ailleurs je ne suis pas un héros. Je ne l'ai jamais été même dans ma famille. Mon père était bien sûr plus savant et plus sage, ma mère bien plus tendre.

Il avait rêvé aux siens, quelques secondes, sans arriver à retrouver leurs traits. Peut-être les gestes fébriles de Lira qui se dévêtait contre lui, dans ce havre sombre aménagé contre un canot de sauvetage, l'avaient-ils empêché de se concentrer sur ses souvenirs. Il avait repris sa litanie :

— Mon frère Jacob était beau comme un fils de l'Éternel. Ma mère l'appelait son roi David. Quant à Mosha, mon aîné, il avait un caractère de fer et de flamme. Rien ne lui faisait peur. Tu vois que tous, bien plus que moi, étaient prédisposés à devenir des héros. Toi-même, n'as-tu pas abattu un avion jordanien en 1948 ?

— Mais toi, tu es vivant, alors que tous les autres sont morts. Nous autres femmes jeunes, nous avons besoin d'hommes vivants, pas de cadavres.

Le souffle irrégulier de Lira sur son cou, sa main qui débouclait impudiquement la ceinture de son short, l'avaient jeté dans un tourbillon de désirs contradictoires. Il avait à la fois voulu crier « laisse-moi, je veux rester seul » et se jeter sur ce corps moite et ferme qui épousait le sien. Il avait fini par céder en abattant sa dernière barrière :

— Lira, Lira. Si tu savais le prix que j'ai été obligé de payer pour survivre. Brutal, menteur, égoïste, assassin. Et j'ai encore tant de haine dans le cœur que je me sens incapable de t'en donner même une petite part.

— Tais-toi donc, petit Juif, avait ronronné la femme. Ce n'est pas ton cœur que je te demande.

Au-dessus du canot refuge, les étoiles crépitaient dans le ciel du mois d'août. La corvette *Jonas*, autrefois H.M.S. *Glorious*, bâtiment de 3e rang cédé en 1949 par la Royal Navy à la Marine nationale israélienne, dessinait délicatement à travers une mer d'huile sa route vers le port cypriote de Limassol.

— Les matelots de second quart prêts pour descendre à terre, aboya le haut-parleur dans les coursives et dans les postes.

Une galopade joyeuse manifesta de la satisfaction qu'éprouvaient les heureux du second quart. Non que Limassol fût une escale tellement appréciée. Les tentations y étaient minimes, et les lieux de réjouissance, se comptaient moins d'une demi-douzaine. Mais par tradition les gens de mer sont toujours heureux de descendre à terre. Lira et Eliha ne faisaient pas partie de ces privilégiés.

— Nous aurons plus de chance à l'escale de Gênes, assura le quartier-maître Simon. Là-bas, ça en vaut vraiment la peine. Tu verras, Eliu, des magasins, des trattorias, des cinémas, des sourires sur tous les visages. Alors que ces Cypriotes...

Lira Simon avait suffisamment navigué pour comparer les avantages des ports méditerranéens. Pour l'heure, sanglée dans son uniforme blanc, bonnet enfoncé sur la torsade de ses cheveux de bronze, elle se tenait à la coupée du *Jonas*. Face à elle, Eliha, lui aussi en tenue de parade, se raidissait dans sa vareuse amidonnée qui lui brûlait les épaules.

L'ancre mouillée en rade, après un ballet de signaux échangés par la timonerie et la tour de capitainerie du port, seule construction importante sur l'arc du quai à peu près vide, le canot fut mis à l'eau, la coupée descendue. Le haut-parleur gueula quelques nouveaux ordres emportés par le vent de terre. Loin dans le nord, des nuages sombres s'amoncelaient au-dessus des crêtes violettes de l'île. Dans un ordre approximatif le second quart défila devant les plantons de coupée et dévala les marches jusqu'au canot. Eliha se permit un soupir et regarda son quartier-maître. Lira avait l'air intriguée.

— Quelque chose ne va pas ? souffla-t-il.

Elle répondit entre ses dents, attentive à ne pas alerter l'enseigne de service, Ben Goleh, qui ne plaisantait pas avec le règlement.

— C'est bizarre. Il devrait y avoir trente permissionnaires. Il n'en est descendu que vingt-neuf.

Eliha ne voyait rien d'étrange à ce qu'un des matelots ait refusé les plaisirs de Limassol. Lui-même n'aurait certainement pas été tenté. Il ne désirait à cet instant qu'une chose, le corps nu de Lira contre lui.

Trois heures plus tard, quand la bordée revint de

terre, les factionnaires de coupée, qui n'étaient plus Simon et Leibowitz, comptèrent trente et un hommes, dont l'un avait tellement dû sacrifier au divin petit vin sucré de l'île qu'il était incapable de monter seul les marches de la coupée. Il paraissait âgé pour un matelot et l'on pouvait se demander comment les médecins chargés de la visite d'incorporation avaient accepté sous l'uniforme un individu affligé d'une jambe de bois et de métal. L'enseigne Ben Goleh qui supervisait le retour des permissionnaires ne manifesta pourtant, à la surprise de ses plantons, aucun étonnement. Aucune réprobation non plus pour l'éthylisme de cet étrange homme d'équipage qu'ils ne reconnaissaient pas.

Le commandant devait être pressé de reprendre la route. Les manœuvres d'appareillage s'accéléraient ; canot et échelle remontés, ancres déhalées, ballet des pavillons à la timonerie, le haut-parleur mugit à nouveau une litanie d'ordres à travers les ponts et les postes.

— Le personnel de pont du premier quart à la coupée, entendirent Lira et Eliha, descendus de faction depuis une heure.

Avec les quatre camarades de leur bordée ils se retrouvèrent aux ordres de Ben Goleh. Celui-ci s'adressait avec déférence à un officier que personne n'avait jamais vu à bord, un rouquin au visage satanique qui portait sur les épaulettes de sa chemise de toile blanche les galons d'or de lieutenant de vaisseau.

— Le commandant vous attend sur-le-champ dans sa cabine, commandant. Je ne peux prendre sur moi de faire enfermer sans son ordre l'individu que vous avez fait embarquer.

— Mon petit, dit Shamir à l'enseigne blond qui avait une bonne tête de plus que lui, ne me donnez pas du « commandant », s'il vous plaît. Je ne tiens pas à ce que vous jetiez un mauvais sort sur ma carrière à venir. Chez nous, dans l'armée de terre, on me dit « capitaine », ou « Shamir ». Quant à mon prisonnier, croyez-moi, le commandant confirmera mon ordre exprès. Je ne tiens pas à ce qu'il se jette à l'eau en reprenant conscience.

— Il en a pour des heures à cuver son vin, objecta l'enseigne d'un air dégoûté.

Le capitaine Shamir eut le bon goût de paraître amusé.

— Je suis enchanté que vous pensiez de la sorte, dit-il. La police du port, je l'espère, a sans doute cru aussi à cette ébriété. Ce gars-là n'est pas saoul, mon vieux. Il est juste un peu drogué, grâce à la technique d'un cabaretier grec de mes amis. Il va se réveiller dans un instant.

L'enseigne parut un peu effaré par cet aspect inattendu du service. Cet officier embarqué sur le *Jonas*, que le pacha attendait avec tant d'égards, devait être un de ces sombres personnages dont la seule existence fait rêver les jeunes gens. Il capitula subitement.

— Kremsky et Leibowitz, à moi.

Les deux matelots vinrent aux ordres.

— Faites descendre cet individu au carré des sous-officiers et restez auprès de lui jusqu'à nouvel ordre. Interdiction de lui parler et de le laisser communiquer avec qui que ce soit. Exécution.

Au moment où Kremsky et Eliha faisaient un pas en avant pour prendre leur prisonnier aux aisselles, Shamir jugea bon d'ajouter une explication :

— Attention, les enfants. Je veux ce type entier. Il est amputé d'une jambe, ne le jetez pas dans les escaliers. Et s'il se réveille, ne vous laissez pas prendre à ses histoires. C'est un Allemand dangereux.

Pour le Sabra Kremsky la nationalité du colis qui lui était confié n'avait guère d'importance, mais une lueur meurtrière flamba un instant dans les yeux du matelot Leibowitz. Shamir, qui l'avait saisie, considéra le garçon avec attention.

— Lieutenant, dit-il à Ben Goleh, j'aimerais que vous désigniez ce charmant quartier-maître pour commander la manœuvre.

Lira Simon rosit sous son hâle. Ce capitaine au regard vert la vexait. Dans l'armée d'Israël, il n'était pas habituel que l'on fît en service des allusions au charme des soldats de sexe féminin. Elle salua avec raideur, fit un demi-tour réglementaire et devança ses hommes, encadrant le prisonnier encore hébété, dans l'échelle qui menait au carré.

Chapitre 8

La pleine lune d'août commençait à monter sur l'horizon déjà dégagé de toute ombre de côte. Le *Jonas* avait repris sa route vers l'ouest. Il semblait que l'escale de l'après-midi à Chypre n'avait en rien modifié le programme du voyage. Avant de quitter la passerelle, le commandant Echkalim avait donné pour consigne à l'officier de quart de lui faire porter tout message radio en provenance de Tel-Aviv qui serait capté au cours de la nuit. Seul l'officier du chiffre savait que le commandant craignait de devoir faire demi-tour et remettre le cap sur sa base de Haïfa. Le pacha n'avait d'ailleurs donné aucune explication. L'état-major du *Jonas* n'avait pas manqué de remarquer qu'Echkalim était nerveux depuis la montée à bord de ce bizarre officier de l'armée de terre et de son prisonnier.

— Il y a de quoi être énervé, avait commenté le second, au cours du dîner au carré que le commandant pas plus que Shamir, n'avait honoré. Je me mets à la place du Vieux. Voir un type du Renseignement, sous prétexte que nous sommes spécialement venus à Limassol pour le récupérer, faire la loi sur le bateau et nous imposer son prisonnier, met le commandant en position inconfortable. Ou il envoie ce Shamir aux pelotes et il peut s'attendre à un retour de bâton de *Tsahal,* ou il accepte de suivre ses directives et risque un incident international si la police italienne met le nez à bord et trouve cet Allemand en situation tout à fait irrégulière. Il y a des moments où je suis heureux de ne pas être encore commandant.

Les officiers du bord en étaient tombés d'accord, sauf l'enseigne Ben Goleh, qui gardait de sa confrontation avec le capitaine Shamir un souvenir trop vif pour hésiter sur le choix d'un comportement intelligent.

— Si je peux me permettre de donner mon avis, dit-il avec le sérieux qu'on lui connaissait, ce type du Renseignement, comme vous l'appelez, capitaine, donne l'impression d'avoir le bras bien plus long qu'un commandant de la Marine. J'ajoute qu'il n'a pas l'air du tout disposé à admettre qu'on hésite à suivre ses ordres. Pour moi, le commandant Echkalim n'a pas le choix.

— Hou ! l'enseigne. Le bleu qui se permet une opinion. Silence blanc-bec impressionnable !

Le chœur des quatre officiers du *Jonas* fit taire Ben Goleh.

Auprès de leur canot-asile, Lira et Eliha parlaient aussi de l'embarquement inopiné des deux inconnus à Limassol. Ils étaient appuyés côte à côte à la main courante de bois et regardaient la mer. La chaleur de l'épaule de Lira sous sa main empêchait un peu Eliha d'avoir les idées très nettes. Dominaient en lui les impressions mêlées, de plénitude et de néant, que lui laissait encore l'étreinte qui venait de les réunir, comme la veille.

— Ce capitaine s'est conduit avec moi comme un mufle, dit Lira. Tu devrais être jaloux, matelot, et prendre ma défense s'il se permet une nouvelle réflexion à mon égard.

— Je le ferai, crois-moi. D'ailleurs, je suis presque aussi costaud que lui et sûrement beaucoup plus méchant. Surtout s'il s'agit de toi et de nous.

Une toux audiblement artificielle crépita derrière le canot. Ils se retournèrent ensemble juste pour voir s'avancer vers eux le capitaine incriminé. Il leva une main apaisante.

— Pas de bagarre, s'il te plaît, jeune homme. Malgré ton entraînement et ta « méchanceté », comme tu dis, tu ne ferais pas le poids, je te l'affirme. Et toi quartier-maître, accepte mes excuses pour ma phrase trop admirative de cet après-midi. D'accord ?

L'affaire était pour lui déjà réglée, à en juger par la décontraction qu'il manifesta en venant s'accouder au bastingage à côté d'Eliha. Dans la clarté de la lune maintenant haute qui allumait sur la mer de dansantes lames aveuglantes, les deux jeunes gens le virent fouiller sa poche de short et en sortir une carotte de tabac dans laquelle il mordit avec une délectation sauvage.

— C'est une habitude dégoûtante, constata Lira, pincée.

— Ce n'est pas une chose à dire à un commandant, ma chère.

— Vous n'êtes pas commandant. Je vous l'ai entendu dire tout à l'heure en embarquant. Vous n'êtes que capitaine, et encore dans l'armée de terre.

— Exact. Je vois que tu n'as pas seulement de jolies oreilles. Tu sais t'en servir. Sers-toi donc aussi de ta tête. Toi aussi, Leibowitz. Comprenez ceci : moins vous ergoterez sur ma présence à bord et sur celle de l'Allemand que vous avez escorté aux arrêts, mieux cela vaudra. Inutile que ce fait divers alimente les ragots du *Jonas*.

— Qui est cet Allemand ? osa dire Eliha après un long silence.

Shamir prit le temps de cracher, et se pencha sur la rambarde comme pour voir s'il avait atteint l'eau.

— Un de ces Nazis qui ont perdu leur âme dans les camps de la mort, garçon, et qui maintenant cherchent à se refaire une nouvelle peau sous un nouveau ciel.

— Êtes-vous chargé de les arrêter avant qu'ils n'arrivent sous ce nouveau ciel ?

Au ton de sa voix Shamir sentit son voisin se passionner. L'éclair de haine qu'il avait surpris dans l'œil de ce petit marin, cet après-midi, n'était pas une illusion. Peut-être avait-il connu, lui aussi, une sombre aventure de guerre et de mort. Venu là pour rêvasser, Shamir se prit soudain à retrouver le goût de la chasse. Jamais il n'entendrait raconter assez de souvenirs tragiques. Jamais la liste de ces malheurs et de ces chagrins ne serait complète. Des millions et des millions de morts méritaient bien que leurs noms ne soient pas seulement inscrits sur des registres, il était juste qu'ils soient aussi dans les mémoires. Il décida de confesser le matelot Leibowitz.

— Tu sais, répondit-il, nous ne pourrons les retrouver tous. Ils se cachent bien, ils ont de l'argent, des protections, des réseaux. Mais nous ne sommes pas manchots non plus, termina-t-il en souriant pour lui-même.

— Vous êtes comme Judas Maccabée, sourit Eliha en retour.

— Vraiment ?

Shamir était peu féru en connaissance des Écritures.

« Il pourchassait les impies qu'il dépistait, il livrait au feu les perturbateurs de son peuple », cita Eliha. C'est dans le Livre des Maccabées, chant III, verset 5.

C'était presque la voix de son père Siméon qui lui avait soufflé cette citation à l'oreille. Il sentit Lira s'écarter de lui et tourna la tête vers elle. Elle le regardait avec une telle expression de stupeur qu'il crut avoir dit une énormité.

— Enfin, balbutia-t-il, je crois que je ne me trompe pas. Est-ce vrai, Lira ?

— Je n'en sais fichtre rien, mon Eli. Nous autres Sabras n'avons pas beaucoup étudié la Bible. Mais je suis fière que tu sois si savant.

Elle traduisit sans gêne cette fierté en l'embrassant sur la joue et en serrant son bras avec une tendresse énervée. Elle ne vit pas la grimace qu'il fit sous la douleur de ses coups de soleil.

— Félicitations, se contenta de dire gravement Shamir. Je ne sais qui t'a enseigné les Livres mais ta citation mérite en effet de servir de devise à nos services.

La tendresse que lui montrait Lira et la proximité de son étrange voisin transportaient Eliha, comme il ne se souvenait pas l'avoir jamais été. Auprès de cette femme qui l'aimait et de cet homme amical, mystérieux et attirant, il oubliait la solitude de toutes ces années noires. C'était donc ça une famille ? Il était prêt à se laisser aller quand son cœur endurci et son cerveau soupçonneux reprirent le contrôle. Ses chers fantômes le hantèrent tous ensemble, comme s'ils étaient jaloux de ces nouvelles influences. Il s'ébroua et retira le poignet que serrait Lira.

— C'est mon père qui m'a appris les Écritures, capi

taine. Ainsi que le français, les mathématiques, l'histoire et la géographie.

— Ton père était-il donc instituteur ?

La question paraissait innocente. Un appât. Eliha l'avala.

— Il était hôtelier. Dans les Carpathes roumaines. A Tirgu sur la Mures...

Une nouvelle fois, Shamir cracha vers la mer. Lira regarda son jeune amant, qui ne lui en avait jamais autant dit de son passé depuis deux mois qu'ils se connaissaient. Sous la peau brûlée par la lumière de la Méditerranée, elle découvrait les brûlures de la haine.

Cette nuit-là, sous la lune, entre Chypre et la Crète, Eliha raconta longtemps. Il dit la tendresse de sa mère, ses jeux avec ses jeunes frères et sa sœur, la folie de Mosha inscrit aux Jeunesses communistes, la peur que son père avait des camps hongrois. Flous étaient ses souvenirs du séjour à Braïla. Il n'en retenait que des images confuses des courses qu'il faisait avec Mosha à la recherche de ravitaillement dans les rues désertes. Il narra les arrestations aussi ; l'errance du train fantôme, le dernier regard du mécanicien de la locomotive à l'entrée du camp de Cernauti.

Quand il cita ce nom, Shamir ne put dissimuler une tension subite, qui raidit son bras sur le bordé.

— Vous avez déjà entendu le nom de Cernauti dans votre liste d'atrocités, constata Eliha rudement.

— Je sais ce qui s'y est passé, oui. Peut-être, malgré ce que ta famille y a souffert, Cernauti, ou Chisinau comme l'appelaient les Allemands, n'était-il pas infernal au même degré que les camps de Pologne. Il y a des degrés dans l'horreur, Leibowitz, ton père te le dirait.

— Mon père y est mort, coupa sauvagement le garçon. Assassiné avec ma mère. Ma sœur y est morte de faim ou de froid, je ne l'ai jamais su. Mes deux frères exécutés, l'un assommé, l'autre pendu. Y a-t-il donc encore un degré supérieur à cette horreur-là ?

Le passé remontait à sa gorge, serrait sa poitrine maigre comme une tunique de feu. Shamir avait compris qu'il valait mieux se taire, et s'obligeait à ne pas tourner les yeux vers cet écorché. Mais Lira, en larmes, crut qu'elle pourrait consoler son ami. Elle ne pouvait dire un mot, mais posa sa main sur la main d'Eliha. Il se dégagea brutalement et s'enfuit, dans l'obscurité du pont.

Les trois jours suivants, alors que le *Jonas* continuait sa route vers Gênes, ne furent marqués dans le service par aucun incident. Aucun ordre n'était arrivé de Tel-Aviv enjoignant au commandant Echkalim de rejoindre Haïfa pour s'y débarrasser du prisonnier de Shamir. Sans doute l'état-major estimait-il que priorité devait être donnée aux renseignements de localisation que le capitaine devait remettre aux commandos qui l'attendaient en Italie.

Le lendemain de sa soirée de confession, Eliha avait repris son calme. A peine s'il avait évité, quelques minutes en prenant le quart, le regard mouillé de Lira. Dès le premier soir, ils étaient revenus tous deux à leur asile du pont aux canots. « C'est étrange, pensa Eliha, comme on se crée vite des habitudes dès que l'on est enfermé. » Dans un wagon, un baraquement, une prison, maintenant dans un bateau, il remarquait qu'il s'était inventé un refuge où il trouvait le rêve d'une évasion régulière, à heures fixes. Ces instants volés aux règlements devenaient des besoins primordiaux, comme la dose régulière d'un drogué. Sa drogue d'autrefois était la partie d'échecs avec Ebenezer ou le souper furtif avec les richesses ramenées par Jacob. Aujourd'hui c'était Lira. Les bras de Lira et leur chaleur autour de son torse, son souffle précipité sur sa bouche, son corps contre le sien.

Pour elle aussi la nuit des aveux d'Eliha avait marqué une évolution de ses sentiments. Elle avait conquis son ashkenaze autant par amusement que par goût de séduire un « héros », comme elle le lui avait dit en riant. Déjà, dès leur première étreinte, quand elle avait compris qu'il n'avait jamais eu de femme avant elle, elle était devenue plus tendre, se piquant au jeu sensuel d'initiatrice. Maintenant qu'elle croyait savoir tout ce qu'Eliha avait souffert, elle découvrait, sous sa faiblesse apparente, la dureté et la force d'âme qu'il avait dû entretenir pour résister aux mortelles épreuves des années de guerre. Elle s'avoua qu'elle était passée de l'état de femme libérée à celui d'amoureuse.

Ce deuxième soir, Shamir eut le bon goût de leur laisser une heure de grâce. Ces deux-là, il l'avait vu du premier coup d'œil, avaient besoin l'un de l'autre, et leur jeunesse les lui rendait sympathiques. Ils étaient l'avenir d'Israël, la preuve que l'amalgame pouvait se faire entre les Sabras, fiers de leur victoire et de leur terre reconquise, et les déracinés de l'holocauste. Il arriva près d'eux avec la lumière de la lune.

— Shalom.

— Vous aussi avez besoin de drogue, constata obscurément Eliha.

— Si tu fais allusion à ma chique, c'est vrai, malgré l'avis dégoûté du quartier-maître.

— Non, capitaine, je parlais des habitudes que l'on se forge pour s'évader de soi-même.

— Très profond. C'est vrai. Mais je ne suis pas venu vous déranger simplement par habitude. Je voulais tenir de ta bouche la fin de ton histoire, que je ne connais dans ses grandes lignes que par ton livret, que le commandant Echkalim m'a laissé lire.

— Vous n'êtes pas du *Jonas*. Pas même de la Marine. Le commandant n'avait pas le droit.

Shamir considéra sarcastiquement le visage enflammé de Lira.

— Cette fois, quartier-maître, je ne m'excuserai pas. Tu es décidément très belle quand tu es en colère. Mais crois-moi, ton Eliha n'a pas besoin que tu prennes sa défense. Il sait très bien s'en charger lui-même. Pas vrai, garçon ?

Eliha resta muet un instant. Malgré lui, il n'arrivait pas à en vouloir à cet étrange capitaine au regard froid et à la langue acide.

— Pourquoi, finit-il pas dire à voix basse, pourquoi vous intéressez-vous à moi ? Pourquoi avez-vous demandé mon dossier au commandant ?

— Peut-être parce que tu perds ton temps dans la

Marine. Tout au moins l'y perdras-tu quand tu y auras pris de l'assurance et de la santé.

Une fois encore, Lira monta au créneau. Cette fois son cri n'était pas inspiré par l'envie de défendre Eliha, mais par la peur de le perdre.

— Vous ne pouvez pas nous l'enlever, jeta-t-elle. Pas encore. Regardez-le. Il lui faut la vie au grand air, des amis, une femme. Il a eu son lot de solitude. Laissez-le tranquille.

Eliha lui-même l'arrêta, la main crispée sur son épaule.

— Tais-toi, Lira. Laisse-moi réfléchir.

Ils se turent tous trois, accoudés face à la mer égale. Dans le nord-est, les hauts-reliefs de la Crète ne se signalaient plus que par une ligne noire à l'horizon. Shamir se pencha en avant.

— Si vous crachez encore, capitaine, nous partons.

Inattentif à la grimace amusée de son voisin, Eliha se décida soudain.

— Très bien, dit-il. Je vais vous raconter les chapitres deux et trois de la vie aventureuse du célèbre agent Leibowitz.

Maladroite tentative de dérision. Le sujet ne s'y prêtait pas. La fuite affolée à travers l'Europe bouleversée, le calvaire du triste Karl Freiwilder, déserteur et suicidé, le grouillement wagnérien des peuples arrachés à leurs foyers rendaient Eliha lyrique, malgré ses efforts pour raconter avec des mots simples ces mois d'hallucinations. Il se contraignit à ne pas mettre plus de braise dans sa voix quand il rapporta son réveil à l'infirmerie de Fulda, sa lente convalescence à l'hôpital de Worms, sa rencontre avec le fils d'un tortionnaire roumain et la rixe qui lui avait valu de passer devant un tribunal français.

— Évidemment, interrompit Shamir, tu te souviens du nom de ce garçon.

— Oui, capitaine. Il s'appelait Magalescu, comme l'assassin de mes parents. Puisque vous aimez les précisions, j'ajoute que je ne l'ai pas tué par hasard. Au procès j'ai laissé l'avocat français dire que c'était un geste de défense. Mais aujourd'hui, rien ne m'empêche de reconnaître que j'ai voulu le tuer, alors qu'il était déjà hors de combat.

Eliha s'était retourné vers son voisin comme pour le défier. Sans qu'il s'en fût rendu compte, sa voix était montée à l'aigu. Il était porté par la même transe de fureur, le même aveuglement, les mêmes voix de sa famille morte, que lors du meurtre de Magalescu. Dans son dos, Lira, d'abord muette d'horreur, se courbait sur le bastingage, les poings aux oreilles.

— Tais-toi, tais-toi, je t'en supplie. Ce n'est pas vrai. Tu n'es pas un meurtrier.

Eliha se retourna vers elle, sauvage, étranger.

— Ce n'était pas un garçon de mon âge que je tuais. C'était le sang d'un bourreau.

Il avait craché cette phrase grandiloquente avec une telle expression de haine qu'elle musela ses amis. Sous la lune, le visage de Shamir était blanc de craie. Le gamin était fou. Ce n'était même pas la peine de le raisonner ici. Il cracha sa chique vers la mer et serra ses poings dans ses poches.

— Bonsoir, dit-il, je te souhaite de beaux rêves.

Son départ ramena Eliha au calme. Gauchement, il tendit la mains vers Lira. Elle frémit quand il la toucha.

— Puisque j'ai commencé à raconter cette histoire, dit-il à voix sourde, autant que j'aille jusqu'au bout. Si tu ne veux plus de moi ensuite, je ne t'en voudras pas.

— Je ne sais pas, hésita-t-elle. Si tu dois encore me dire de pareilles abominations, je préfère ne pas les entendre.

— Tu sais, je n'ai pas eu le temps d'en faire beaucoup plus. Après tout, je n'ai que vingt ans. Et je viens de passer quatre ans et six mois en prison. Ils m'avaient condamné à cinq ans, mais il paraît qu'ils étaient satisfaits de ma conduite. J'ai eu de la chance, en somme.

Il était si pathétiquement l'image de la victime que Lira sentit se réveiller l'instinct qui l'avait poussée à le protéger, dès qu'il avait été affecté sur le *Jonas*. Elle fit le pas qui les séparait et noua ses bras autour de lui.

— C'est fini, Eli. Tu as retrouvé une famille, en Israël. Tu n'es plus seul. J'existe.

Il était las ; de la même fatigue qui l'avait abattu pendant les premiers mois de sa détention, quand il comptait jour et nuit les débris de son enfance. Renaître lui avait paru facile ; sa nouvelle vie aurait pu lui offrir le confort de l'oubli, si l'Éternel n'avait mis sur son chemin cet aventurier de Tsahal, qui avait réveillé ses démons.

— C'est vrai Lira que j'étais prêt à trouver une sorte de paix. Mais ce soir, je sais que je n'y arriverai jamais avant d'avoir tenu la promesse que je me suis faite en tuant ce fils de chien.

Elle trembla contre lui avant d'oser demander quelle était cette promesse.

— Je veux retrouver ce Magalescu, souffla-t-il, et l'exécuter.

La troisième journée du voyage, entre la Crète et le détroit de Messine, ne laissa aux marins du *Jonas* que peu de temps libre. Le commandant était mécontent de la tenue de son équipage. Dès le début de la matinée il fit appeler à la manœuvre les équipes des pièces d'artillerie et des armes anti-aériennes. Du haut de sa passerelle, minutant les exercices d'alerte, il déversa sur les malheureux des hurlements de mégaphone :

— Très mauvais, Ben Goleh ! Beaucoup trop lent ! Vous devez gagner quarante secondes au moins ! Rejoignez les postes d'équipage et recommencez !

Le pacha étant de mauvaise humeur, l'enseigne Ben Goleh était d'humeur exécrable, et la cascade hiérarchique aggravant le phénomène, les chefs de pièces devenaient fous de rage. Le quartier-maître Lira Simon, qui n'était que pointeur à l'affût numéro 3 anti-aérien, était prêt à mordre ses deux matelots-chargeurs, Kremsky et Leibowitz, derniers maillons de la chaîne qu'elle accusait de traînasser.

Ils galopèrent ainsi, sous les abois du commandant et les commandements trépignés de l'officier canonnier, de huit heures à midi.

— Pas possible, s'essoufflait Kremsky, ce chameau de commandant croit que les Italiens vont nous attaquer !

Leibowitz ne répondait pas. Cette activité échevelée

lui convenait parfaitement. Dans la dépense physique il trouvait un dérivatif à ses démons, renaissants depuis la veille.

A midi, le commandant Echkalim daigna se déclarer satisfait, alors que la pièce numéro 3 venait de réussir un parcours record : une minute trente-deux de leurs bannettes aux sièges de fer de leurs canons de 40 jumelés, mise en batterie terminée et contrôlée.

Les accrochages de la matinée avaient laissé des traces, provisoires sûrement mais encore cuisantes, dans la mémoire des lampistes. Aussi passèrent-ils l'après-midi à s'isoler, tant que faire se pouvait sur un bâtiment à la mer de soixante et un mètres de long sur neuf de large.

Eliha avait décidé de chercher le calme sur les cinq mètres carrés de la plage de poupe, encombrée de câbles lovés et de prélarts. La contemplation du sillage étincelant tracé par le *Jonas* sur une mer de dépliant publicitaire lui permettrait peut-être d'oublier pour quelques heures ses souvenirs anciens et l'énervement du matin. En arrivant en haut de l'échelle, sur l'étroit espace ouvert sur le large, il ne put réprimer un sursaut de contrariété. Celui qui se tenait là, accoudé à la lisse, était bien le dernier qu'il souhaitât rencontrer à cette heure.

— Ne t'en va pas, mon garçon, dit paisiblement le capitaine Shamir. J'ai à te parler.

Eliha prit le parti de l'obéissance. Il se raidit dans un garde-à-vous boudeur.

— Repos, voyons, Leibowitz !

Voyant que le jeune homme ne se détendait pas, Shamir l'invita fermement à venir le rejoindre, dos à la mer.

— Eliha, je veux d'abord te demander de me pardonner ma sortie d'hier. C'était stupide de ma part. J'ai compris depuis que tu avais toutes les raisons de vouloir te venger. D'ailleurs les juges français l'ont bien compris eux aussi, puisqu'ils ont limité leur sentence à cinq ans. Même si le temps t'a paru long, tu sais bien que tu aurais pu être condamné facilement au double si le procès avait conclu à un meurtre prémédité. Tu as été victime des circonstances qui t'ont mis en face de ce garçon alors que tu étais encore en pleine crise morale.

En lui-même, Shamir s'étonnait de sa propre duplicité. Il savait bien, pour avoir diagnostiqué la veille la folie haineuse du jeune Leibowitz, qu'il n'était pas question de crise morale. Ou alors, il fallait admettre qu'elle continuait encore après cinq ans. Mais il voulait gagner la confiance de cet écorché. Peut-être même le raisonner. Ce serait lui rendre service. Il regarda en direction du matelot. Rien dans son allure guindée ne semblait marquer une quelconque décontraction. Shamir utilisa les grands moyens.

— Si nous nous connaissons mieux, Eliha, je te raconterai moi aussi un jour quelques-unes de mes aventures. Je n'ai pas été beaucoup plus heureux que toi, dans ma jeunesse. Moi aussi j'ai perdu mes parents. En Russie, avant la guerre. Je ne sais même pas s'ils sont morts depuis que j'ai réussi en 1935 à m'enfuir sur un cargo de la mer Noire.

— Les Russes ne les ont peut-être pas tués.

Malgré lui, Eliha s'était intéressé à ce bref récit. Shamir considéra que c'était une victoire. Il poussa son avantage.

— Écoute. Puisque nous sommes deux déracinés, soyons amis. Plus tard je pourrai certainement faire quelque chose pour toi. Te faire muter à nos services, si tu le veux. En attendant, quand nous sommes seuls, fini le « capitaine ». Appelle-moi Jos.

Eliha parut soupeser cette offre de paix. Son passé ne le prédisposait guère à accepter des amis ; ceux qu'il avait rencontrés étaient morts. Et voilà qu'en quatre jours, Lira lui tombait dans les bras et cet émigré russe voulait le protéger. Était-ce un nouveau signe de l'Éternel ?

— Entendu, Jos, sourit-il.

Ce sourire transformait son visage en lui redonnant sa jeunesse. Les nuages qui voilaient ses yeux bruns disparus, le pli déjà amer de ses lèvres effacé, il redevenait, malgré la vieille cicatrice brunâtre de sa joue, un garçon de vingt ans. Attendri, Shamir oublia sa prudence.

— En attendant, en gage de bonne foi, dit-il, je vais te

dire pourquoi j'étais si bouleversé hier soir. Ce nom de Magalescu que tu as cité, je l'avais déjà entendu.

— Vous connaissiez Bradu ? l'interrompit Eliha, à nouveau passionné.

— Non, pas ton Bradu, si tu parles de celui que tu as... disons battu en duel. Un autre Magalescu, bien plus âgé. Un Roumain qui disait avoir été à Cernauti.

— C'est le mien, Jos. L'assassin. Celui que je voulais atteindre à travers son fils. Seigneur, vous l'avez vu. C'était un vrai salaud, n'est-ce pas ?

Shamir hésita, en tentant de retrouver la lourde silhouette du prisonnier gauche et désespéré qu'il avait interrogé à Kehl. Il avait rencontré à l'époque tant d'individus semblables, solitaires, privés des valeurs qui les avaient soutenus si longtemps, éprouvés dans leurs cœurs et leurs chairs.

— Je ne crois pas, Eliha. Je suis même sûr qu'il n'était pas aussi mauvais que tu le dis. Je sais qu'il était malheureux à cause de quelque chose, qu'il avait fait autrefois. Il ne m'a jamais dit ce que c'était.

— Je vais vous le dire, moi. Il a tué mon père et ma mère sans défense, à coups de fusil. Voilà ce qu'a fait votre type pas si mauvais que ça. Et vous vous prétendez mon ami ! Vous auriez dû l'abattre.

— Reste calme. D'abord j'ignorais à l'époque qu'il était un assassin. Ensuite, tranquillise-toi. Il est sûrement déjà mort.

La passion d'Eliha retomba. C'était trop injuste. Il avait été privé de la jouissance de tuer lui-même son ennemi.

— Pourquoi dites-vous qu'il est mort ? En êtes-vous certain ?

— Non. Mais je sais qu'il fait la guerre en Indochine depuis bientôt cinq ans. Il s'appelle Tarass, maintenant. Il sert dans un régiment de la Légion étrangère française. Et j'ai entendu dire qu'ils ne marchandaient pas leurs pertes. De toute façon, il est hors de ta portée. Ne rêve plus à tes projets de vengeance et fais confiance au Seigneur.

— Pour régler ce problème je ne ferai confiance qu'à moi-même.

— Tu es jeune et tu es fou. Souviens-toi donc de ce

que ton père t'a enseigné. « Celui qui se venge éprouvera la vengeance du Seigneur qui, de ses péchés, tiendra un compte rigoureux. » C'est écrit dans le Siracide, non ? Et quelques versets plus haut, il y est dit aussi : « Ne renouvelle pas deux fois ton péché, car le premier suffit à te rendre coupable. » Moi aussi, vois-tu, je suis capable de faire référence aux Écritures. Et il me semble que ces textes ont été écrits pour toi, Eliha.

Le garçon baissa le nez, les poings serrés.

— Très bien, finit-il par dire. Au fond, que pourrais-je faire contre un homme qui est au bout de la terre, ou déjà dessous ?

Shamir eut la prudence de se contenter de cette constatation désabusée. Il ne voulait pas réveiller une nouvelle fois l'idée fixe de son nouvel ami.

L'escale de Gênes commença pour Eliha par une déception. En lisant le tableau de service affiché à côté de la porte du capitaine d'armes, le quatrième jour après Limassol, il vit son nom inscrit dans la colonne des non-permissionnaires, de corvée d'entretien à bord. Ce n'était sûrement pas une punition pour la mauvaise prestation des équipes de canonniers, la veille, puisque Kremsky et Lira étaient cités dans la colonne des bordées à terre.

Pour achever de le rendre maussade, Lira se fit quasiment invisible ce matin-là. Il régnait à bord une joyeuse animation comme à chaque fois que le *Jonas*, représentant officiel de la Marine israélienne, touchait un important port étranger. Les équipes de nettoyage avaient lavé et gratté la tôle blindée des ponts, les housses des canons blanchissaient de lessive fraîche et les timoniers vérifiaient le pliage réglementaire des pavillons du grand pavois. Eliha ne put rencontrer son amie que durant le quart que les servants de l'affût antiaérien numéro 3 effectuèrent de midi à quatorze heures. Le voyant sombre et boudeur, Lira lui dit rapidement :

— Ne te fâche pas. Je ne descendrai pas à Gênes, je resterai avec toi. Nous serons tranquilles à bord.

Eliha ne parut pas enchanté de ce sacrifice. Il répliqua même avec une amère ironie.

— Il n'en est pas question. Ne te prive pas des magasins, des trattorias, des cinémas et des sourires des Italiens. Tu me raconteras tes expériences pendant le voyage de retour.

— Eli, tu es jaloux ?

— Je ne suis pas jaloux. Nous sommes camarades de service, n'est-ce pas ? Chacun a le droit de profiter des bons moments.

Le ton était si acerbe que Lira fut choquée. Ce jeune imbécile cherchait à lui faire une scène. Elle se tut.

A la fin du quart, alors qu'Eliha se proposait de reprendre cette conversation mal engagée, il fut intercepté par le capitaine Shamir, en uniforme blanc, qui le hélait du haut de l'échelle du pont aux canots. Shamir était bien le dernier qu'il souhaitât rencontrer ce jour-là. Pourtant il gravit l'échelle avec toute l'alacrité que les spectateurs étaient en droit d'attendre d'un matelot de rang appelé par un officier.

— Shalom, garçon, dit le capitaine en lui tendant la main.

— Shalom, capitaine.

Le regard d'Eliha au garde-à-vous était fixé sur les rubans de décorations qui jetaient sur la chemisette de Shamir un arc-en-ciel semé d'étoiles, de palmes et de barrettes.

— Ne devais-tu pas m'appeler Jos ?

— Nous ne sommes pas seuls, capitaine.

— Comme tu voudras. Je voulais juste te demander si tu désires que je te ramène quelque chose de Gênes.

— Je croyais que vous mettiez sac à terre aujourd'hui.

— Non. J'ai reçu un message radio me demandant de rentrer à Haïfa avec le *Jonas*. Sans doute pour que je ne quitte pas mon prisonnier du regard, sourit-il.

Eliha sembla un instant prêt à poser une autre question, puis se referma.

— Si tu n'as besoin de rien, parfait. Autre chose : ne te fais pas de souci pour ton quartier-maître, j'aurai l'œil sur elle.

Eliha fut submergé par une bouffée de jalousie féroce.

S'il n'avait depuis des années appris à masquer ses sentiments les plus violents, il se fût jeté sur ce rouquin bravache et sardonique, qui ne lui cachait même pas son attirance pour Lira. Mais il se contint. Au diable, après tout, ce Jos Shamir, cette Lira Simon. Depuis la veille il s'était imaginé un nouveau destin.

— Très bien, dit-il cérémonieusement, de la voix plate qu'il utilisait quand il se faisait violence. Amusez-vous, tous les deux.

Il salua réglementairement et redescendit l'échelle.

Quand Jos et Lira regagnèrent le bord, à minuit, ils étaient devenus bons amis. Les occupations professionnelles de Shamir à terre s'étaient limitées à donner quelques coups de téléphone pour fixer à ses correspondants des rendez-vous pour le lendemain. Alerte et gai, il avait consacré le reste de son temps à tenter de rendre le sourire à sa compagne d'escale. D'abord réservée, Lira avait fini par céder à la fascination de ce regard vert et des cicatrices étoilées. Au cour du dîner qu'il lui avait offert chez Luigi, pâtes et loup grillé, elle avait enfin avoué la cause de ses préoccupations : Eliha lui faisait peur.

— Un jour, il cessera de se contrôler et fera n'importe quelle bêtise grave. Que pourrais-je lui dire pour le raisonner, le calmer ? Je voudrais tant l'aider.

— C'est encore un écorché, avait dit Shamir gravement. Il souffre de ses souvenirs et se nourrit de sa haine. Il faut attendre qu'une nouvelle peau repousse sur ses plaies. Tu peux seule accélérer cette guérison. Tu l'aimes, n'est-ce pas ?

Lira avait croisé le regard de Jos, penché vers elle sur la nappe à carreaux rouges et blancs. Un regard sérieux, attentif, presque inquiet. Et elle s'en était presque voulu de la rapidité de sa réponse affirmative.

— Alors, je te fais confiance, avait dit Shamir en se redressant. Tu trouveras.

Quand la bordée de terre rejoint le bord, habituellement, le calme règne dans les coursives et les postes. Seules, quelques veilleuses aux fenêtres de la passerelle indiquent que les gradés de quart continuent leur veille.

Une équipe réduite à la coupée contrôle à voix contenue le retour des permissionnaires. Même les ivrognes se font discrets pour regagner leurs hamacs. Pourtant à Gênes, ce soir-là, une animation anormale accueillit Shamir et Lira. La garde de coupée avait été doublée, et un piquet de police se préparait fébrilement à descendre à terre.

— Que se passe-t-il, lieutenant ? demanda Jos à l'enseigne.

— Je suis heureux de votre retour, répondit ce dernier. Le commandant vous réclame depuis une heure. Il vous attend dans sa cabine. Il n'est pas à prendre avec des pincettes.

Shamir prenait déjà le chemin du quartier des officiers quand il entendit l'enseigne répondre au salut de Lira.

— Vous êtes également réclamée par le commandant, quartier-maître. Il a juré atrocement en disant qu'il voulait vous voir tous les deux en même temps, pour tirer ce sacré complot au clair.

— C'est simple, cracha le pacha à l'entrée de ses deux visiteurs. Ou vous êtes dans le coup et je vous fais mettre aux fers, état-major de l'armée ou pas ; ou vous n'y êtes pour rien, mais par les Prophètes, vous allez vider votre sac.

— Pourquoi cet accueil, commandant ? demanda Jos, que la surprise rendait à la fois circonspect et agressif.

Le commandant Echkalim était furieux. Maigre et long, noiraud de poil, mâchoires anguleuses et nez en rostre, il n'avait fait qu'une carrière très moyenne dans la Royal Navy pendant la guerre contre l'Allemagne. « Se conduit brillamment au feu, disaient les notes du commander-at-seat Willoughby, son dernier patron sur le H.M.S. *Furious*, mais à fâcheusement tendance à ne pas maîtriser ses sentiments. » Devant Shamir et Simon, Echkalim se souciait peu de paraître un gentleman.

— Le matelot Leibowitz a déserté, asséna-t-il. Il vous a mis en cause dans cette lettre qu'il a laissée pour le quartier-maître Simon.

— Vous avez lu cette lettre, constata Shamir.

— Et comment ! ricana Echkalim. Un de mes hommes quitte son poste de garde aux chaînes d'ancre, se met à l'eau pour gagner le quai, disparaît dans la nature, et j'aurais dû attendre le retour de sa petite amie pour savoir le fin mot de l'histoire...

— Peut-être est-il simplement descendu à terre pour tirer une bordée ?

— Non Jos, intervint Lira, qui venait de parcourir le billet que lui avait remis le commandant. Non, il est parti définitivement. A cause de vous. Lisez.

Le bout de papier tremblait dans sa main quand elle le tendit. Elle fronça les sourcils et ferma les yeux, dérisoirement femme et faible dans cet uniforme et cette attitude réglementaire.

— Ah non ! Vous n'allez pas pleurer, en plus, quartier-maître.

De sa formation britannique, le commandant Echkalim avait gardé l'horreur panique des larmes.

« *Lira,* lisait Shamir, *ne me regrette pas. Je ne suis pas fait pour vivre heureux. Jamais je n'aurais pu te rendre ce que tu m'as donné si simplement. Je t'ai avoué que mon cœur était plein de haine. Grâce au Seigneur, Jos m'a remis sur la trace de mon gibier. Je le retrouverai. Maintenant j'en suis sûr. Je ne t'oublierai jamais. Shalom. Eli.* »

TROISIÈME PARTIE

INDOCHINE

La vengeance est comme la corde du puits. Quand tu la tires, tu ne sais jamais quel sera le goût de l'eau.

(Chang-Si H'siou)

Chapitre 9

— Messeigneurs, dit le lieutenant Bagard, j'ai l'impression que nous allons avoir une nuit animée.

Il penchait la tête de côté, comiquement attentif à ne pas recevoir dans l'œil la fumée de sa cigarette raccourcie.

« Bagard nous fait son cinéma », pensa le sergent Macauley. Il n'en voulait pas au lieutenant de l'avoir fait revenir de Phan-Rang. Il n'était pas question de mettre en balance un dîner plus ou moins arrosé suivi d'une décevante soirée de flirt avec Paulette, et une chance de recevoir les Viets au poste. Macauley n'avait pas hésité. Il était de ces soldats de métier qui ne sont faits que pour en découdre. Parachutiste à Arnhem, trop grièvement blessé pour être maintenu dans les S.A.S. après 1945, il n'avait pu supporter plus de trois semaines la vie civile d'un démobilisé à la recherche d'un petit travail chez un *solicitor* londonien. Il avait compté ce qui restait de sa prime, était parti en France. Il s'était engagé à la Légion au fort Saint-Jean, après avoir bu ses dernières économies dans les bars du Vieux-Port de Marseille.

— Avez-vous une idée du nombre de Viets que nous risquons de recevoir sur les bras ? demanda-t-il, avec un intérêt faussement détaché. Nous ne sommes pas tellement nombreux.

Le lieutenant hésita. La remarque de son sergent anglais était pertinente. Le poste de Tour-Cham n'était défendu que par sa section. Vingt-huit hommes en comprenant les trois légionnaires arrivés en renfort dans l'après-midi. « Et cinq P.I.M. », se dit-il. Si le Viet attaquait, ce ne serait pas à moins d'un bataillon. Le rapport s'établissait à un contre vingt. C'était presque acceptable, si l'on n'oubliait pas que la compagnie du capitaine Sandoux, à dix kilomètres de là, était prête à réagir au premier appel radio. Les artilleurs détachés au P.C. du sous-secteur avaient de longue date préparé des tirs d'interdiction, qu'ils ne demandaient qu'à déclencher au moindre signal. Les vagues d'assaut viets recevraient sur la tête deux cent cinquante obus de 75 dès qu'elles aborderaient les barbelés du poste. Sans compter ceux que pourraient tirer les canonniers de sa propre pièce, en débouchant à zéro.

— Le canon est-il en état ?

— Non, mon lieutenant, intervint le sergent Palianon, adjoint direct du lieutenant. Vous vous souvenez que le percuteur avait fait des siennes le jour où vous aviez voulu faire un tir *a priori* sur Cham-Kao.

— Mais il y a plus de trois semaines !

— Dix-sept jours exactement. Le Service du Matériel nous a fait prévenir qu'il réparerait le canon au cours de sa prochaine inspection.

— Quand, bon Dieu ?

— Pas avant le mois prochain. D'ici là, il faudra faire avec le clou de charpentier que Wünstle m'a bricolé. Ça marchera... ou pas. Prions la Madone.

Jusque dans ses expressions, Paliano était l'exemple de l'Italien révérencieux envers Dieu et ses saints, qu'il invoquait pour la dernière des broutilles. « Tu es un sale papiste », lui affirmait son ami Macauley, dont il différait en tout. Il était petit, bleu de cheveux et de barbe, sec comme un pied de vigne abandonné, alors que l'Anglais, cheveux ras d'un blond gris, entretenait quatre-vingts kilos de muscles sur une ossature de Viking. Au moral leurs dissemblances s'affirmaient. Macauley pratiquait un humour grinçant qu'il était souvent seul à saisir, et se prétendait chevaleresque alors que les légionnaires de son groupe, qui le voyaient à l'œuvre sur le terrain, le disaient « capable des pires vacheries ». Il buvait sec quand il trouvait du whisky acceptable dans les gargottes. Paliano, très latin, cherchait souvent des arrangements avec la discipline, ergotait pour le plaisir, riait de rien, s'enflammait sur tout, et menait ses patrouilles avec l'esprit retors d'un braconnier.

— En somme, conclut Bagard, ton canon, rien ne prouve qu'il ne nous pétera pas à la figure si nous nous en servons.

— Exclu, affirma sobrement l'adjoint. Le coup partira ou ne partira pas, c'est tout ce qu'on risque.

Bagard soupira. Aujourd'hui ses gradés ne lui étaient pas d'un grand secours. Tarass, le troisième chef de groupe, était muet depuis le début de la réunion. A peine avait-il bu une gorgée de la bouteille de bière distribuée tout à l'heure par Cam-Thieu, le P.I.M. Foyer, assortie de la traditionnelle plaisanterie « ça c'est beaucoup bon c'est lieutenant payer ».

— Quelque chose ne va pas, Tarass ? s'inquiéta le chef de poste.

Gêné, le Roumain massif s'ébroua. Il ne pouvait tout de même pas avouer au lieutenant que la vue du petit légionnaire qui se disait son compatriote l'avait ramené à son pays natal. Quel âge pouvait avoir ce gosse ? A peu près celui de son fils Bradu. Au cours des années, ce fils perdu était devenu la seule préoccupation profonde de Tarass. Il avait oublié, ou tout comme, les atrocités de Cernauti, les combats de la retraite, la mort d'Andrea, le camp de Francfort. Il ne pensait qu'à Bradu. Parfois, rêvant à ce dernier des Magalescu, il se mettait à espérer en recevoir des nouvelles. Qui sait, peut-être même à le voir arriver, engagé lui aussi à la Légion. Quelle équipe ne feraient-ils pas tous deux !

A défaut de Bradu, le jeune Simu ferait l'affaire. Dès son arrivée à la section, dans l'après-midi, il avait affirmé avec force sa nationalité. Lors de leur prise de contact, qui n'avait duré que quelques minutes avant la soupe, le nouveau s'était exprimé en roumain, avec une aisance qui ne trompait pas. Il y avait des années que Tarass n'avait parlé sa langue avec un compatriote. Il n'allait pas faire la fine bouche parce que celui-ci lui avait répondu avec une brièveté qui confinait à l'insolence.

— De quelle province es-tu originaire, garçon ? avait-il demandé.

C'était à peine si l'autre avait daigné répondre.

— De Transylvanie ou d'ailleurs, je ne vois pas ce que ça peut changer pour vous, ici.

Il avait insisté.

— As-tu quitté le pays depuis longtemps ?

Ce n'était pas curiosité mal placée. Juste une manifestation d'intérêt tout à fait légitime. Pourtant ce Simu avait paru le prendre mal.

— Sans doute, à peu de jours près, à la même date que vous, avait-il répliqué.

Tarass n'était pas un psychologue averti, mais il avait senti dans le ton une hostilité surprenante. Comme si le légionnaire avait su à quoi s'en tenir sur son passé. Tarass cherchait à préciser dans sa mémoire les traits qu'il avait à peine scrutés deux heures avant. Un visage étroit, une cicatrice sur la joue, des yeux gris, qui ne contenaient que défi, des cheveux courts et frisés. Rien qui lui rappelât quelque témoin de son ancienne vie. Il soupira. Quand le coup dur que semblait attendre le lieutenant serait terminé, il faudrait éclaircir les raisons pour lesquelles ce Simu lui en voulait.

— Maintenant que M. Tarass est enfin revenu parmi nous, enchaîna Bagard sans se soucier de la confusion visible du caporal-chef, passons aux ordres pour cette nuit.

Les trois chefs de groupe, devant lui, s'assurèrent sur leur tabouret en tronc de cocotier et se penchèrent sur leur carnet, crayon levé. Depuis longtemps, le lieutenant avait terminé sa demi-cigarette et tripotait son paquet de « Troupe » au fond de la poche de son short. Il allait le sortir et le tendre à la ronde quand il saisit le clin d'œil échangé par ses sergents. Parole, ils se fichaient de lui ! Il maîtrisa son envie de fumer.

— Nous ne savons pas de quel côté les Viets vont nous faire le plaisir d'attaquer, dit-il. Je voudrais donc garder le maximum de bonshommes en réserve. Calculons un peu. Le poste est un triangle dont deux côtés sont assez solides pour soutenir un abordage. Du blockhaus-mitrailleuse à l'esplanade du canon, il faudrait des échelles pour monter à l'assaut du mur. Je doute que nos attaquants veuillent payer le prix nécessaire. Du blockhaus-mitrailleuse à l'angle nord-est, la chambrée des légionnaires, couverte de tôles et de sacs de sable, me paraît tout aussi inexpugnable. Reste ce damné côté nord. Du torchis, trois cagnas, Foyer, cuisine et chambre des P.I.M. et rien d'autre où nous accrocher, du canon à cet angle nord-est si démuni. J'espère que nous n'allons pas nous faire anéantir cette nuit parce que le sous-secteur refuse depuis six mois que nous y construisions un deuxième blockhaus !

— Nous pouvons prévoir une action prioritaire des réserves pour défendre la cuisine, hasarda Macauley avec beaucoup de sérieux.

Il poursuivit, pince-sans-rire :

— D'ailleurs le règlement précise que l'ordinaire doit être le souci constant du chef, n'est-ce pas ?

Bagard fit mine de n'avoir pas entendu la plaisanterie.

— Résumons. Voici les ordres de détails. Je veux huit légionnaires seulement aux créneaux : deux au canon, deux au blockhaus-mitrailleuse, deux sur la face nord, Foyer et cuisine, un sur le toit du logement de la troupe, et le dernier au mirador de la tour, au-dessus de moi.

— Les autres ? questionna Paliano.

— Le reste de la section dormira l'arme à la main, prêt à gicler à la première alerte. Paliano, je te charge de la défense du canon. Prie pour qu'il fonctionne. De toute façon, tu ne pourras pas tirer plus d'une caisse d'obus. N'en sors pas davantage de la soute.

Il se tourna vers le caporal-chef, maintenant tout à fait attentif à ce que disait son chef.

— Toi, Tarass, tu t'installeras dans le blockhaus et tu n'en bougeras plus. Si les Viets font taire ta mitrailleuse, nous sommes fichus. Paliano et toi, vous coucherez sur vos emplacements de combat à côté des sentinelles.

— Dois-je en déduire que je peux repartir à Phan-Rang continuer ma permission ? demanda l'irrévérencieux Macauley.

Cette fois, Bagard daigna sourire.

— Toi, mon cher, je te nomme réceptionniste et dispatcher. Si ces messieurs nous font visite, tu enverras à tes deux camarades le reste de leur groupe. Avec le tien, attends-toi à faire office de pompier et à galoper partout où la menace deviendra sérieuse.

— Vous n'avez rien prévu pour la tour, mon lieutenant. Vous allez être passablement seul, dans ce clocher.

Paliano aimait qu'on lui précisât le moindre détail. Cette tour plantée au centre du poste comme le donjon dans un château fort, était le centre nerveux de Tour-Cham. Elle contenait ses réserves matérielles principales, des cartouches aux grenades, des caisses de rations aux cartons de piles pour la radio. Dans les directives officielles, cela s'appelait un « réduit ». Dans le vocabulaire légionnaire, on disait plutôt « le château ». Et le sergent Paliano trouvait que ce château était fort exposé. Bagard le rassura.

— Ne t'inquiète pas. Nous serons trois. Un à chaque étage. Au mirador, un guetteur fixe. Désigne Schmerz. Avec ses deux éraflures de cet après-midi, il risquerait d'être diminué physiquement partout ailleurs. Au premier étage, Damont à la radio et moi à la fenêtre. Ce doit être suffisant pour commencer. Après tout, pour que les Viets nous arrivent dessus, il faudrait que vous ayez cédé sur vos lignes. Prions la Madone, comme tu dis. D'autres questions ?

Ils levèrent la main comme des élèves appliqués. Bagard les regarda affectueusement. Il les retrouvait, attentifs, coopérants. De toute sa vie il n'avait vécu en compagnie de garçons qui lui aient inspiré un tel sentiment de confiance, de confort et de fraternité. Il se sentait si heureux, soudain, qu'il rit en les regardant.

— Je savais bien que j'oubliais quelque chose. Heureusement que vous êtes là ! Alors ?

— A quel groupe dois-je affecter les trois nouveaux ? demanda l'adjoint. On ne peut pas se passer d'eux sous prétexte qu'ils ne sont pas très au courant.

— Si vous êtes d'accord, je pense que le Belge, Morand, sera pour Macauley. Il n'a pas l'air très futé, mais cette nuit nous aurons peut-être besoin d'un sportif plus que d'un intellectuel. Rist, qui connaît déjà la topographie du poste, sera pour toi, Paliano. Quand le bal sera commencé, il pourra t'amener le reste de ton groupe. Quant au jeune Roumain, Simu, il est évidemment pour Tarass. Sous le feu, ils pourront échanger leurs impressions dans leur langue maternelle.

Tarass sourit jusqu'aux oreilles. Le lieutenant avait de merveilleuses idées, parfois. Il allait prendre ce Simu sous son aile comme s'il était Bradu.

— Autre question ?

— Combien doit-on distribuer de grenades par tête de pipe ?

— Videz la soute. Servez en priorité les sentinelles. Elles pourraient en avoir besoin si les Viets se lèvent sous leur nez. Il n'y aura pas de lune, ce soir. Quoi d'autre ?

— Vous n'avez pas donné de consignes de tir, mon lieutenant, hasarda Tarass, qui ne voulait pas manquer de provisions pour sa mitrailleuse.

— Nous n'avons pas de troupes amies en promenade dans le secteur aujourd'hui. Donc, pas de sommations. Ouverture du feu dès que tes guetteurs voient quelque chose au créneau. Tirez les premiers, et nous y gagnerons le temps d'alerter la compagnie à la radio. Mais n'oubliez pas que nous n'avons que quatre unités de feu. Veillez à la consommation.

Les trois autres opinèrent, gravement. Ils savaient bien que la dotation en munitions ne leur permettait pas de feu d'artifice trop prolongé. Il faudrait se rationner pour tenir toute la nuit.

— Si vous n'avez plus rien à demander, messeigneurs, conclut Bagard, vous pouvez rejoindre vos légionnaires. Inutile de vous préciser ce que vous devez leur dire. A cette nuit, j'espère.

Redressés ensemble, ils saluèrent avec une rigueur qui eût satisfait un adjudant de contrôle à la tenue. Dans les grandes occasions, une discipline formaliste efface les appréhensions. Le lieutenant leur rendit leur salut avant qu'ils ne fassent demi-tour.

Souligné par une vielle à trois cordes, un chant aigrelet montait du casernement des P.I.M., le long du mur nord-ouest. Le ciel était bas et bouché de nuages très sombres.

Deux fois déjà les relèves de sentinelles s'étaient effectuées sans que les craintes du chef de poste se fussent vérifiées. Les factionnaires du blockhaus de Tarass, comme ceux qui gardaient le 75, n'avaient décelé aucune faille dans le concert des crapauds-buffles, dans le fossé qui bordait le mur sud-ouest. A onze heures, un chien avait longuement hurlé, à peu près dans la direction du village cham. Sans doute, attiré par l'odeur de la cuisine, s'était-il imprudemment aventuré dans le réseau de barbelés et de bambous taillés qui couvrait la face nord.

Vers une heure du matin, le légionnaire Wünstle, de faction sur le toit de tôles du baraquement où dormaient ses camarades, crut entendre des bruits étranges dans le secteur confié à sa surveillance. Du triangle formé par le poste, c'était le seul angle qui ne fût pas directement sous le tir des armes automatiques de la garnison. Sur un terrain plat comme la main, à peine meublé d'herbes hautes et de bouquets maigres d'aréquiers, les légionnaires avaient multiplié les défenses. Des panneaux verticaux de barbelés étaient réunis par de larges nappes, hérissées d'aiguilles de fer, truffées de boîtes de conserve sonores, de piquets de bois épointés et de mines dont le service du Génie n'avait pas été chiche. Ce terrain mort inspirait confiance au lieutenant.

— C'est un billard, affirmait-il. Nous ne pouvons le battre de flanc avec la mitrailleuse du blockhaus, c'est vrai, mais la traversée de ce parcours du combattant coûtera cher à ceux qui voudraient l'entreprendre.

D'ailleurs, pour donner confiance à la sentinelle qui surveillait ce glacis dans les grandes occasions, le sergent Paliano y avait branché un phare de camion, muni d'un interrupteur, dont la lumière blanche et crue portait bien au-delà de l'ancienne piste menant au village.

Malgré son inquiétude, Wünstle ne se décida pas à illuminer le terrain. De sa jeunesse de « rat de Berlin », passée dans les ruines de sa capitale, il avait appris que l'obscurité peut être parfois la meilleure des défenses. Chétif, débrouillard et inconsciemment courageux, il avait l'habitude de déjouer les pièges de la nuit. Il entendit, derrière lui, dans la cour du poste, des pas qui crissaient sur le gravier. Il siffla doucement entre ses dents. En dix secondes, un ectoplasme escalada l'échelle appuyée au mur et vint s'allonger sur les tôles auprès de lui.

— Que se passe-t-il ? chuchota la voix du sergent Macauley.

— J'ai cru que votre ronde n'arriverait jamais, souffla Wünstle. Voilà dix minutes qu'il se passe des trucs bizarres dans les réseaux. Des bruits de boîtes remuées, des claquements qui ressemblent à des bruits de cisailles.

— Peut-être encore un chien.

— Les chiens ne gueulent pas « sacré bordel » d'une voix étouffée.

— Les Viets non plus. C'est peut-être une patrouille de la compagnie.

— Vous nous avez dit qu'il n'y avait pas d'amis dehors. Pour moi, c'est un déserteur que les Viets ont mis au premier rang.

— Alors on va lui souhaiter bonne fête. Allume ton phare et tiens-toi prêt à tirer.

Le large pinceau jaillit comme un éclair de cauchemar. Droit sur la limite extérieure des défenses. Saisie dans cette clarté cruellement éblouissante, à moins de cinquante mètres du mur, une nuée de silhouettes noires se dessina, une demi-seconde à peine, avec la précision de graffiti au fusain. Par réflexe, Wünstle lâcha une rafale de sa Thompson, qu'il entendit siffler loin au-delà de ses cibles.

Là-bas, les Viets surpris s'étaient plaqués au sol, mais dans la lumière on distinguait leur masse sombre. Le légionnaire balaya d'un geste toute la ligne de barbelés.

— *Himmel !* souffla-t-il, je crois que la fête sera pour nous.

Au loin une voix cria, en français :

— Amis ! Ne tirez pas !

Wünstle l'injuria en éteignant son phare et se défoula, au jugé, d'une nouvelle rafale.

— *Arschloch !* Fumier de tirailleur.

Pour lui, injustement, les déserteurs étaient toujours des tirailleurs.

— Économise tes cartouches, jeta le sergent Macauley en sautant en voltige du haut du toit.

Il ne s'aperçut même pas qu'il s'était tordu la cheville en se recevant sur le gravier de la cour.

— Alerte ! hurla-t-il, courant déjà vers la porte du baraquement.

Il entendit distinctement le clairon qui lui répondit du dehors. Et les cris glapis par les centaines d'ennemis qui se relevaient pour l'assaut. Un rugissement qui monta avec la violence du vent quand passe un cyclone.

Moins de cinq minutes plus tard, la situation des hommes de Bagard était déjà critique. Longues chenilles de fer-blanc bourrées d'explosif, les bengalores que les assaillants avaient réussi à glisser sous les réseaux de barbelés avaient sauté en chaîne, arrachant dans un éclair tonitruant la plupart des défenses des faces nord et est. La première vague était partie à l'abordage avant même que la poussière et les mottes de terre arrachées par les explosions ne fussent retombées. D'un coup, le poste s'était illuminé comme une place de foire. Les phares des défenseurs butaient sur l'épaisse ligne mouvante et hurlante qui se ruait vers les murs. Dans le vacarme des éclatements de grenades et des rafales d'armes automatiques, à peine percevait-on le claquement des coups de feu isolés des fusils de la garnison, et les coups de gueule, à la fois rageurs et excités, des hommes qui s'appelaient dans la cour.

En trois bonds, Bagard était monté au mirador de la tour. Il tentait de faire le point, malgré la fumée des premiers incendies qui ravageaient les cahutes du Foyer et de la cuisine. Il entendait la litanie angoissée dévidée par Damont à la radio, à l'étage au-dessous.

— Rouge de Rouge deux. Rouge de Rouge deux. Répondez, Rouge .

Apparemment, la compagnie Rouge, à Phan-Rang, n'était pas à l'écoute de sa section numéro 2.

— Continue de les appeler. Il faut à tout prix les

joindre ou nous sommes cuits dans une heure, jeta le lieutenant par-dessus son épaule.

Agenouillé derrière la mince balustrade du mirador, épaule et cuisse bandées, Schmerz, le blessé de la patrouille du matin, rechargeait à cadence démentielle son tromblon à grenades. Les éclatements se perdaient dans le tourbillon enflammé qui dévorait le mur nord-ouest.

— Arrête, bon Dieu, jura Bagard. Tu ne vois même pas sur quoi ou sur qui tu tires.

Du pied de la tour, une voix furieuse les héla :

— Cessez de grenader à tout va, je fonce chez les P.I.M. avec mon groupe !

En se penchant, Bagard distingua six hommes qui couraient derrière Macauley. Il reprit espoir. Sa réserve allait peut-être rétablir la situation.

Comme il était prévisible, l'ennemi avait fait porter son effort principal sur la face nord. Il devenait urgent d'y renforcer les effectifs de la défense. Aveuglés, toussant dans les nappes de fumée qui tombaient du toit des communs en feu, les légionnaires Weber et Perez, sentinelles déjà en place au déclenchement de l'attaque, n'avaient pas eu le temps d'analyser le déroulement de la manœuvre. Enragés, les muscles tétanisés, ils tiraient, par les étroits créneaux, sans prendre le soin de choisir leurs cibles. A peine apercevaient-ils devant eux ce mur de fourmis qui grandissait implacablement.

Les Viets ne marquaient aucun temps d'arrêt. Balles, mines et grenades ne les stoppaient pas. Ceux qui étaient atteints, blessés ou morts, étaient enjambés dès qu'ils s'effondraient, piétinés par la masse. En lignes serrées, ils avançaient sans se choisir de cheminements avec l'insensibilité d'une colonie d'insectes.

Le groupe Macauley traversait la cour en écharpe, au galop, vers les flammes qui dansaient sur les auvents des cagnas.

Une fusée éclairante monta dans le ciel, juste au-dessus de la tour-P.C. Sans doute était-ce un signal. Dans un sifflement feutré qui étouffa, le temps de son passage, le crépitement de la mousqueterie, un obus de mortier vint percuter le gravier de la cour, à mi-chemin du mur nord et du réduit central.

— *Achtung ! Minenwerfer !* hurla Gruber, qui suivait à un pas la course de Macauley.

Ancien de la Wehrmacht, Gruber avait appris, en deux ans de front russe, à reconnaître les projectiles qu'il recevait. Les éclats vrombirent méchamment à travers le groupe de renfort qui atteignait la cahute des P.I.M.

— Tout le monde est là ? demanda le sergent en comptant ses hommes qui plongeaient au sol sous l'éclairage glacé de la fusée-parachute.

— Figl a reçu une de ces saloperies en pleine figure, aboya une voix tranquille. Il n'est pas prêt à ouvrir encore ses bouteilles de bière à coups de dents.

C'était ce qui faisait l'agrément du légionnaire Blachek. Le calme et l'ironie. Tout ce qu'appréciait Macauley.

— Quand vous aurez fini vos conversations, vous viendrez nous aider, aboya furieusement Weber de l'intérieur de la cuisine.

A présent le concert des armes à feu prenait une densité nouvelle. Jusque-là seule la garnison avait joué sa partition. Les Viets se mettaient maintenant en frais à leur tour et leurs balles claquaient à l'extérieur du mur d'enceinte ou sifflaient en partant encadrer la tour de Bagard.

— Gruber avec moi dans la cuisine, commanda le sergent. Blachek et Morand, chez les P.I.M., Klammer et Corti au Foyer.

La distribution s'était faite sans hésitation. Le groupe fonctionnait comme à l'exercice. Pourtant, en plongeant aux créneaux à côté de Weber et de Perez, les six hommes furent une seconde pétrifiés par la première vision de l'ennemi. La première vague arrivait déjà sur eux.

— Plus besoin de viser, se réjouit Blachek. Un bonhomme à tous les coups.

L'assaut viet s'essouffla devant la riposte inattendue. Les Thompson de Macauley et de Gruber fauchèrent net toute une ligne de petits hommes en pyjama noir. Ils étaient si près, de l'autre côté du mur, que les défenseurs pouvaient distinguer les bouches grimaçantes et la crispation des poings sur les armes brandies. Le légionnaire Corti, un grand Piémontais blond toujours lymphatique, prit tant de temps pour mettre son fusil-mitrailleur en batterie à la meurtrière, qu'il faillit manquer le débouché de la seconde ligne d'assaut. Il la cueillit à l'instant même où elle franchissait le talus formé par les corps abattus des premiers attaquants. Cette fois, dans la fumée irréelle qui s'effilochait sous la lumière du phare, aucune silhouette ne bougea plus du côté viet. Un clairon sonna de nouveau, à distance.

— Halte au feu, haleta Macauley. Ouvrez l'œil.

Malgré son ordre un coup de fusil tonna encore dans le logement des P.I.M., attenant à la cuisine. Le sergent fut d'un saut à la porte.

— Ça va, Blachek ?

— Pas de mal, sergent. C'est cet empoté de Belge ; il a pris un des P.I.M. pour un Viet. Encore heureux qu'il tire comme une savate, il l'a loupé à deux mètres.

— Les autres P.I.M. n'ont rien ?

— Non. Pinard, Cam et Cao sont là, verts de peur mais entiers. Phong et Nam-Pu sont partis rejoindre le lieutenant à la tour.

— Attention aux Viets, prévint Macauley. Ils ne vont pas tarder à revenir. Et éteignez cet incendie. Il n'y a que le toit qui brûle. C'est sans doute cet empoté de Schmerz qui a fichu le feu avec ses grenades.

A trente mètres de là, vers l'ouest, le sergent Paliano s'attendait lui aussi à la reprise de l'attaque. Avec ses deux sentinelles, Wissez et Wildknecht, les inséparables, il était en position beaucoup plus inconfortable que son ami Macauley. Pour eux, pas de protection. L'esplanade du canon, surélevée d'un bon mètre cinquante par rapport au niveau de la cour, ressemblait à un autel dressé pour le sacrifice. Dès que la rafale tirée par Wünstle avait donné le branle au vacarme et à la fureur, Paliano, dont les hommes n'avaient encore décelé aucun mouvement suspect aux abords, s'était dit que peut-être l'ennemi se contenterait d'un fort harcèlement sur le mur nord. Mais il avait vite constaté, dans la lumière des phares soudain allumés, qu'ils allaient devoir soutenir un véritable siège. C'était sur lui et ses légionnaires que s'était concentré le premier feu ennemi. Le premier mort de la section avait été Wildknecht. Il n'avait même pas senti l'impact de la balle qui l'avait décervelé, et Paliano, qui reçut son corps sur l'épaule, crut que son voisin mettait trop de hâte à s'abriter. Quand il avança la main pour redresser le gêneur, il toucha le crâne souillé de sang et de chair broyée. A cet instant seulement il comprit qu'il aurait de la chance s'il revoyait se lever le jour. Le nez au ras de la murette dérisoire qui dominait la plaine et la voie ferrée invisibles, Paliano avait eu le temps de prier la Madone et tous les saints de sa mémoire, avant de voir arriver ses renforts, dans une galopade haletante.

— Combien êtes-vous ?

— Trois, sergent, répondit l'accent alsacien de Rist. Brideau, Monneken et moi.

Trois solides. Brideau était un gaillard de trente ans insensible à la fatigue, instruit par quarante mois de séjour de toutes les astuces du Viet. Monneken, que ses camarades appelaient par dérision Manneken-Pis à cause de son visage de bébé rosi de bière, était capable de manœuvrer seul les lourdes flèches du canon de 75.

— Mettez ce canon en batterie vers le nord-est, commanda le chef de groupe requinqué. Je veux pouvoir tirer au ras des moustaches de Macauley s'il en a besoin.

La manœuvre ne commença malheureusement pas. Le tir du mortier viet s'était déplacé vers l'esplanade d'artillerie. Les arrivées l'encadraient maintenant avec une irrégularité inquiétante. Les cinq défenseurs entendaient à chaque explosion les éclats ronfler au ras de leurs têtes. « Sûr, pensa Rist derrière son fusil-mitrailleur, que ces salopards vont réussir à nous en poser un droit sur le dos. Pourquoi ai-je été assez con pour revenir dans ce pays ? » Il se vengea de cette stupidité en tirant d'une seule respiration, toute une boîte-chargeur sur les assaillants du mur nord. Il les prenait en enfilade, comme des peupliers au bord d'une route, presque tangentiellement à la façade du poste.

— Halte au feu, imbécile, lui cria Paliano dans l'oreille. Tu tires sur des morts. Garde tes cartouches, ils vont revenir.

Dans sa tour, le lieutenant Bagard menait une guerre féodale. Du haut de son perchoir, il avait suivi le déroulement du premier assaut soutenu par le feu des mortiers. Il l'avait vu s'essouffler et se diluer en abordant son mur. Dans le faisceau cru des projecteurs et sous la lumière céleste de la fusée viet il avait trouvé le spectacle « de toute beauté ». Dans son exaltation il l'avait même crié. Damont en grommelait à sa radio.

— Il est timbré. Il se croit à Son et Lumière ?

Pourtant Damont avait retrouvé le moral. Il avait réussi à établir la liaison avec le P.C. du sous-secteur. Bagard avait énoncé au micro une série de noms de fleurs, qui baptisaient poétiquement les tirs d'artillerie préparés. Messieurs les Viets allaient en prendre sur le nez. Le lieutenant, comme un navigateur à sa dunette, saisit son porte-voix. Il était très fier de cette invention dont tout le monde avait souri jusque-là.

— Les chefs de groupe ! Compte rendu !

Dans le silence revenu après la sonnerie de clairon, la voix tonna sur le poste avec une profondeur rassurante. Macauley, de la porte de son abri encore fumant, leva un bras pour signaler que tout allait bien. Figl avait profité de sa condition de blessé pour chaparder un flacon de bière au bar du Foyer et buvait tant bien que mal au goulot. Mélangée au sang qui lui nappait la mâchoire inférieure, la mousse composait un visage cauchemardesque à ce gros homme assis à terre dans un coin de mur, fusil en travers des cuisses.

Paliano, que les tirs du mortier n'importunaient plus, décida de se relever et agita le bras à son tour en direction du mirador. Il serait toujours temps de rendre compte de la mort de Wildknecht. Il se demanda un instant s'il allait profiter de l'accalmie pour achever sa mise en batterie, puis renonça. Après tout, le second assaut lui viendrait peut-être droit dessus, de la ligne de flamboyants bordant la voie ferrée.

— Tarass ? gueula Bagard.

C'était juste un contrôle. L'attaque n'avait pas encore pris directement à partie le blockhaus du caporal-chef.

— Rrrien d'extrrraorrrdinairrre, mon lieutenant, cria le Roumain de l'entrée de sa casemate.

C'était une litote. Il venait de se passer quelque chose d'anormal dans la casemate commandée par le

Roumain. Moquet et Lubitsch étaient au créneau, mitrailleuse chargée. La fente de la meurtrière, presque au ras du sol, n'amenait dans le blockhaus qu'une lueur bleutée où seul le canon de l'arme automatique brillait nettement. Les deux servants étaient des ombres. En arrière, Tarass et Simu étaient tout à fait invisibles dans le noir. Les Viets n'avaient pas encore adressé à l'ouvrage un seul tir direct.

— Tant que tu ne vois rien de précis, tu ne tires pas, avait décidé la voix du chef.

Le bruit arrivait de l'extérieur comme à travers un filtre. Les quatre hommes auraient pu se croire auditeurs d'une émission de radio. Soudain, Tarass avait sursauté. Quelqu'un lui braquait une arme en plein visage. Il ne voyait rien, mais l'odeur de graisse était si forte que l'extrémité du canon devait être à quelques centimètres de ses narines. Au hasard, il avait levé la main et rencontré la garde de bois d'un fusil solidement brandi. Son cerveau avait fonctionné à toute allure : celui qui le menaçait ainsi ne pouvait être que Simu, cet affecté dont il ne savait rien. L'hostilité qu'il avait devinée la veille était donc bien réelle. Pourquoi, pourquoi l'autre irait-il jusqu'à le tuer ? Il avait trouvé la seule parade qui pût dédramatiser la situation.

— Fais attention, fils, avait-il chuchoté aussi calmement que possible. Ne braque pas ton arme au hasard, tu pourrais me flanquer une balle dans la peau.

Mais il s'était promis de tirer l'affaire au clair. Plus tard. En attendant, il avait rendu compte à l'appel de Bagard : « Rien d'extraordinaire, tout va bien. »

Le lieutenant avait souri de contentement. « Jusque-là, s'était-il dit, rien n'est perdu. »

Il ne faut jamais douter ainsi du pouvoir du Diable. L'enfer surgit d'un coup, venu du ciel et de la terre, comme si les Viets et les artilleurs amis s'étaient réglés à la même horloge.

Ce second assaut coïncida exactement avec le déclenchement des tirs demandés par Bagard. Sur la face nord, profitant du talus de cadavres qui les protégeait des vues au ras du sol des défenseurs, les combattants de l'oncle Hô s'étaient massés en silence, au plus près. Les plus avancés d'entre eux étaient mêlés aux corps des leurs que les mines, les grenades et les tirs du groupe Macauley avaient abattus. Ils eurent le temps de se lever pour bondir, mais le hurlement entamé par ces cent ou deux cents poitrines fut couvert par le chant grave et modulé de la première salve d'artillerie. Personne pourtant de la garnison n'eut le loisir d'admirer les coups au but. Cette fois, le feu envahit dans la seconde tout le périmètre.

Alors que les assaillants venus du nord jetaient à la volée des échelles de bambou au flanc du mur, atteint malgré la rageuse réaction de Blachek, Gruber et Weber, d'autres silhouettes se matérialisèrent à l'ouest devant Wissez et Paliano. Elles sautaient la voix ferrée et couraient droit sur leur canon. Indifférents aux pertes, les Viets marchaient allégrement sur les mines de protection, tombaient par grappes entières, sitôt remplacés par une poussée qui semblait devoir tout emporter.

Sur son toit de tôle, à plat ventre sur la lettre U du « TOUR-CHAM » peint pour les avions, Wünstle, qu'avaient rejoint le caporal Cardonna et deux autres légionnaires, se demandait s'il avait ou non de la chance. Les premiers obus des artilleurs était tombés droit sur la fourmilière. Bien sûr, cet assaut-là au moins était mort-né. Mais des éclats vinrent encore rappeler aux quatre hommes qu'ils devaient se faire invisibles. Une gerbe claqua sur le métal du toit ; le phare s'éteignit d'un coup dans une cascade de verre brisé. Le caporal jugea qu'ouvrir le feu à leur tour ne pourrait que soutenir leur moral. Dans le blockhaus, Tarass donna enfin le feu vert à son tireur. L'impatience du légionnaire Lubitsch était devenue palpable. Il ne voyait qu'à quelques mètres devant son bouclier de béton ; une forêt de jambes qui piétinaient en abordant l'obstacle, et lui cachaient heureusement la foule qui poussait de l'arrière. Moquet lança une grenade par l'ouverture. Elle dut rouler entre les pieds des assaillants, mais le vacarme était tel que son explosion ne s'entendit même pas de l'intérieur de la casemate.

— Feu à volonté, commanda Tarass de la même voix qu'il eût employée à l'exercice au pas de tir.

Lubitsch se déchaîna. Quarantaine atrabilaire, le ci-devant premier violon à l'opéra de Vienne était devenu, l'instruction militaire aidant, un virtuose de la mitrailleuse. Cette nuit, il écoutait la musique de son arme avec autant de délectation que du Mozart. Il ne se préoccupait que des bandes que lui passait la nouvelle recrue du groupe, ce Simu silencieux.

Hérisson de feu, la section Bagard tint bon durant presque dix minutes. Puis la digue céda, à son point faible, la face nord que défendait le groupe Macauley.

— Rouge de Rouge deux, m'entendez-vous, parlez ?

— Bon sang ! Ils tiennent toujours. Bravo les enfants.

Dans la villa de mandarin qui lui servait de P.C., à Phan-Rang, le capitaine Sandoux exulta. Dans le jardin, les trois sections disponibles de sa compagnie se rassemblaient dans l'obscurité. On n'entendait que les voix des gradés qui tournaient autour de leurs hommes en vérifiant l'équipement et les armes. Le capitaine entrouvrit le volet de sa porte-fenêtre et annonça gaiement à la cantonade :

— Bagard tient le coup !

Un brouhaha de satisfaction courut les rangs. Puisque évidemment ils allaient courir au secours du poste, mieux valait y sauver des camarades vivants qu'y trouver seulement des cadavres et des ruines.

— Mon capitaine, dit le sous-officier radio en posant son casque, cet appel de Rouge deux ne me semble pas catholique. Le type a une drôle de voix. Je ne reconnais pas Damont.

Le haut-parleur nasillait toujours son « Rouge de Rouge deux m'entendez-vous ? »

— Qui veux-tu que ce soit ? s'étonna le capitaine Sandoux.

Le sergent Collard se retint de dire à son capitaine qu'il était bien naïf. Il se souvint à temps que Sandoux n'était arrivé de France que depuis trois mois.

— Si les Viets ont pris le poste, ils peuvent parfaitement nous appeler pour demander de l'aide et nous attirer dans une embuscade.

— Tu as l'esprit tordu, mon vieux. Réponds-leur.

Le sergent reprit son micro.

— Rouge de Rouge deux. Je vous entends correctement mais haché. Vérifiez votre émission et identifiez-vous.

— Sacré bon Dieu, cracha le haut-parleur, tu veux peut-être que je t'apporte ma photo, Collard. C'est Phong, le P.I.M. radio, qui s'occupe des appels depuis que Damont est au tapis. Donne-moi le capitaine.

La voix furieuse de Bagard avait même passé la fenêtre. Dans le jardin, les chefs de section se rapprochèrent pour mieux entendre.

— Où en êtes-vous ? demandait Sandoux. Ils sont toujours dehors ?

— Ils sont dedans, ricana Bagard. Ils ont sauté le mur de la cuisine. Tout le nord de mon poste est entre leurs mains et brûle. Le 75 a explosé. Comme je n'ai pas pu récupérer Paliano et ses bonshommes, je ne sais pas si c'est lui ou les Viets qui ont détruit le canon. Pour le reste, nous tenons encore la tour, le blockhaus au bord de la route et les baraquements-troupe. Pour le moment. Ils n'ont pas l'air d'en avoir assez.

Pour confirmer le désastreux rapport, on entendait en surimpression sonore un staccato ininterrompu et de sourdes explosions.

— La soute à munitions est-elle toujours contrôlée ? s'inquiéta le capitaine.

— Ils ont la soute du canon mais elle est vide. Les obus sont dans la soute numéro 2, sous la tour. S'ils prennent celle-là, adieu Tour-Cham.

— Vos pertes ?

Cette conversation difficile commençait, audiblement, à irriter Bagard. Sa réponse manquait de la déférence attendue d'un lieutenant.

— Si vous voulez les compter, mon capitaine, il serait bon que vous veniez rapidement ! Si toutefois vous avez l'intention de vous mettre en route cette nuit.

Le capitaine Sandoux eut le bon goût de ne pas s'offusquer.

— Excusez-moi, je comprends. Nous partons dans deux minutes. Au mieux, nous ne serons au contact de vos Viets que dans une demi-heure. Besoin d'autre chose ?

— Prévoyez plutôt deux heures de route. M'étonnerait que ces messieurs ne vous aient pas tendu une gentille embuscade. Mais...

Une coupure brusque de tonalité plongea Sandoux et le sergent Collard dans une fébrile manipulation des boutons de volume et des cordons de branchement de leur poste radio. Ils s'attendaient au pire quand la voix de Bagard retentit à nouveau. Elle paraissait essoufflée et lointaine.

— Pas le temps de discuter, mon capitaine. Les Viets ont failli prendre pied dans ma tour. Sans Tarass, c'était cuit. Déclenchez les tirs de la dernière chance.

Les tirs de la dernière chance étaient ceux que l'artillerie de secteur avait programmés sur le poste même. La garnison avait évidemment toutes chances d'en faire les frais autant que l'assaillant.

— C'est risqué, Bagard, tenta d'objecter le capitaine.

— Je m'en fous. Vous croyez peut-être que je demande un chelem difficile à une table de bridge. Tirez-nous droit dessus, et vite. Terminé.

Cette fois, le calme et gentil Bagard avait passé les bornes de l'exaspération. Le capitaine Sandoux gagna en deux pas la porte-fenêtre et donna l'ordre qu'attendait impatiemment sa compagnie :

— En avant, *pronto*. Rapidement sur les cinq premiers kilomètres. Il sera toujours temps de prendre des précautions ensuite.

Avant de partir avec ses sections, il donna une dernière consigne à Collard :

— Transmets la demande de Rouge deux au Secteur et aux artilleurs. Urgence maxima.

Quand les camions de la compagnie Rouge s'ébranlèrent, phares éteints, dérapant sur la latérite poussiéreuse de la route de Tour-Cham, le vent de mer était tombé. Malgré le ronflement des moteurs, on entendait, loin dans l'ouest, l'écho de rafales et d'explosions assourdies. Sandoux battit le briquet dans sa jeep pour regarder sa montre. Il était deux heures et quart du matin.

A deux heures trente-cinq en abordant le virage du kilomètre 6, le camion de tête, première section, lieutenant Dumoncel, manqua d'un rien la mine qu'avaient posée les Viets. Le conducteur freina des deux pieds, debout sur ses pédales, au milieu du tourbillon de poussière et de gravats levé par l'explosion. Dans la même seconde, Dumoncel et ses légionnaires sautaient sur la route sous un feu nourri venu de leur droite. La compagnie connaissait heureusement le terrain par cœur. « Ils sont dans la pagode », diagnostiqua Dumoncel. Derrière lui, le convoi stoppait en catastrophe. Les gradés aboyaient des ordres de regroupement. Sandoux se matérialisa à côté de son lieutenant.

— Fixez ceux-là. Je vous quitte avec les deux autres sections pour déborder par le sud. Bagard doit s'impatienter.

En fait, Bagard était bien au-delà de l'impatience. Depuis quelques instants, l'artillerie du Secteur avait déclenché les tirs de la dernière chance. Réglage parfait. Par deux, toutes les minutes, les obus arrivaient avec un chuintement soyeux et explosaient dans des embrasements dévastateurs. Les éclats rendaient la cour intenable. La quarantaine de Viets qui y avaient pris pied ne la tenaient d'ailleurs plus. Ceux qui n'avaient pas été fauchés par la première salve avaient reflué vers l'esplanade du canon et ne signalaient plus leur présence que par quelques coups de fusil isolés qui écaillaient la maçonnerie de la tour.

Bagard avait eu le temps de prévenir ses hommes au porte-voix du déclenchement de ce nouvel enfer. « Armaggedon », avait-il hurlé. Toute la section connaissait l'inquiétant mot de code. Ils s'étaient jetés à couvert comme ils l'avaient pu.

Redescendu d'un étage, Bagard était calfeutré dans le local radio avec Schmerz, et le jeune Phong, qui manipulait son poste 300 avec la joie d'un gamin devant un jouet. Allongé contre le mur, Damont était encore vivant, mais inconscient. La balle qui l'avait atteint au visage lui avait arraché un œil et la racine du nez. Il ne geignait même plus.

Le lieutenant se sentait trépidant à la fois d'inquiétude et d'espoir. Malgré lui, il se crispait à chacun des gémissements qui annonçaient les arrivées des salves, mais il écoutait plus encore le demi-silence qui s'installait après les éclatements. Les Viets n'avaient pas décroché, mais ils avaient indéniablement renoncé à leurs assauts. Le répit durerait autant que le harcèlement d'artillerie. Par le créneau le plus proche, Bagard regarda dans la cour. Tous les projecteurs étaient fracassés et éteints, mais l'incendie finissant des constructions du mur nord jetait des nappes ondoyantes de clartés sanglantes sur le triangle où s'étaient déroulés les derniers corps à corps. Tout paraissait calme du côté du blockhaus de Tarass.

Tout à l'heure, alors que les assaillants s'étaient rués dans un grand hurlement sur les deux légionnaires qui se cramponnaient à la massive porte du rez-de-chaussée de la tour, le caporal-chef était apparu à l'entrée de sa casemate. Massif, solide, rassurant. Pistolet-mitrailleur à la hanche, il avait de vingt mètres fauché toute une rangée de Viets. Bagard n'avait pas même eu le temps de lui crier « Merci » qu'il s'était déjà rejeté dans sa forteresse.

Inconsciemment, pendant qu'il cherchait à deviner ou à comprendre ce qu'étaient devenus ses hommes, l'esprit de Bagard comptait les salves.

— Vingt coups, avait prévenu l'artilleur de liaison quand il était venu mettre les tirs en place, six mois plus tôt. Passé ce chiffre, ou les Viets ont lâché le morceau ou vous êtes morts.

Tassé dans l'encoignure nord-est, à genoux contre le mur intérieur du baraquement, sur le toit duquel le caporal Cardonna et Wünstle se faisaient tout petits, le sergent Macauley comptait les salves, lui aussi. Sa vieille blessure d'Arnhem lui faisait mal et il se rendait compte, maintenant seulement, qu'il s'était sans doute foulé la cheville en sautant du toit pour donner l'alerte.

Près de lui, le grand Corti, qui tenait son fusil-mitrailleur à bout de bras comme s'il se fût agi d'un pistolet, demanda calmement si ces « connards d'artilleurs allaient encore longtemps leur tirer sur la gueule ».

Corti avait totalement oublié ce qu'il avait pu entendre dire d'Armaggedon. Quand le lieutenant avait crié ce mot-là, il s'était jeté contre le mur parce que le sergent avait donné l'exemple et l'ordre de se planquer.

— Encore deux minutes, prévint obligeamment Macauley. On y va tout de suite après.

Corti ne demanda même pas où il fallait aller. Il suivrait. L'action le rendait philosophe. Blachek, lui, avait compris que son chef de groupe songeait à contre-attaquer pour reprendre l'esplanade du canon. Mentalement il passa en revue les noms des camarades qu'il savait être avec eux, dans ce recoin sombre : Hansen et Rigaud, descendus du toit, Corti, ce grand fainéant, et Morand, le jeune Belge qui avait failli tuer Cam Cam, tout à l'heure. « Nous sommes six, se dit-il, ça devrait marcher. » Parce qu'il était un soldat consciencieux, il utilisa la dernière minute de répit à vérifier le chargeur de son arme. Un double sifflement leur fit encore baisser la tête. Explosions, juste au pied de la tour. Les vrombissements mous des éclats. Macauley s'était relevé.

— Premier bond, derrière la tour, commanda-t-il en s'élançant.

Les six hommes avalèrent les vingt mètres en quelques foulées. Aucune réaction n'avait salué leur galop. Le sergent prit la peine d'expliquer son idée de manœuvre :

— Deuxième bond, dit-il, droit sur la poterne du mur sud. Sans marquer d'arrêt nous continuerons le long du mur jusqu'au canon. Go !

L'ordre prit Corti par surprise. Il démarra avec cinq mètres de retard, lourdement. Sans doute trop bruyamment. Tapis à trente mètres de là sur l'esplanade, les Viets l'entendirent. Ils tiraient bien. Corti reçut deux balles en tombant. La douleur causée par celle qui l'avait atteint au genou lui permit à peine de sentir la seconde, qui lui déchira la gorge. Il voulut crier mais la balle avait emporté ses cordes vocales. Il ne mit pas plus de deux minutes à mourir, comme un poisson hors de l'eau, gorge et bouche ouvertes, sur son appel silencieux. Juste le temps qu'il fallut à Macauley et à ses légionnaires pour abattre à bout portant les dix Viets qui restaient encore vivants autour du canon au tube éclaté.

Il était quatre heures trente quand, du mirador qu'il avait réintégré, Schmerz appela le lieutenant. Escorté de Klammer et de Gruber, Bagard était en train de patrouiller à l'intérieur de son poste. Le périmètre était à peu près rétabli. Même si le mur nord ressemblait plus à une ruine qu'à une défense solide. Le blockhaus de Tarass avait été éventré par une charge creuse, une heure plus tôt, mais le personnel était sauf.

— Il fera beau, avait commenté Tarass en regardant le ciel d'avant-aube par le trou béant.

Il avait ajouté une estimation simple de la conduite de ses hommes :

— Tous les légionnaires très bien, mon lieutenant.

Bagard avait été sauvé de l'attendrissement par la voix de Schmerz dont on devinait l'ombre, gesticulant en haut de la tour.

— Les Viets décrochent. La compagnie arrive !

Bagard se mit à courir vers le chemin de ronde qui bordait la poterne. A cent mètres venait d'éclater une fusillade. Des armes légères soutenues par le pointillé plus rageur de fusils-mitrailleurs. Après deux heures de trot et d'accrochages dilués, la compagnie Rouge du capitaine Sandoux achevait de dégager le poste de Rouge deux.

— Deuxième section rassemblée. Effectif total : 28 gradés et légionnaires, 5 prisonniers internés. Pertes : 5 légionnaires et un P.I.M. tués, 6 légionnaires blessés. Un légionnaire disparu. En service sur les emplacements de combat, 10 gradés et légionnaires. Sur les rangs, 7. A vos ordres, mon capitaine.

Poterne grande ouverte, le lieutenant saluait Sandoux, qui venait de s'arrêter net, saisi par le spectacle des ruines que la lumière de l'aube rendait fantomatiques. A gauche de Bagard s'alignaient six figures patibulaires et timidement souriantes. Macauley, Blachek,

Rigaud, Hansen, Gruber et Klammer n'en présentaient pas moins les armes avec une dignité toute réglementaire.

— Bon Dieu ! jura doucement Sandoux, vous avez eu une nuit agitée ! Pardonnez notre retard. Nous avons rencontré quelques ennuis en route depuis que nous avons lâché Dumoncel.

Bagard ne jugea pas utile de commenter les difficultés de progression de son capitaine.

— Combien de morts en face ? questionna celui-ci.

Bagard montra du bras les cadavres éparpillés dans la cour de son poste.

— Dans les défenses, je n'ai pas encore compté. A l'intérieur des murs quarante-huit.

Sandoux fit un pas, rendit le salut et tendit la main.

— Je crois savoir ce que vous éprouvez. Tous ces ennemis abattus ne compenseront jamais vos tués, n'est-ce pas ?

Bagard serra les poings. Il refusait cette sympathie. Les morts de cette nuit leur appartenaient, à lui et à ses légionnaires. Personne n'avait le droit de se les approprier. Il hésita un instant entre la fureur et les larmes.

— Puis-je faire reposer les armes ? demanda-t-il enfin d'une voix rauque. Merci. Sergent Macauley, faites rompre les rangs.

Gêné, le capitaine s'était détourné. Bagard se détendit d'un coup. Machinalement, sa main droite s'enfonça dans la poche de son vieux short et rencontra un paquet de « Troupe », chiffonné et humide comme d'habitude. Avec étonnement, il se dit qu'il n'avait pas fumé depuis la veille. Il décida de s'accorder cette fois une cigarette entière.

CHAPITRE 10

Ce printemps de 1951 avait commencé très timidement. Surtout sur le revers est des reliefs qui bordaient la vallée de Meggido. Coupé des influences méditerranéennes par les contreforts du mont Carmel, le paysage rocailleux rappelait à Jos Shamir quelques routes empruntées autrefois dans le Sud algérien. Mêmes roches blanches et grises, même poussière levée par le passage de sa voiture, même caractère heurté des profils de collines dénudées, qui se donnaient des airs de montagnes alors qu'elles culminaient à moins de cinq cents mètres. La végétation naturelle était à peu près inexistante : des épineux maigres qui devaient avoir connu le règne d'Hérode Antipas tant ils étaient squelettiques, de rares touffes de doum dont même un mouton arabe n'aurait pas voulu.

Au volant de la voiture que lui avait prêtée son ami le général Shafer, autrefois lui aussi sergent à la Légion française, Shamir prenait son temps pour négocier les virages serrés de la petite route qui plongeait vers le Jourdain, loin devant. Cette matinée d'avril était édénique. Il était encore trop tôt pour que le soleil ait assommé les lignes du paysage. La lumière du matin, douce et brumeuse, laissait toutes leurs forces aux bruns et aux verts. Dans le fond de la vallée, sur la rive droite de la rivière Izreel, s'alignaient de longues files d'orangers récemment plantés, que parcouraient des silhouettes appliquées de travailleurs en short kaki. Parfois, dans un groupe de ces jeunes gens, garçons et filles, des têtes se levaient vers cette voiture qui paraissait faire du tourisme ; des bras s'agitaient joyeusement mais Jos n'entendait pas leurs cris de bienvenue. Il se contentait de lever la main en réponse, sourire aux lèvres. Malgré la lettre qui brûlait la poche de sa vareuse d'uniforme, il se sentait heureux : il allait revoir Lira Simon.

Après la désertion d'Eliha Leibowitz, la Marine avait jugé que la jeune femme avait une part de responsabilité dans cette affaire. Peut-être même avait-elle été complice. Le commandant Echkalim n'avait pas manqué de signaler dans son rapport que ses liens affectifs avec le matelot déserteur eussent dû la renseigner sur ses intentions. Pourquoi n'avait-elle pas rendu compte à la hiérarchie ? Par chance pour Lira, Echkalim s'était montré maladroit. Sa puritaine formation britannique l'avait poussé à rajouter un paragraphe sur le danger que faisait courir à la discipline la présence de femmes dans les rangs mêmes des unités combattantes. Il n'avait pas nié qu'elles puissent se battre aussi bien que les hommes, mais regrettait les tentations qu'entraînait le compagnonnage permanent des deux sexes. Shamir avait eu beau jeu de représenter combien Echkalim se montrait rétrograde. D'ailleurs, intime de Shafer, auquel le poste de chef d'état-major de Tsahal donnait tout pouvoir de pardonner, il n'avait pas manqué d'avouer qu'il était le vrai responsable de la fuite du jeune Roumain.

— Ce gosse, comprends-tu, j'ai cru que je pourrais lui faire admettre que celui qu'il appelait son ennemi n'était au fond qu'un pauvre type. Nous savons tous les deux que la force morale des gens frustes ne résiste pas longtemps aux ordres, à la discipline, à l'exemple, à l'atmosphère. Ce garde d'Antonescu auquel Leibowitz en voulait à mort n'était qu'un malheureux sans éducation, qui avait eu jusqu'à la guerre une vie difficile. J'ai essayé de faire comprendre à mon petit Juif qu'à défaut de pardonner il pouvait attendre d'oublier. C'était une erreur de psychologie. Je ne croyais pas qu'il aurait le courage de reprendre la chasse, mais au fond j'en suis presque content : il sait ce qu'il veut.

— En somme, avait blagué Shafer, tu l'as sciemment

poussé à fausser compagnie à Echkalim. Mais pourquoi ne me parles-tu pas de la fille ?

— Elle n'est pour rien dans cette histoire. Il y avait entre eux une petite idylle et le garçon prenait peut-être ça trop au sérieux. Mais ce sentiment l'aurait plutôt retenu.

— La Marine veut sa tête.

— C'est ridicule. La Marine devrait se souvenir qu'en 1948 le matelot Simon a descendu à la mitrailleuse un avion jordanien. Lira a même eu les honneurs du communiqué. Si tu ne veux pas admettre qu'elle ignorait le projet de désertion de Leibowitz, retiens au moins en sa faveur qu'elle est un vaillant soldat.

Le général Shafer s'était montré compréhensif. Le quartier-maître Simon avait été sanctionné d'un blâme pour « légèreté de mœurs dans le service ». Cette aventure ayant fait perdre à Lira tout enthousiasme pour la vie militaire, Jos avait obtenu du ministère que l'on acceptât de la rendre à la vie civile. Depuis le mois de janvier, Lira Simon était membre du kibboutz Éphraïm Nakkoth ; son passé de guerrière avait séduit la majorité des membres de la colonie, qui avait trouvé très à propos de renforcer les éléments de défense du village. Éphraïm Nakkoth était pratiquement bourgade-frontière, et le voisinage des bédouins de la vallée du Jourdain y créait un climat d'insécurité détestable.

Pendant quatre mois, Shamir n'avait pas osé aller rendre visite à sa protégée. Le temps, pensait-il, l'aiderait à se souvenir de son aventure sur le *Jonas* avec un détachement attendri. Il ne se cachait pas que la jeune femme occupait beaucoup trop ses pensées. Se présenter devant elle, alors qu'elle était encore sous le choc émotionnel de la fuite d'Eliha, pouvait tout aussi bien faire naître entre eux une scène de reproches dont la fragile complicité née à l'escale de Gênes ferait les frais. Shamir s'était réfugié dans le travail, et d'abord dans l'achèvement de la mission commencée à Chypre. Depuis fin mars, les quatre cibles qu'il avait repérées à Nicosie avaient été ramenées en Israël par les commandos du Service. Les prisonniers attendaient au secret, comme Wilsdorf, l'instruction de leur futur procès.

« C'est une chance, songeait Jos à son volant, d'avoir reçu cette lettre avant-hier. Quelle meilleure raison aurais-je pu trouver d'aller voir Lira ? »

La voiture avait perdu de l'altitude. Elle roulait presque au fond de la vallée, qui s'élargissait en champs cultivés et poussiéreux. Sur le côté droit de la route, à flanc de coteau, une troupe de garçons torse nu et de filles en barboteuses kaki sarclait des plants espacés mais vigoureux. Un peu plus haut, une pancarte de bois proclamait que le kibboutz Éphraïm Nakkoth avait entrepris la culture des avocats. Cinq cents mètres plus loin, une nouvelle pancarte annonçait clairement l'ambition des kibboutzim : « Nous plantons aujourd'hui, demain le monde entier mangera des avocats de Meggido. »

Le soleil commençait véritablement à chauffer la carrosserie de la trop somptueuse voiture du général Shafer. Jos baissa la vitre de sa portière, et cracha la chique de tabac qu'il mâchait depuis son départ d'Haïfa, à l'aube. Il se souvenait que Lira avait autrefois trouvé « dégoûtantes » ses habitudes masticatoires.

Après un dernier virage, la route s'allongea toute droite devant lui. Comme à chacun de ses passages dans l'arrière-pays, Jos se sentit ému par le paysage qu'offrait la plaine du Jourdain étalée en contrebas, du nord au sud de l'horizon visible. Pour un Juif, il ne pouvait y avoir qu'un autre site plus séduisant au cœur, celui de Jérusalem. Mais le Jourdain comme Jérusalem n'appartenaient pas à Israël. Pas encore. Il arrêta sa voiture quelques minutes, pour se remplir les yeux du vert tapis des palmeraies, des jardins et des pâturages. Loin au-delà du fleuve, dans l'est, les hauteurs des montagnes jordaniennes roussissaient au soleil. Un autocar brinquebalant le doubla dangereusement, dévalant vers le poste frontière, qui barrait la route à moins d'un kilomètre. Il était plein de bédouins emmitouflés et silencieux, qui ne manifestèrent en aucune façon avoir remarqué ce capitaine israélien en train de contempler leur pays.

Jos redémarra. Signalée par une flèche de bois rustique, la piste menant au kibboutz commençait à quelques dizaines de mètres, et remontait à travers le versant de la colline. Il se sentait angoissé comme un adolescent avant son premier rendez-vous.

— Ô Jos, quelle merveilleuse idée de venir me voir. Viens donc visiter Éphraïm.

Lira avait retrouvé son rayonnement d'antan. Elle l'avait accueilli avec effusion quand il était arrivé sur la grand-place du village, au pied des trois marches qui dessinaient un amphithéâtre fleuri. « Elle m'a même sauté au cou », constatait-il, tout amusé. En la détaillant, sans gêne à présent, il admirait le bronzage velouté de sa peau, la cascade de ses cheveux libres et l'aisance souple de sa démarche. Manifestement, la vie au grand air lui convenait.

— Je suis bien heureux, dit-il, de te voir en si grande forme. J'espère, ajouta-t-il avec une inquiétude feinte, que le quartier-maître ne se vexera pas de mon admiration.

Elle rit en lui prenant le bras, mais cette allusion à leur passé commun ramena vite un air sérieux dans son regard profond. Elle fronça ses sourcils touffus et fit la moue.

— Tu n'es pas seulement venu pour me faire des compliments éhontés, capitaine, constata-t-elle. Quelle est la vraie raison de ta visite, Jos ?

— Ce n'est pas une raison, c'est un prétexte, avoua-t-il. J'ai reçu une lettre qui t'intéressera, j'en suis sûr.

— Des nouvelles d'Eliha ?

La question avait été si prompte que Shamir en fut blessé. Ainsi, elle ne voyait en lui qu'un témoin de sa rapide liaison avec ce jeune fou ! Il ne représentait à ses yeux qu'un moyen de garder le contact avec l'homme qu'elle aimait ! Un instant, il eut envie de bâcler cette entrevue en quelques phrases et de la planter là pour rentrer à Haïfa dans la voiture du général. Puis il la regarda, tendue et frêle dans le soleil, et sa mauvaise humeur disparut. Il acquiesça.

— Une lettre d'Eliha, oui. Rassure-toi, il va bien et n'a pour le moment rien fait d'irréparable.

— Où est-il ? Que fait-il ? Comment vit-il ?

Jos leva la main pour arrêter cet interrogatoire, et sortit de sa poche une enveloppe bordée de bleu et de rouge.

— Le mieux, dit-il, est que tu la lises toi-même.

Sans un mot elle prit la lettre, avec un détachement simulé, et marcha jusqu'à l'ombre d'un figuier, en haut des marches. Elle ne s'était pas retournée pour s'assurer que Jos la suivait. Il la regarda s'asseoir au pied de l'arbre, tourna le dos pour marquer sa discrétion et, tout compte fait, mordit dans sa carotte de tabac.

Je ne sais pas, écrivait Eliha, *si je dois vous dire Capitaine ou t'appeler Jos. Après ce que j'ai fait sur le* Jonas, *peut-être ne voudras-tu plus être mon ami. Si c'est le cas, ne va pas plus loin que ces premières lignes et déchire ma lettre sans la lire. Sinon, je souhaiterais que tu ailles jusqu'au bout de mes aventures et que tu te rendes compte que je ne pouvais agir autrement.*

Il n'a pas été facile, moralement du moins, de quitter le Jonas. *Après ce qui m'était arrivé en Roumanie et en Allemagne, j'avais vraiment eu l'impression de trouver chez nous un cadre où je pouvais vivre presque heureux. Même dure, la vie dans l'armée ne me rebutait pas et j'étais sûr que les voyages finiraient par me faire à peu près oublier mes malheurs. Il a fallu que tu viennes, avec ton auréole de guerrier, tes vingt ans de plus que moi, et les renseignements que le hasard t'avait mis entre les mains. Comprends que je ne t'en veux pas ; au contraire, je te remercie et te remercierai toute ma vie de m'avoir dit ce que tu savais sur ce Magalescu. A propos, tout était vrai, sauf sa mort. Je l'ai retrouvé bien vivant, je pourrais même dire triomphant, dans une section de légionnaires, en Indochine où j'ai réussi à le rejoindre.*

Car bien sûr, j'ai quitté le Jonas *pour m'engager moi aussi à la Légion. Les conditions étaient les meilleures que je puisse espérer. Le* Jonas *était à quai, et Gênes n'est pas à deux heures de la frontière française. Vous n'étiez peut-être pas remontés à bord, Lira et toi, que j'arrivais à Nice. Le lendemain soir, au fort Saint-Jean à Marseille, le poste de recrutement n'a fait aucune difficulté pour m'accepter. Le reste a été encore plus facile. J'ai fait six mois de classes, à Mascara. Entre nous, l'entraînement est nettement plus dur que celui de l'école des canonniers d'Haïfa. Les instructeurs reviennent le plus souvent d'un séjour de quelques années en Indochine, où ils donnent l'impression d'avoir appris pas mal d'astuces sur le combat anti-guérilla. Je suis rapidement devenu dur comme un caillou. Sur le plan physique, j'ai peut-être été en dessous de la moyenne, mais, grâce à la formation « spéciale » de Cernauti, j'ai un moral en béton qui m'a permis de finir brillamment la période d'instruction. Ensuite, j'ai eu de la chance : j'ai été désigné pour le premier renfort pour l'Indochine. Destination, le 2e régiment étranger, le régiment même où servait Magalescu-Tarass, comme un copain du Service des Effectifs me l'avait confirmé à Sidi-bel-Abbès. Tu peux t'imaginer dans quel état d'esprit j'ai fait la traversée jusqu'à Saigon. Pendant tous ces mois j'avais pensé à toi, à Lira et au* Jonas. *Mais quand je me suis retrouvé en mer, sans rien faire d'autre qu'admirer les vagues jour après jour, votre souvenir ne m'a plus quitté et je me suis senti souvent bien seul, le soir à bord de l'*André-Lebon.

Pensivement, Lira leva les yeux de la page couverte des fins caractères d'Eliha. L'image de ses étreintes sur le discret pont des canots vint l'assaillir comme elle avait assailli Eliha sur son transport de troupes. Debout, mains aux poches, à quelques mètres d'elle, Shamir affectait de regarder le paysage.

— Jos, appela-t-elle. Jos, il dit que nous lui avons manqué.

— Toi, tu lui as certainement manqué. Mais ça ne l'a pas empêché de continuer, va. Lis plus loin.

Nous ne sommes pratiquement descendus à aucune escale, disait la lettre. *Surtout nous, légionnaires. Il paraît que le Commandement craignait des désertions, ce qui, dans mon cas, m'a paru plutôt comique. Si je rentre un jour en Israël, je te raconterai tout le voyage, mais ça n'est que de l'anecdote, rien d'important sauf une rencontre désagréable que j'ai faite dans une coursive du paquebot : je n'ai pas pu éviter l'officier qui avait été mon avocat devant le Tribunal militaire en 1945. Il m'a malheureusement reconnu au premier coup d'œil et ne m'a pas lâché tant que je ne lui ai pas dit comment j'avais supporté la forteresse et ce que j'avais fait en sortant. Je n'ai eu aucune vergogne à lui taire mon séjour si court en Israël. Mais j'ai été très inquiet qu'il ait pu si aisément se souvenir de mon visage. Tout le reste de la traversée je me suis dit que Magalescu-Tarass me reconnaîtrait aussi facilement. Je n'avais jamais envisagé cette éventualité. Je voulais bénéficier de la surprise pour pouvoir me venger à mon heure. Qu'il sache qui j'étais en me voyant, et il serait sur ses gardes. Heureusement, je sais aujourd'hui que je me suis trompé. Le sort a bien fait les choses. J'ai été affecté dans le même poste que lui, dans la même section, et je suis même sous ses ordres. Il est maintenant caporal-chef mais guère plus futé qu'avant. C'est toujours la même brute. Il n'a pas songé un instant que le légionnaire Simu, qui venait en renfort, ressemblait au petit interné juif qu'il avait si souvent malmené à Cernauti.*

— Seigneur, dit Lira, il ne devrait pas être permis d'écrire une lettre pareille. Le vrai Eliha n'est pas ce garçon rusé et sans aucune sensibilité. Ce Tarass, sûrement, doit être un type présentable pour que la Légion en ait fait un caporal-chef.

Shamir éclata de rire très brièvement. L'intuition de Lira était surprenante. D'un simple mot, elle tirait des conclusions qui correspondaient à la fois au jugement qu'il avait lui-même porté sur Magalescu six ans auparavant et aux observations qu'Eliha faisait dans les lignes suivantes.

Je dois dire, écrivait-il, *que Tarass m'a paru être un brillant guerrier. J'ai pu m'en rendre compte au cours de la nuit dernière que nous avons passée ensemble dans un blockhaus, à arrêter les assauts d'un bataillon vietminh qui avait décidé de prendre le poste. Nous étions quatre dans cet ouvrage, ce qui explique que je n'ai pu mettre sur-le-champ mon projet à exécution. Le jour où je tuerai Magalescu, je veux que ce soit sans témoins. Je ne suis pas stupide au point de chercher à me faire condamner une nouvelle fois pour assassinat par les Français. J'attendrai donc d'être seul avec lui, au cours d'une patrouille ou d'un accrochage, pour lui dire qui je suis et l'abattre. Il sera facile de prétendre qu'il a été tué par le Vietminh.*

— Je ne lirai pas une ligne de plus. Il est complètement fou.

De colère, Lira avait jeté les feuillets à terre. Ces aveux, ces mensonges préparés, ces calculs éloignaient définitivement l'image du tendre et faible jeune homme qu'elle avait cru materner. Une seconde, Shamir fut tenté d'en rester là. Que lui importait au fond les destins mêlés de ces fous qui ne pouvaient se détacher du passé ? Il sentait que Lira venait de rompre les liens qui l'unissaient encore à ce garçon. Il pouvait lui offrir à son tour consolation et espérance. Si elle ne voulait pas quitter son kibboutz, il pourrait même venir l'y rejoindre. Depuis le temps qu'il faisait la guerre, il avait gagné le droit au repos.

— Écoute, Lira, commença-t-il, je...

« Je suis un salaud, acheva-t-il pour lui-même. Si je dois la gagner, que ce soit proprement. » Il se pencha et rassembla les pages éparses de la lettre. Avant de venir, il les avait lues et relues au point de les connaître par cœur. Il trouva le passage qu'il cherchait et entreprit de le lire une nouvelle fois, à voix haute :

— Au début de l'attaque, alors que nous n'étions pas directement pris à partie, j'ai cru que mon heure était arrivée. Moquet et Lubitsch, les deux autres légionnaires de l'équipe, étaient aux créneaux. Magalescu et moi attendions que les Viets tirent sur notre blockhaus pour riposter. J'avais mon fusil dans les mains, chargé, prêt. Dans cette casemate, il faisait tellement sombre que nous ne voyions même pas à un mètre, mais je l'entendais respirer calmement à côté de moi. A cet instant-là j'ai pensé : « Vas-y ! Maintenant ! Venge tes parents ! » J'ai levé le canon de mon arme vers l'endroit où je devinais sa tête. J'avais le doigt sur la détente. Je te jure que j'ai voulu le faire. Il s'en fallait d'un tout petit coup de phalange. Personne n'aurait supposé que la balle venait de l'intérieur du blockhaus.

Eh bien, je n'ai pas pu tirer ce simple coup de fusil. Je suis resté là, une minute peut-être, à trembler et à m'injurier. Jusqu'à ce qu'il tourne la tête vers moi et me dise en roumain : « Holà, Bradu, ne t'affole pas. Nous ne risquons rien pour le moment, mais par le Christ ne pointe pas ce fusil sur moi, tu pourrais me tuer, fiston. »

Ce qui m'a le plus choqué, ce n'est pas d'avoir manqué de courage au moment crucial. C'est qu'il m'ait appelé Bradu, comme son fils. J'ai pensé à la citation du Siracide que tu m'avais faite sur le *Jonas*. Je crois que si les Viets ne s'étaient pas décidés à nous attaquer de front à ce moment-là je me serais tiré une balle dans la bouche, comme mon ami Freiwilder en Allemagne.

Shamir arrêta sa lecture. Lira levait les yeux vers lui, à nouveau transformée. Bouleversée sans doute, mais heureuse.

— Il n'a pas pu, il n'a pas pu, répétait-elle. Il est guéri, n'est-ce pas, Jos ?

Cette guérison ne paraissait pas à Jos très définitive. Il préféra se taire.

— Quelle était cette citation ? demanda encore Lira.

Jos fut évasif :

— Je n'en sais fichtre plus rien. Quelque menace concernant le premier péché, je crois.

— Le Seigneur pardonne toujours le premier péché s'il n'y en a pas un second, affirma Lira. Pour Eliha, il n'y en aura pas.

Elle avait retrouvé son ardeur et son assurance. Shamir sut que son heure à lui n'était pas venue. Il se demanda si elle viendrait jamais.

CHAPITRE 11

— Attention pour les couleurs... Envoyez !

Alignés dans la cour de leur poste, les survivants de la section Bagard regardaient monter le drapeau tricolore et le fanion triangulaire vert et rouge de la Légion. Les teintes du tissu étaient vives ; le lieutenant avait décidé que « tout de même, on pouvait bien aujourd'hui hisser les couleurs de cérémonie ».

Les hommes étaient réglementairement tendus, mais rarement immobilité physique avait autant signifié élan de l'esprit et du cœur. Le vent de mer avait repris depuis le lever du soleil ; le ciel s'était rapidement couvert de nuages menaçants. La pluie prévisible n'allait pas arranger l'aspect intérieur de la cour bouleversée. Pourtant ni Bagard ni ses légionnaires ne pensaient à cet instant au fastidieux travail qui les attendait ; nettoyage, rapports, gravats, maçonneries, peintures, toutes ces corvées à venir étaient occultées par le claquement des deux emblèmes dans le vent. Les survivants n'avaient en tête que les images de leurs amis morts, dont les corps avaient été hissés dans les camions de la compagnie repartis une demi-heure plus tôt pour Phan-Rang. Ce n'était pas encore un souvenir triste. Le chagrin viendrait plus tard. Dans l'instant, leurs pensées se concrétisaient seulement par une respiration qui élargissait leur poitrine, une chaleur qui montait des tripes à la gorge et aux yeux, la fierté heureuse d'appartenir à un clan soudé par l'épreuve. « Legio patria nostra. » A cette heure, la section Bagard était l'incarnation même de la vieille devise légionnaire.

— Aux morts !

De ceux qui présentaient les armes avec une raideur de statues, personne ne remarqua que la voix du lieutenant était rauque d'émotion maîtrisée. Têtes levées, ils communiaient dans le même enthousiasme grave. Les notes de la sonnerie s'égrenèrent avec majesté, à la fois moelleuses et pathétiques, les deux notes répétées de l'appel d'abord, puis la lente phrase qui s'allonge comme une litanie de noms et se termine en prière d'adieu. Le légionnaire Lubitsch était peut-être autrefois un grand violoniste. Il était en tout cas devenu un clairon inspiré.

— Reposez... armes ! Repos.

Le maniement d'armes fut exécuté avec lenteur et les corps tardèrent à se détendre, comme si les hommes avaient inconsciemment cherché à prolonger l'instant de grâce. Ils tournèrent seulement les yeux vers Bagard, en attendant peut-être des mots capables de traduire ce qu'ils venaient d'éprouver.

— Les enfants, dit seulement le lieutenant, vous pouvez tous être fiers de ce que vous avez fait cette nuit. Grâce à vous le nom de Tour-Cham deviendra célèbre à la Légion.

Il leur sourit avec une chaleur fraternelle.

— Malheureusement, il y a un peu de désordre. Avant de fêter la victoire, nous allons devoir nous mettre au travail. Pour commencer, entretien des armes et contrôle des munitions. Cardonna, tu essaieras de me faire un état de ce que nous avons consommé. Les chefs de groupe, réunion chez moi dans dix minutes.

Encore pris dans leur rêve, les légionnaires s'éparpillèrent au commandement du sergent Paliano.

Malgré son tempérament latin, Paliano n'avait pas été très prolixe sur les dernières heures du combat. Tout juste avait-il expliqué qu'après Wildknecht, Monneken avait été tué quand les Viets avaient enlevé son esplanade à l'abordage.

— Je n'ai pas vu de quelle façon Brideau et Wissez tiraient dans le tas, pendant que Rist et moi bourrions le tube de grenades. Quand j'ai fait sauter le canon, les

Viets ont reculé, de cinq mètres peut-être. Nous avons juste pu plonger dans la soute vide avant qu'ils ne réoccupent l'emplacement.

Ce qu'il ne disait pas, c'était l'attente dans le confinement de la soute, dans une obscurité complète. Les pas et les conversations de l'ennemi au-dessus de leurs têtes et la crainte de voir s'ouvrir la trappe et rouler une grenade. Les efforts de Rist, blessé au coude, pour ne pas se plaindre, les gémissements de Wissez, ventre perforé, que Brideau bâillonnait sans ménagement.

— Tu es arrivé à temps, avait seulement reconnu Paliano en tapant sur l'épaule de Macauley. Rappelle-moi que je te dois un gueuleton.

Macauley, lui, avait dressé son bilan avec le flegme d'un ancien. La mobilité de son groupe, au cours de la bataille, l'avait finalement servi. De huit au départ de l'action, ils se retrouvaient six au matin ; seuls Perez, au créneau du Foyer, et Corti pendant la contre-attaque vers la poterne, n'avaient pas connu l'exaltation d'une aube victorieuse. Figl n'avait, après une courte séance de pansement, qu'une coupure profonde dans la joue. Weber, annoncé disparu au petit matin, avait surgi peu après, abruti et cabossé, de l'amas de poutres noircies et de cendres de paillons qui avaient été la toiture de la cuisine.

— Comment se sont tenus les hommes de renfort ? demanda Bagard.

— Pas de problème pour Rist. Égal à lui-même. Téméraire, cabochard et solide.

— Morand a été très correct, apprécia Macauley. Je ne l'ai pas entendu renâcler une seule fois. Toujours sur mes talons. J'en suis satisfait, même si dans son énervement il a pris le malheureux Cao pour un Viet.

— Et Simu ?

Le caporal-chef réfléchissait avec soin à la formulation de sa réponse. D'eux tous, sans doute Tarass était-il celui qui avait accueilli l'aube avec le plus grand calme. Se battre n'entraînait chez lui aucun plaisir, aucune exaltation ; il y mettait sérieux et application, comme il avait appris à le faire en tirant sur les chars russes. Ce n'était qu'un travail, certes dangereux, mais qui ne nécessitait pas d'effort d'imagination. Il était resté le paysan du Danube qu'avait diagnostiqué Jeanpierre.

— Ce Simu, dit-il enfin à voix prudente, est sûrement un dur à cuire. N'a pas eu peur une seule fois de la nuit, même quand la charge creuse a décapité le blockhaus. Mais je me demande pourquoi il a failli me flinguer au début de la bagarre. Peut-être tout de même l'émotion ?

— Je te connais, coupa le lieutenant. Tu l'avais sûrement secoué un peu trop fort cinq minutes avant.

— Non, mon lieutenant. Cette nuit, je n'ai engueulé personne.

Les sourcils de Tarass se fronçaient de réflexion. Il était sûr de son instinct : la nuit dernière, le légionnaire Simu avait été à deux doigts de lui loger une balle dans la tête.

— A l'avenir surveille-le. Pour le moment, nous avons d'autres préoccupations, conclut Bagard. La première est de vider le poste de tous les cadavres qui l'encombrent, sinon ils vont puer dès ce soir. Avec tous ceux qui sont répandus dans les défenses extérieures, il doit y en avoir une bonne centaine.

— Deux cent quarante, précisa Macauley. J'ai fait un tour avec l'adjudant de compagnie, pendant que vous discutiez avec le capitaine.

Bagard fut un instant interloqué par ce chiffre. Même s'il avait été spectateur privilégié du haut de son donjon, jamais il n'aurait supposé que les Viets avaient payé leur échec aussi cher.

— Le sous-secteur va nous envoyer un camion et un bulldozer. Rassemble les P.I.M., Macauley, et groupe tous ces bonshommes dans une fosse du côté de la gare. Que le vent ne nous en apporte pas l'odeur. Tu dois avoir fini l'enterrement avant ce soir.

— Soyez tranquille, affirma l'Anglais. Ce sera terminé assez tôt. Vous me devez encore une soirée de permission à Phan-Rang. Je voudrais bien en profiter aujourd'hui même. Mon menu d'hier est déjà prêt. Paulette n'aura qu'à me faire réchauffer les plats.

En une semaine, le poste de Tour-Cham avait repris une allure décente. Les ruines avaient été déblayées, les murs remontés, la carcasse du 75 évacuée, la cuisine et le Foyer recouverts. Le capitaine Sandoux avait détaché à la deuxième section dix légionnaires puisés dans ses autres unités, pour renforcer l'effectif de Bagard, affaibli par ses pertes en morts et blessés.

En équilibre sur une échelle de bambou, Wünstle était occupé à colmater à la truelle et au mortier les brèches et les écailles de la tour. Au grand énervement du sergent Paliano, qui lui donnait des directives du sol, il chantait — abominablement faux — une rengaine de titi berlinois :

— *Noch ein Schütz, Kiki*

Aber 's ist nicht für Russkis...

Par la fenêtre étroite du premier étage, Wünstle entendait, mêlés aux mots de sa chanson, les appels radio que gazouillait Hoa-Phong, le P.I.M. Depuis qu'il avait remplacé volontairement Damont pendant l'attaque du poste, il avait conquis tous les gradés de la section, Bagard en tête.

— Ne vous privez pas d'un radio, avait dit celui-ci au capitaine. Phong fait parfaitement l'affaire en attendant.

— Ce n'est pas du tout réglementaire, avait objecté Sandoux. Votre Phong est incapable, de plus, de travailler en graphie.

Bagard avait finalement eu gain de cause, au moins jusqu'à l'arrivée du prochain renfort de Bel-Abbès.

— Bien leçu, chantonnait pour l'heure le radio bénévole. Moi lester écoute pelmanente pendant patlouille.

Cette tour était une vraie caisse de résonance ! De sa chambre-bureau au rez-de-chaussée, le chef de poste entendait aussi les exercices vocaux du jeune Annamite. Il sourit en pensant au comique de la conversation que pourrait saisir l'officier de transmissions du Secteur, s'il se réglait sur la longueur d'onde de sa section : ici Phong élidait tous les R, alors que Tarass, son correspondant en patrouille, les triplait.

Ce comique d'accentuation échappait pourtant tout à fait au caporal-chef Tarass. Pour lui, le radio faisait son travail correctement, il ne lui en demandait pas plus. Le principal était qu'il ne quittât pas l'écoute. Le lieutenant l'avait envoyé avec son groupe reconnaître la cocoteraie où s'était déroulé l'accrochage de la semaine précédente. Il avait précisé « prudemment ». Tarass avait donc abordé l'entrée de la piste Lambert en éparpillant ses hommes comme un vol d'oies sauvages.

— Grrrandes distances, avait-il ordonné. Marrrchez doucement. Ce n'est pas courrrse à pied.

Il valait mieux, en effet, regarder le terrain de près. Depuis que le bataillon viet était venu se casser le nez sur Tour-Cham, aucun train n'était plus passé sur la voie ferrée. La mission première du poste était pourtant d'assurer la sécurité de la gare. En temps normal, les deux ou trois rames de fourgons et de wagons plats reliant chaque semaine Saigon à Nha Trang, en un seul convoi baptisé « la rafale » y faisaient étape.

L'avant-veille, Bagard avait été appelé au sous-secteur, où le commandant lui avait communiqué des renseignements alarmants : la dernière « rafale », partie de Phan Thiêt, à cent kilomètres dans le sud, avait trouvé, en pleine forêt à éléphants, les rails arrachés sur plusieurs kilomètres.

— Saigon envoie du matériel, avait ajouté le commandant, mais la voie ne sera pas rétablie avant longtemps. Je crains que le sabotage ne soit d'ailleurs plus important qu'annoncé. Pour en savoir davantage, nous allons monter une opération dans le coin dans quelques jours. En attendant, patrouillez à fond les environs de votre villégiature. Je ne tiens pas à avoir de surprise quand les troupes partiront de Tour-Cham vers le sud.

Bagard avait en conséquence établi un programme détaillé de reconnaissances tous azimuts. Paliano avait fouillé sur cinq kilomètres la route de Dalat et ses abords. Macauley avait piétiné, trois heures durant, les traverses et le ballast en direction de Phan Thiêt. Ils n'avaient rien trouvé d'anormal. Ce matin, c'était le tour de Tarass.

Comme à l'accoutumée, le légionnaire Moquet, que ses camarades surnommaient Moquette pour sa servilité obséquieuse, collait aux talons du caporal-chef. Celui-ci ne s'en souciait pas. Il surveillait par contre du coin de l'œil la progression de Simu, qu'il avait désigné, avec Lubitsch, pour le rôle ingrat d'éclaireur de tête. « Le petit marche bien, remarquait-il. Il regarde trop son terrain et pas assez son équipier, mais c'est la preuve qu'il a l'habitude d'observer. Et qu'il ne compte pas trop sur les autres pour le défendre. » Depuis huit jours, Tarass étudiait le comportement de son compatriote. Aucun signe de hargne, de rébellion, d'énervement. A croire qu'il avait rêvé ce fusil dirigé vers son crâne, dans la nuit du blockhaus. Le garçon restait silencieux et renfermé pendant des heures et semblait ne s'être fait aucun ami. Au contraire, les autres légionnaires du groupe le regardaient avec froideur. Lubitsch avait même pris en grippe ce coreligionnaire qui avait maladroitement renversé une gamelle d'eau sur son étui à violon sacro-saint. Tarass repassait encore une fois dans sa tête tout ce qu'il avait appris de Simu. Il n'arrivait pas à comprendre pourquoi l'autre était son ennemi. Car il l'était, indéniablement. L'instinct paysan de Tarass ne pouvait se tromper sur le regard éteint, l'obéissance froide et la fausse transparence du gamin.

— Attention, gueula-t-il. Stoppez devant.

Les éclaireurs venaient d'atteindre l'endroit où Schmerz avait reçu sa première balle, la semaine passée. Sablonneuse, bordée de buissons gras, la piste Lambert s'étirait vers le sud, parallèle à la cocoteraie surélevée qui se diluait à l'horizon dans la grande forêt. Tarass rejoignit ses hommes de tête.

— Rien à signaler, maugréa Lubitsch accroupi, sa Thompson en travers des genoux pliés.

— J'ai trouvé une trace, signala Simu, dix mètres plus à gauche.

Il avait prononcé sa phrase sur un ton totalement neutre. Ce qu'il avait découvert ne l'excitait pas. Il rendait compte, voilà tout. Au gradé d'en chercher la signification. Tarass et Lubitsch s'approchèrent et se penchèrent sur la bordure de sable. La plante d'un pied nu s'y dessinait nettement, talon peu indiqué mais gros orteil disproportionné, fortement incrusté.

— Un nhaqué, conclut dédaigneusement le violoniste.

— C'est bien ce qui m'inquiète, grommela Tarass. A notre dernière visite, le village de la cocoteraie était vide et aux trois quarts détruit. Ton avis, Simu ?

— Je n'en sais rien, caporal-chef. Je suis un bleu.

— Ce pied-là allait pourtant bien en direction de votre village en ruine, intervint Lubitsch, dopé par la mauvaise volonté évidente de son équipier.

Tarass n'hésita pas longtemps. D'un regard par-dessus son épaule, il situa le reste de sa patrouille, sagement arrêtée à distance de sûreté.

— On continue, décida-t-il. En avant sur la cocoteraie.

Comme les éclaireurs se remettaient en route, il ajouta en roumain :

— C'est bien, Simu. Tu as de bons yeux. Sers-t'en en arrivant aux paillotes mais ne tire pas le premier.

Le lieutenant lui avait très précisément ordonné de ramener vivant tout individu rencontré.

— Ne tire que pour te défendre, avait-il précisé.

Sans doute rendu nerveux par le billard qu'ils avaient à traverser, Lubitsch accélérait peu à peu. A sa gauche, Simu suivait le rythme, en éveil, pris malgré lui par le plaisir de la traque. Fusil serré à l'horizontale, il entrait pour la première fois, lui le gibier perpétuel, dans la confrérie des chasseurs. Son attention orientée sur ces poutres calcinées, ces panneaux de nattes éparpillés et le bouquet de papayers étiques dont ils se rapprochaient peu à peu, il n'analysait pas ses sentiments. A peine s'avouait-il qu'il faisait bon marcher sur cette rizière sèche et élastique, sous le soleil voilé qui lui tenait chaud aux épaules. Il était fier, aussi, que Tarass l'ait choisi comme éclaireur. Il avait bien compris que l'autre voulait l'éprouver, peut-être même le surveiller, mais il savait également qu'un nouveau venu n'était jamais désigné pour tenir la tête tant qu'il n'avait pas fait ses preuves. Ce qui signifiait... Ce qui signifiait qu'il pensait trop et n'observait pas assez. Lubitsch venait de crier le premier :

— Un Viet, droit devant, sous les aréquiers.

Bloqué sur ses jambes écartées, Lubitsch manœuvrait déjà le levier d'armement de son pistolet-mitrailleur.

— Ne tirez pas, par le Christ !

Tarass arrivait au galop à la hauteur de ses deux hommes. Macauley eût-il été là, qu'il eût noté avec amusement que le caporal-chef donnait à ses deux Juifs des ordres au nom du Christ. Mais Tarass était totalement étranger à ces subtilités. Il ne pensait plus qu'à s'emparer de ce promeneur solitaire, qui les regardait tranquillement venir, à cinquante mètres. L'homme n'avait même pas sourcillé quand Lubitsch avait manipulé son arme. Il semblait petit, râblé et à peu près nu. Tarass leva haut une main ouverte en signe de paix et s'avança placidement vers les aréquiers, après avoir ostensiblement remis son arme en bandoulière.

— C'est peut-être une embuscade, souffla son éclaireur de droite. Faites attention.

Le caporal-chef ignora la mise en garde.

« Il va se faire tuer bêtement », pensa Elie. A cet instant, il ne se demandait même pas s'il regrettait que quelqu'un d'autre se chargeât d'abattre Tarass, ni s'il allait tirer lui-même sur cette silhouette détestée. Il n'avait pas prévu que sa vengeance se déroulerait ainsi. A son tour, il se mit à courir vers la ligne d'arbres.

— Ne cours pas, lui cria Tarass d'un ton furieux.

La recommandation arrivait trop tard. La charge de Simu avait sans doute davantage inquiété le paisible homme nu que la mitraillette brandie de Lubitsch. Il se ramassa comme s'il avait été un bonhomme de neige en train de fondre et disparut derrière les troncs. Tarass prit le pas de course en alertant du bras le reste du groupe.

— Attrapez ce sauvage. Au galop ! aboya-t-il.

Les quatre légionnaires s'élancèrent en ordre dispersé mais Simu avait de l'avance. Il aborda le premier la butte de terre battue et se jeta, presque au hasard, dans le buisson de ronces et de roseaux qui délimitait l'enceinte de l'ancien village. La chance l'avait servi. L'homme qu'ils poursuivaient était tapi là, à moins d'un mètre et le regardait d'un air totalement incompréhensif. Dans le visage camard et brun, encadré de longs cheveux roussis de soleil et de crasse, les yeux bridés se remplirent d'une crainte étonnée quand Elie posa le canon de son fusil sur la poitrine nue.

— Ne bouge plus ou tu es mort.

L'autre secoua la tête avec une bonne volonté maladroite, et sa bouche sans lèvres s'ouvrit sur un sourire niais, découvrant quelques chicots noirs. L'insignifiance apparente du gibier rendit Simu furieux. Méchamment, il poussa le canon dans les côtes maigres. Une tornade lui fit perdre l'équilibre.

— Petit con, lui cracha Tarass à la volée, tu n'as pas besoin de faire peur à ce type sans défense. C'est un Rhadé, un montagnard. Pas un Viet.

Elie était partagé entre la rage et la honte. Son premier réflexe avait été de tirer sur ce salopard qui s'était permis de le bousculer et de l'injurier. L'arrivée de Lubitsch et des autres voltigeurs l'avait retenu à la dernière seconde. Souriants et amicaux, ils entouraient le Rhadé maintenant relevé, lui tapaient sur l'épaule, lui tendaient des cigarettes. Il acceptait ces marques de sympathie avec le même sourire et le même hochement de tête que tout à l'heure les menaces de Simu.

Tarass regarda son jeune compatriote.

— Tu ne pouvais pas savoir que les montagnards sont des amis, s'excusa-t-il. Pardonne-moi. J'ai cru que tu allais le descendre.

Elie soutint cette fois le regard du caporal-chef. Il avait l'air sincèrement désolé, et pourtant encore irrité. Involontairement, il répondit, sans pouvoir gommer toute son hostilité :

— Je n'ai pas tiré ? Vous aviez bien donné l'ordre de le prendre ?

Le regard de Tarass se voila et sa voix perdit toute trace d'amabilité :

— D'accord. Tu feras un bon légionnaire quand tu auras perdu ta mauvaise habitude de coller une arme sous le nez des gens. Et quand tu auras compris que je n'aime pas qu'un de mes hommes brutalise un prisonnier.

Simu reçut cette observation comme un seau d'eau en pleine face. Un choc et une illumination. La colère de s'entendre dire par un bourreau ce qu'il était moral de faire quand on était le plus fort ; et la découverte de sa propre dureté. Honnêtement, il chercha à faire abstraction de son désir de vengeance. Pour la seconde fois depuis qu'il avait retrouvé Magalescu, il douta, non de la force de ses résolutions, mais de leur justesse. Il l'avait déjà écrit à Shamir : « J'espère que je ne me poserai pas trop de questions avant d'accomplir ce que j'ai attendu si longtemps. » Voilà que les questions commençaient à le troubler.

Tarass ne s'intéressait plus à lui. Tapant d'un doigt l'estomac du Rhadé et le sien avant d'indiquer la direction de Tour-Cham, il avait fait comprendre à l'homme qu'il lui demandait de venir au poste avec eux. Ravi, le montagnard répéta le geste et prit de lui-même la tête du groupe.

— Nous rentrons, ordonna Tarass. Même formation qu'à l'aller. Allure normale.

Le Rhadé de Tarass eut beaucoup de succès auprès du lieutenant Bagard, puis à Phan-Rang, chez les cadres de la 2e compagnie et à l'état-major du sous-secteur. L'officier de renseignements mit plusieurs heures à découvrir un interprète efficace : ceux qui prétendaient connaître le dialecte du montagnard étaient incapables de prononcer trois mots français à la suite, et ceux qui parlaient français, avec des élégances d'instituteurs, laissaient le Rhadé de marbre quand ils lui posaient une question. On trouva enfin un ancien sous-officier indigène du bataillon de Coloniaux qu'avait commandé le chef de bataillon Sauckel, quelques années auparavant, à la lisière des plateaux Moïs. Le vétéran, réformé après une mauvaise blessure au genou, était devenu épicier. Il fut ravi de s'entretenir avec un jeune chasseur de sa race. Le Rhadé s'appelait Thô. Il riait facilement, consommait en chiques ou en pipes le tabac qu'on lui donnait comme à un singe de zoo, et buvait volontiers de tous les alcools sur lesquels il pouvait mettre la main. Il ne faisait aucune difficulté pour raconter son histoire. Son odyssée avait commencé, deux semaines auparavant, par un enlèvement. La bande vietminh qui s'était égarée dans son village de montagne après un orage violent, avait de force emmené avec elle à son départ dix des jeunes hommes de la tribu. Dans la plaine, ils avaient marché quatre jours avant d'atteindre le « ruban de fer ». Les Viets étaient méchants, disait Thô. Ils traitaient les Rhadés comme du bétail. Ils les avaient même privés des colliers et des bracelets de laiton « qui retenaient les génies favorables ».

— Cette unité viet avait-elle beaucoup d'armement ? Un gros effectif ? demandait l'officier de renseignements via l'épicier.

— Ils étaient au moins trois fois plus nombreux que la population de mon village, répondait Thô. Presque tous portaient des tubes à feu. Équipés de leurs seuls arcs et sarbacanes, les Rhadés ne pouvaient se défendre.

A en juger par les rires gloussés dont il émaillait cette partie de son récit, Thô trouvait cette aventure comique. Mais il avouait s'être moins amusé quand il avait fallu travailler. Trois jours et deux nuits, précisait-il. Leurs gardiens étaient exigeants : les lourds morceaux de fer devaient être arrachés des traverses de bois et portés ensuite loin dans la forêt.

— Les ont-ils stockés en un seul endroit ? Pourrait-il nous y conduire ?

Bien sûr, sa mémoire de coureur de brousse permettrait aisément à Thô de retrouver les rails partout où ils avaient été jetés. La trentaine d'emplacements où il avait déposé ses charges, avec ses camarades, n'étaient jamais qu'à plus d'une heure de marche du ruban de fer.

Quant à savoir ce qu'étaient devenus ses ravisseurs, Thô était dubitatif. Il disait seulement que les Vietminhs les avaient rassemblés tous les dix, lui et ses frères, ainsi que d'autres travailleurs enlevés dans d'autres villages, et leur avaient tout bonnement ordonné de rentrer chez eux et de se faire oublier.

— Pourquoi n'as-tu pas obéi ? demanda l'officier.

— Je n'aimais pas obéir à ces gens-là, répondit immédiatement le jeune montagnard.

Dans ses yeux subitement détournés était passé un éclair de colère qui démentait son sourire perpétuel. Il cracha le jus d'un demi-paquet de « Troupe » sur le dallage bien lavé de la véranda où se déroulait l'interrogatoire.

— Et puis, ajouta-t-il, je voulais voir de près les hommes à peau blanche dont un vieux de la tribu, qui a voyagé autrefois, nous parle à chaque fête de la jarre *.

Le commandant dus sous-secteur se montra très intéressé par les renseignements fournis. Thô était incapable de préciser le nombre de rails arrachés à la voie, mais avant de renoncer il avait levé ses deux mains, doigts écartés, une trentaine de fois au moins. Trois cents rails ; plusieurs kilomètres... Saigon n'enverrait sans doute pas assez de matériel pour rétablir la circulation de sitôt. L'opération envisagée devrait comporter une phase de récupération ; il faudrait trouver des effectifs supplémentaires. A Nha Trang, le général commandant le Territoire du Sud-Annam allait regimber.

— Mon vieux, dirait-il, je vous prête une compagnie des tirailleurs de Phan Thiêt, le commando du Groupe d'artillerie coloniale et une compagnie de ma réserve. Débrouillez-vous pour trouver le reste chez vous.

Le commandant convoqua son adjoint opérationnel et les capitaines qui commandaient les trois compagnies de son bataillon. La conclusion s'imposait. Il allait falloir dégarnir les effectifs des postes, et constituer tant bien que mal des unités de marche avec ces éléments disparates. A défaut de participer à la manœuvre, elles pourraient au moins surveiller les corvées de récupération.

* Fête de la jarre : veillée tribale prétexte à grandes beuveries d'alcool de riz et de canne mâchés, conservé dans une jarre de grès.

Chapitre 12

La section Bagard était représentée dans le grand spectacle monté par le sous-secteur de Phan-Rang. Le lieutenant avait pris lui-même la tête de son détachement de neuf légionnaires, secondé par un Tarass toujours placide ; la garnison réduite du poste, remise temporairement aux mains de Paliano, se contenterait des corvées et gardes routinières. La désignation des hommes avait donné lieu à de longues discussions entre Bagard et ses chefs de groupe. Bagard ne voulait d'abord emmener que des voltigeurs confirmés. Paliano et Macauley représentaient que la plupart des élus appartenaient à leurs groupes organiques ; dans le cas où ils seraient effectivement choisis, aucune considération ne pouvait empêcher qu'ils soient commandés par leurs sous-officiers habituels. Le lieutenant tenait à Tarass.

— Nous n'allons pas faire la guerre, avait-il dit. Notre mission principale sera de surveiller et d'activer les corvées de regroupement des rails. Avec son poids et sa gueule, Tarass sera très bien.

L'Italien et l'Anglais se résignèrent à n'être pas de l'expédition, mais Bagard dut transiger sur le reste du personnel devant le dernier argument présenté par Macauley.

— Mon lieutenant, si vous partez avec les meilleurs, quel sera l'état d'esprit des laissés-pour-compte ? Ils penseront qu'ils ne sont pas légionnaires à part entière, qu'ils ne sont bons qu'aux travaux de maçonnerie ou de peinture. Au retour, vous retrouverez une section sans tonus, coupée en deux de surcroît.

Outre Tarass, les élus étaient donc en priorité ceux qu'il avait l'habitude de commander : Moquet, Lubitsch, Simu, Rigaud et Hansen, auxquels le lieutenant avait adjoint Blachek le solide et deux légionnaires détachés de la section Dumoncel.

Le poste de Tour-Cham servant de base de départ, il avait paru normal, au chef de bataillon qui commandait ces grandes manœuvres, de faire éclairer sa progression, sur les premiers kilomètres, par les spécialistes du cru. Tandem reconstitué, Lubitsch et Simu ouvraient donc la voie aux cinq cents hommes de l'expédition.

Thô, le Rhadé, affecté comme guide à l'unité de tête, marchait souplement entre les deux voltigeurs de pointe. De temps à autre, il tournait vers Lubitsch un sourire ravi et amical ; le Viennois l'avait conquis la veille au soir, en interprétant un concerto de Mozart. Sachant qu'il allait être plusieurs jours privé de son instrument chéri, Lubitsch avait joué de toute son âme. Thô, qui n'avait de sa vie entendu le son d'un violon, avait été ébloui. Il souriait moins quand il regardait vers sa gauche ce petit soldat un peu frisé et au regard froid. Depuis qu'il l'avait malmené, Simu lui inspirait un respect distant.

Tarass, lui aussi, observait Elie avec circonspection. Leurs relations depuis une semaine s'étaient limitées aux besoins du service. Le caporal-chef espérait que le temps finirait par rendre son compatriote plus humain et plus liant, mais il restait inconsciemment sur ses gardes.

Partie à six heures du poste de Bagard, la colonne ne rencontra aucun problème durant les premiers kilomètres. Passé la cocoteraie où Thô les avait attendus, ils se dirigèrent vers le sud, où la piste Lambert s'enfonçait dans la forêt.

— Resserrez les distances, cria Tarass. Attention aux pièges.

L'élément de tête se contracta. Lubitsch et Simu prirent chacun leur fossé, en bordure de piste. La progression s'annonçait maintenant difficile : la trouée allait s'étrécissant, envahie de végétation drue et d'abattis.

L'opération Vulcain commençait réellement.

Le troisième jour mit les nerfs du commandant Balicourt à rude épreuve. Vulcain était « son » idée. Il l'avait imaginée, étudiée, chiffrée, défendue auprès du général commandant le territoire. Mieux que personne, il savait l'importance des liaisons par voie ferrée. Habitué à mener des légionnaires, il en avait aussi assimilé la principale qualité : ce dont tu as besoin, ne l'attends que de toi-même. Il avait besoin de rails pour son chemin à rafales ? Grâce à Thô il savait où les Viets avaient camouflé ceux qu'ils avaient arrachés. Il irait donc les récupérer et les ramènerait sur leur ballast d'origine. Malheureusement, cette idée de manœuvre simple rencontrait des difficultés.

La première tenait aux estimations géographiques du Rhadé ; les tribus des Plateaux, peu gênées par les impedimenta, se déplaçaient en forêt à l'allure du gibier courant, bien plus vite qu'une troupe chargée d'armes et de sacs, de surcroît encombrée de coolies. Quand Thô estimait à deux jours de marche les premières caches de rails, il fallait traduire quatre jours pour les compagnies de l'opération Vulcain. Ce retard rendait Balicourt enragé.

Encore s'en fut-il accommodé, si dès le troisième matin les unités de tête n'avaient buté sur les premiers pièges ennemis. Ce n'étaient encore que des chausse-trapes artisanales, fosses masquées armées de bambous retaillés, lassos de lianes ou arbres à ressort. Le plus curieux était que le guide manifestait, à chaque découverte, la même gaieté que s'il avait été l'objet d'une bonne plaisanterie. Le capitaine Perrier, qui, avec ses hommes, avait remplacé Bagard à l'éclairage, fut vite exaspéré par les éclats de rire de Thô. Il commanda la pause sur place et rendit compte à Balicourt.

Le commandant rejoignit la tête de sa colonne avec l'ancien sous-officier de Sauckel. Celui-ci avait abandonné son épicerie pour quelques jours et retrouvait sans mal ses réflexes de primitif. A peine eut-il besoin de s'entretenir avec Thô pour rire lui aussi.

— Pièges être construits par camarades de Thô. Quand montagnards repartis village, eux beaucoup s'amuser pour empêcher Vietminh promener facilement dans forêt. Pas savoir nous venir d'abord.

Balicourt, Perrier et la section de tête convinrent que la farce était excellente. Les deux Rhadés experts reçurent l'ordre d'ouvrir l'œil et la progression reprit, prudemment. A quatre heures de l'après-midi la première section de la compagnie Perrier rejoignit la voie ferrée encore intacte, et la suivit vers le sud. Une heure plus tard, à la sortie d'un étroit pont Eiffel, elle atteignit le point critique. Les rails disparaissaient subitement, laissant le ballast nu.

Le commandant décida qu'il était trop tard ce jour-là pour commencer le recensement des caches de matériel. Les sections s'éparpillèrent en forêt, dans un périmètre resserré. Le groupe du lieutenant Bagard, qui n'était pas destiné cette fois-ci à guerroyer mais à escorter les coolies le lendemain matin, bénéficia d'un bivouac proche du P.C. Tarass et ses légionnaires n'eurent pas à se tailler au coupe-coupe des emplacements de tir et de couchage.

— Départ demain au lever du jour, ordonna Bagard en revenant du *briefing* organisé par Balicourt. Nous récupérons Thô et dix coolies. Nous laisserons les sacs ici puisqu'en principe nous reviendrons avant midi avec le premier chargement.

— Alors, proposa Blachek, autant améliorer notre installation. Si ce talus doit nous servir de *home,* comme dit Macauley, autant qu'il soit *sweet.*

— Je te vois venir, sourit Bagard. Tu vas bientôt nous proposer de rester ici à nous attendre en nous mitonnant un repas chaud ? Refusé. Je répète, demain, cinq heures, tout le monde sur le pont.

La nuit fut calme, comme les deux précédentes. Les cinq cents hommes participant à Vulcain, roulés dans leur puncho ou leur toile de tente, sommeillèrent frileusement sous la protection des grands arbres. Relevées d'heure en heure, les sentinelles, auprès des feux entretenus, toussèrent en paix sans même entendre le passage d'un tigre, qui tourna longtemps dans les fourrés à distance respectueuse des flammes et des hommes qui avaient envahi son territoire.

Relégué depuis deux jours dans les fonds de la colonne, dans une sécurité confortable, le détachement de Bagard retrouva tout naturellement ses habitudes réflexes de combattant, dès qu'il entreprit, sous la conduite de Thô, la phase productive de l'opération. Le lieutenant avait articulé son maigre effectif en deux équipes. Tarass était chargé avec ses cinq fidèles d'assurer la partie guerrière. Blachek aidé des renforts venus de chez Dumoncel devait encadrer les coolies recrutés à Phan-Rang. Devenu voltigeur de pointe par le seul bon plaisir de son caporal-chef, Elie Simu s'était au départ tout naturellement porté en tête aux côtés de Lubitsch. Curieusement, il n'avait pas envisagé un instant que cette semi-liberté retrouvée, après la longue marche au cœur des compagnies, allait peut-être lui donner l'opportunité de se venger enfin.

— Ne marchez pas sur le layon, venait de commander Tarass à voix contenue. Essayez d'avancer dans le bois.

Elie acquiesça en lui-même. La remarque de Tarass était pleine de bon sens. Il venait de penser lui aussi en voyant Lubitsch s'engager sur le sentier de terre, qu'il était dangereux de s'offrir ainsi aux grenades piégées ou aux mines. « Me voilà transformé en soldat », telle fut sa première prise de conscience. Il s'étonna qu'en si peu de jours, le goût de son nouveau travail, l'ambiance et l'exemple aient pu lui faire oublier ce qui l'avait si longtemps maintenu sous tension. Honnêtement, il commençait à trouver chez Tarass matière à admiration : professionnellement il était sans reproche, et l'intérêt qu'il marquait à ses subordonnés paraissait sincère.

Simu ferma les yeux et se contraignit à évoquer la place de rassemblement de Cernauti, les corps de Siméon et de Salida étalés devant les déportés au garde-à-vous. Le cauchemar qui l'avait réveillé si souvent au cours des années avait perdu de sa netteté, de sa puissance et de sa charge de haine. Les images étaient si floues dans sa tête qu'il en eut les larmes aux yeux de honte. Rageur, il se retourna vers Tarass.

— Assassin, cracha-t-il entre ses dents.

Il avait parlé si bas que l'autre, à dix pas, n'entendit rien. Il crut seulement que son éclaireur avait besoin de précisions. Après tout, ce gamin se débrouillait bien, mais c'était encore un jeune légionnaire, qu'il fallait aider.

— Arrêtez devant, cria-t-il.

Thô avait déjà appris à reconnaître les ordres simples en français. Il stoppa en se demandant pourquoi ces Blancs marquaient si souvent des pauses dans un exercice aussi simple que la marche à pied. Ce décor sombre de forêt drue, à peine traversée par la lumière glauque du jour naissant, était pour lui un décor familier. Quant à Lubitsch, il se disait que la journée commençait mal. Privé de son violon, il était nerveux et irascible ; l'idée de travailler des heures durant à se faire une piste au sabre d'abattis le décourageait.

— Que disais-tu ? demanda Tarass en rejoignant Simu sur le layon.

Bagard, qui suivait à quelques mètres, avec Moquet et Hansen, vit les deux hommes côte à côte, le grand caporal-chef paisible et son petit compatriote tendu aux yeux flambants. Il les héla :

— Un pépin ?

— Non, non, dit Tarass. Mais je crois que si nous voulons faire vite, nous allons devoir suivre la piste. Nous allons perdre des heures à avancer à travers les arbres.

Ils avaient quitté leur bivouac de la nuit depuis un quart d'heure à peine et la forêt s'était complètement refermée sur eux. La trouée dégagée de la voie ferrée n'était plus qu'un souvenir, dont la direction était à peine indiquée par la clarté plus vive du soleil levant, invisible à travers les branches hautes et drues. Le lieutenant pesa les risques. La sécurité commandait de s'étaler au maximum. La mission voulait qu'il trouvât ces damnés rails le plus tôt possible.

— D'accord, se résigna-t-il. Prends la piste. Mais je

veux que tes hommes observent des distances importantes. Inutile de vous faire prendre tous dans le même piège.

Bagard avait parlé assez haut. Lubitsch s'ébranla avec une violence de sanglier à travers les taillis et les lianes qui le séparaient de Thô.

— Du calme, le morigéna amicalement Bagard ; tu n'as pas de mesure en retard à rattraper.

Le lieutenant trouvait que l'ambiance qui régnait dans son élément de tête était bizarrement tendue. Le sixième sens du chasseur. L'instinct d'un danger latent. Pour une fois, il était incapable de préciser d'où lui venait cette impression, de l'éclairage, de la végétation oppressante ou du comportement anormalement contracté de ses hommes.

Si Tarass était également sensible à ces avertissements, il ne le montra pas. Avec son habituelle efficacité il traduisit en ordres simples les directives de son chef.

— En avant, cria-t-il au Rhadé, qui repartit dans un sourire.

Il ajouta, pour ses légionnaires :

— Lubitsch, tu suivras Thô à vue. Empêche-le de filer comme un lapin. Prudence. Simu, vingt mètres derrière Lubitsch. Allons-y.

Souplement, le mouvement recommença. Lubitsch avait nerveusement armé son pistolet-mitrailleur et le braquait presque inconsciemment sur la silhouette nue qui trottait devant lui. Il était obligé d'accélérer le pas pour ne pas perdre le contact visuel avec le Rhadé. Il aimait bien ce petit sauvage, qui avait si fort goûté Mozart le dernier soir au poste, mais la tension du moment, la lourdeur déjà moite de la forêt, les cris discordants des singes, la peur informulée de voir disparaître son guide à chaque tournant de la piste faisaient crisper son doigt sur la détente.

— Thô ! *Sakrament !* Ralentis.

Il avait fini par crier. Juste au moment où il allait tirer sur ce fuyard irrattrapable. Le montagnard se retourna. Le sourire édenté par la chique, il leva les sourcils en remarquant le canon de l'arme dirigée vers lui. Il chercha le regard du légionnaire pour s'assurer que quelque chose n'allait pas selon la volonté des Blancs.

— Doucement, répéta Lubitsch calmé.

Cette fois, il assortit son ordre d'un geste de la main qui rassura l'autre. Il vérifia par-dessus son épaule que Simu était à sa place, à la distance prescrite. Il se méfiait de tout le monde, ce matin, et particulièrement de cet équipier que lui imposait Tarass. Tout en se remettant en marche, il laissa vagabonder son esprit sur des considérations totalement étrangères au service : ces deux Roumains lui rappelaient un de leur compatriote connu à Vienne avant l'Anschluss ; un violoniste, lui aussi, rival plutôt que compagnon de Conservatoire, qui avait cherché à lui prendre à la fois sa petite amie du moment et le prix de fin d'études qui ouvrait la carrière à l'orchestre de l'Opéra. Lubitsch le légionnaire ricana en se souvenant qu'à l'époque il avait fait match nul avec ce concurrent ; l'autre avait gagné la fille, lui le prix. Il se demanda encore, comme il le faisait au début de chaque période de cafard, s'il n'avait pas perdu au change.

— Lubitsch ! Par le Christ, tu rêves ou quoi ?

Le Viennois se vengea de son infortune passée en maudissant à part lui Tarass et ses coups de gueule. « Un paysan, un balourd, une cervelle de bœuf, pensa-t-il, plein d'amertume. Je suis sûr qu'il a déjà pris parti contre moi pour ce faux jeton de Simu. » Lubitsch avait un peu la manie de la persécution.

— Halte devant !

Encore Tarass ! Ses éclaireurs stoppés, le caporal-chef remonta jusqu'auprès de son musicien, l'œil mauvais.

— Écoute-moi bien. Si tu n'es pas capable de marcher en tête, dis-le. Tu iras rejoindre les coolies et Moquet prendra ta place.

Lubitsch se cabra sous cette menace injurieuse. Le faire remplacer par « Moquette », le servile, l'homme à tout faire, le dégonflé qui traînait toujours sur les talons des gradés pour être protégé !

— Ça va, jeta-t-il. Faites seulement comprendre à l'autre sauvage de devant qu'il doit avancer à une allure de civilisé.

Cette fois le mécanisme fonctionna correctement. Marche régulière, distances bien respectées. Les hommes fouillaient de l'œil avec méfiance la jungle épaisse qui écrasait le sentier de toute sa masse sombre. Ils s'attendaient à n'importe quoi ; chaque liane allait devenir corde ou barrage, chaque tronc se transformer en adversaire, chaque buisson dissimuler une arme. « Si nous perdions Thô, se dit Bagard, je serais incapable de m'orienter. »

Involontairement, Lubitsch fut responsable de son propre malheur. Il venait, une fois encore, de siffler entre ses dents pour rappeler le guide galopeur à la prudence. Sans doute, en se retournant, celui-ci manqua-t-il de photographier du regard un mètre ou deux de layon et ne vit pas le fil tendu au long d'une racine. Il l'accrocha de l'orteil.

L'explosion sonna comme dans une cathédrale engloutie. Un tonnerre ponctuel et vertical qui fit frémir le feuillage en tornade et retomba sans écho. Une divinité inconnue de Thô, qui l'emporta, le dépeça, projeta des lambeaux de chair et d'os. Lubitsch fut le seul à voir cette colonne de lumière, de terre et de sang. Il se jeta en avant, par réflexe, sans même se rendre compte qu'il hurlait. Il parcourut si vite les dix mètres qui le séparaient de l'entonnoir que venait de creuser la mine, qu'il eut le temps d'y plonger, avant que Tarass et Simu soient arrivés au tournant de piste d'où le spectacle était visible.

— Couche-toi, hurla Tarass en bousculant Simu de tout son poids.

Ils atterrirent ensemble sur les coudes et les genoux dans l'humus gras. Après le déchirement, un silence de sépulcre s'installait.

— Ils ont disparu tous les deux, parvint à constater Elie.

Ce n'est qu'en entendant sa propre voix, presque chevrotante, qu'il se rendit compte de la peur qu'il avait éprouvée. Contre son flanc, la respiration à peine accélérée de Tarass le ramenait au calme, peu à peu.

— Lubitsch ? demanda le caporal-chef.

— Je suis là, clama le Viennois de son trou, en agitant faiblement son arme au-dessus de sa tête.

— Entier ?

— Moi, oui. Le Rhadé est en morceaux.

La nausée pointait dans les réponses de Lubitsch.

Relevé sur les coudes, son chef de groupe tenta de saisir la situation. Il semblait bien qu'une seule explosion avait arrêté leur marche. Une mine anti-personnel, une grenade peut-être. Piégée bien sûr par les Viets, à la fin de leur travail de sabotage.

— C'est bon signe, marmonna-t-il.

Collé à la piste, Simu tourna la tête vers ce fou qui proférait une telle énormité à un pareil moment. Jamais il n'avait regardé de si près les traits de son ennemi, examiné avec un tel luxe de précision les minces sourcils froncés, les petits yeux durs, pour l'heure tendus vers les quelques mètres de terre et de végétation hostiles. Soudain, sa haine bondit en lui. Mais aucune force au monde n'eût pu, à cet instant précis, lui faire bouger une main pour parfaire sa vengeance. Il était paralysé, les yeux écarquillés sur la large face tannée. La sueur y soulignait le lacis des rides de la vie au grand air. C'était un visage sympathique. Une part de lui-même l'admettait. Mais l'endoctrinement de sa mémoire lui donnait envie de l'écraser, de le taillader. Il eût voulu y lire la défaite, l'épuisement, la peur, la mort proche.

— Ne bouge pas, fiston, jetèrent les lèvres presque immobiles à côté de lui.

Le vieil instinct planté dans ses os par Ebenezer lui soufflait le même conseil de survie : « Ne bouge pas. » Pourtant le cri jaillit comme s'il avait voulu se libérer d'un charme :

— Tu voudrais bien que je crève sur place, hein, Magalescu ?

« C'était de la bravade », se morigéna-t-il. Inutile. Dangereuse. Et largement payée par le regard stupéfait de Tarass, à bout portant. Comme s'il avait vu le diable.

— Comment m'as-tu appelé ?

— Nicolas Magalescu. C'est ton nom. Je le sais depuis longtemps.

Tarass leva la main pour crocher dans l'épaule de cet inconnu mais il n'eut pas le temps de la saisir. Délivré de son immobilité hallucinée, Simu s'était redressé d'un seul mouvement. Il se projeta vers les feuillages où s'aplatissait Lubitsch. Il ne pensait plus à rien, comme si d'une phrase il avait exorcisé ses démons. Il ne s'était pas précipité en avant pour venir aider son équipier mais pour s'échapper du passé. Pourtant son mouvement accéléra soudain le film.

Peut-être Lubitsch entendit-il les pas précipités de Simu derrière lui. Sa position ne lui permettait pas de savoir qui s'approchait si vite. Depuis deux minutes, il ne voyait qu'un bras et une épaule, proprement sectionnés, à vingt centimètres de ses yeux. Ses nerfs grinçaient à ce spectacle. Le bruit signifiait peut-être qu'on le prenait à revers. Il se releva sur un genou et tourna la tête. Partie de vingt mètres devant, une rafale sèche le cueillit de plein fouet. Il bascula sur le dos avec un hurlement.

Déchiré par ce bref roulement de détonations, le silence n'était pas retombé que tout le groupe Bagard était déjà en action.

Simu, le premier, avait plongé sous les balles. Il ne sentit même pas le choc de sa chute sur la terre du layon. Lubitsch était à moins d'un mètre, les yeux clos. Il râlait.

Tarass, ramassé sur lui-même, gueulait des ordres vers ses éléments de soutien, dont on entendait la galopade invisible de l'autre côté du tournant de la piste.

— Dégagez dans le bois, criait la voix du lieutenant. Hansen, ton F.M. à côté du caporal-chef.

— Simu ? appela Tarass. Pas de casse ?

— Ça va, articula Elie, le nez au sol.

— Vois-tu quelque chose ?

— Sais pas. Lubitsch est blessé juste devant moi.

C'étaient presque les mêmes réponses que celles de Lubitsch tout à l'heure après l'explosion.

Autour de leur chef de groupe les légionnaires se déployaient en ligne à grand bruit, arrachant aux épineux des lambeaux de treillis, giflés par les feuilles et les branches. A bout de course, Hansen et Bagard vinrent s'affaler dans le virage à côté de Tarass.

— Que s'est-il passé ? haleta le lieutenant, les Viets ? Où sont-ils ?

Tarass regarda le lieutenant comme s'il lui parlait de quelque chose de totalement étranger.

— Il m'a appelé Magalescu, bredouilla-t-il. Comment est-ce possible ? Magalescu n'existe plus pour perrrsonne.

Bagard regarda son caporal-chef avec inquiétude.

— Qu'est-ce que tu me chantes avec ton Malesacu ? Les Viets ? Où sont-ils, bon Dieu ?

Ils se chargèrent eux-mêmes de répondre. Cette fois, ce n'était pas l'arme automatique qui avait blessé Lubitsch, mais deux autres plus légères, de part et d'autre de l'entonnoir creusé par la mine. Elles croisaient leur feu sur la piste même. Simu avait de la chance, leurs tireurs étaient pratiquement aussi aveuglés que lui par la végétation. Ils tiraient au jugé sur le mouvement qui venait de les alerter. Celui qu'Elie avait esquissé vers l'arrière. Rampant sur une épaule et une hanche il avait entrepris de haler Lubitsch.

Le Viennois n'était pas lourd. Inconscient, il gémissait à chaque traction des doigts crispés sur son col. Simu réussit à faire cinq mètres, en soufflant à s'en faire éclater la gorge. Il était presque à mi-chemin du salut.

— Sors de là, cria Hansen, derrière son fusil-mitrailleur, furieux de voir son champ de tir occulté par les deux éclaireurs.

Deux formes jaillirent à la rencontre de Simu et des balles viets. C'étaient Tarass, enfin réveillé de sa stupeur, et Moquet le mal-aimé. Deux bonds. Tarass eut à peine l'air de se plier en deux qu'il avait saisi le corps de Lubitsch à pleins bras et s'était rejeté vers Bagard. Simu avait été emporté lui aussi dans ce tourbillon. Il se retrouva, les yeux fous, haletant, à plat ventre à côté du placide Rigaud. Moquet avait été moins heureux. Une première balle l'avait atteint au genou et il avait boulé en plein milieu du minuscule champ clos.

— Reste là, Moquet. On vient te chercher.

Sans doute Moquet était-il au-delà de lui-même. Il n'avait pas prémédité de se jeter au secours de ses camarades. L'élan était venu de ses tripes, de l'exemple de Tarass, peut-être de sa propre peur. Il n'entendit pas les exhortations du lieutenant. Il se releva, grimaçant, debout, hagard, stupide. Il tendait vers ses amis une main hésitante quand deux balles, presque confondues lui déchirèrent la nuque. Il s'abattit d'un bloc. Hansen déchaîna son tonnerre, sans même se demander si « la Moquette » était tout à fait mort. Rendre coup pour coup était de toute façon le meilleur moyen de le venger.

— Alors, Rouge deux, qu'attendez-vous pour bousculer vos bouchons ? D'après l'officier de renseignements, les Viets n'ont pas plus d'une section devant vous. A vous, parlez.

Le commandant Balicourt manifestait autant d'impatience à son micro que la veille avec le capitaine Perrier.

— Ici, Rouge deux autorité. Puis-je rappeler à Soleil que j'ai juste pour ma part l'effectif d'un groupe de combat, répliqua Bagard, exaspéré. De plus j'ai déjà deux tués et un blessé grave. A vous.

— Compris, Rouge deux. Inutile d'être insolent de surcroît. Vert va vous envoyer un soutien. Essayez de garder le contact et de préparer une manœuvre à jouer dès que vous serez renforcé. Il faut punir sérieusement ces Viets si nous voulons récupérer nos ferrailles tranquillement. Terminé.

Bagard se sentit soulagé de sa bile. La situation n'était pas très favorable, mais il n'avait à tenir qu'un long quart d'heure avant l'arrivée d'une section de la compagnie Vert. S'il ne pouvait progresser sur le layon, il en était de même de l'adversaire.

— Économisez les munitions, recommanda-t-il. Et surveillez les couverts. Je n'aimerais pas que ces salopards nous débordent.

Il n'avait pas besoin d'élever la voix pour se faire entendre des hommes qui restaient valides autour de lui. Ils étaient cinq. Tarass scrutait le côté gauche de la piste, à peine enfoncé de trois mètres dans la végétation. A droite, Rigaud et Simu écoutaient avec une attention d'écureuil les bruissements de branches et jusqu'à leur propre respiration. Le layon n'avait pas un mètre de large, mais Hansen et Bagard y tenaient de front. Blachek, remonté de l'arrière avec le poste radio, maugréait à chaque fois que Hansen, pour ajuster une rafale, assurait les pointes de ses brodequins dans la terre.

— Fais attention, merde. A chaque fois que tu rates ton coup tu me flanques ton pied sur le crâne.

Lubitsch n'avait pas repris connaissance. Abrités par le tournant de la piste, les deux légionnaires de la section Dumoncel l'avaient porté jusqu'au milieu des coolies, qui regardaient avec une philosophie résignée cette agitation meurtrière. A première vue le violoniste ne jouerait plus jamais du violon. Son avant-bras gauche était fracassé juste en dessous du coude, vilainement. Deux autres balles l'avaient atteint, au visage et à la poitrine, sous la clavicule. « Si un infirmier n'arrive pas rapidement avec la compagnie Perrier, son sort est réglé », se dit Bagard.

Peut-être, en face, le chef de section vietminh pensait-il, lui aussi, qu'il fallait en finir. Il n'attendait sûrement pas de renfort. Bagard tenta de deviner ce qu'allait faire son ennemi direct. « Me rentrer dedans ? Pas tant qu'il n'aura pas neutralisé le F.M. Me contourner ? Il ne tient probablement pas à se mettre à portée de nos compagnies. Non. Il a reçu l'ordre de nous retarder au maximum sur le chemin des rails ; soit pour la beauté du coup, soit pour préparer une autre embuscade plus loin. Si je ne me trompe pas... »

— Si je ne me trompe pas, acheva-t-il à voix haute, ils vont décrocher.

Hansen se demanda comment le lieutenant pouvait bien manifester un tel optimisme. Se balançant comme des ailes de libellule, deux feuilles tendres découpées par la dernière rafale viet achevèrent de tomber devant son œilleton de visée.

Pourtant Bagard semblait avoir deviné juste. Tarass se mit à vider le chargeur de son pistolet-mitrailleur. De courtes rafales, régulières, entêtantes, précises.

— Sur quoi diable tires-tu ? cria le lieutenant.

Devant lui, le layon restait désert.

— Ils fichent le camp, mon lieutenant. Ils décrochent vers la gauche, à vingt mètres devant.

La réaction de Bagard fut immédiate. Un réflexe. Il se leva d'un bond, hurla : « A l'assaut ! » et partit sans même vérifier que ses prétoriens le suivaient. Il n'en avait pas besoin. Déjà prêt, Tarass fonçait à travers la broussaille avec l'insouciance d'un éléphant furieux. Sur le flanc droit, Rigaud et Simu au coude à coude se jetèrent à l'abordage d'un taillis où Elie se déchira le visage sans même s'en apercevoir. Sa radio jetée sur une épaule, Blachek, qui s'était donné mission de protéger le lieutenant, avait sauté en voltige par-dessus la masse de Hansen et courait à la poursuite de Bagard en l'injuriant :

— Quel con ! Attendez. C'est moi qui dois passer le premier.

Une grenade roula entre les jambes de Bagard. D'un coup de pied il la propulsa vers le fourré sans même se demander qui l'avait lancée. le vacarme était devenu démentiel. Aux rafales qu'ils tiraient tous, au jugé, se mêlaient leurs cris et leurs imprécations. Dans les dix secondes qui suivirent leur premier élan, il sembla que leur ennemi ne cherchait qu'à fuir au plus vite. A peine avait-il riposté, de quelques coups de feu affolés et imprécis. Et soudain, trois grenades éclatèrent en même temps, en pleine végétation, hachant les branches, éclats vrombissants, tourbillons de terre et de fumée. De l'équipe Bagard, personne ne fut touché. Ils avaient été trop rapides, ou les Viets avaient mal apprécié leur assaut. Mais quand, de Tarass à Rigaud, en ligne, ils abordèrent les positions que leurs adversaires avaient seulement fait mine d'abandonner, la mêlée devint générale. C'était maintenant un combat à bout portant, au corps à corps.

Étrangement, malgré sa légèreté, Simu fut le premier à traverser la ligne de feu. Peut-être la rage qui le sublimait avait-elle contribué à accroître son violent désir de survivre. « Garde la tête froide, a-t-on coutume de répéter au combattant. Le plus lucide reste vainqueur. » Pour Elie, la maxime s'avérait fausse. Il se sentait transporté par une fureur incontrôlée depuis qu'il avait bondi au secours de Lubitsch. Il lui semblait que devant chacune de ses balles s'offrait le visage de Magalescu. Magalescu, ce petit homme en treillis verdâtre qui levait devant lui le canon d'un fusil trop grand. Balayé d'une rafale. Magalescu, cet assassin au coupe-coupe brandi. Déséquilibré par la charge, achevé à coups de crosse, encore et encore. Magalescu, ce chien qui le mettait en joue, à trois mètres. D'une volte Elie était face à cette hydre renaissante. Ils tirèrent ensemble. La balle du Viet écharpa le bras gauche de Simu, les siennes rejetèrent en arrière la poitrine éclatée de son ennemi.

Sur sa gauche, derrière lui, la fureur ne semblait pas décroître, si le volume sonore avait diminué. Les hurlements et le déchaînement du feu, lors de l'abordage, avaient fait place à des cris étouffés, des injures crachées de près, des halètements brefs, coupés de détonations assourdies par l'épaisseur des corps. Pas de balles perdues, tous les coups faisaient mouche. Chacun se battait pour lui-même, sans compter combien il avait supprimé de ces Jaunes enragés.

Tarass était arrivé comme un buffle dans une grappe de Viets qui avaient vainement tenté de maîtriser cette masse. Il y avait un siècle qu'il avait épuisé son chargeur. Pas le temps de le changer. A grands moulinets, le Roumain démolissait des crânes, enfonçait des côtes, fracassait des bras. Il tourna encore une fois sur lui-même, Thompson levée, presque étonné de n'avoir plus personne à assommer. Quand il réussit à traverser les quinze ou vingt mètres de ronciers et de sensitives qui le séparaient du layon et du lieutenant, il ne pensa bêtement qu'à se gourmander.

« Imbécile. Me suis trop écarté de l'axe. Si les autres ont besoin de moi, j'arriverai trop tard. »

Les autres n'avaient pas besoin de lui. Pratiquement à bout touchant, le fusil-mitrailleur de Hansen avait fait un massacre, parachevé par la furie de Bagard et de Blachek. Le lieutenant était couvert de sang. Tarass blêmit.

— Ne t'en fais pas, ricana Bagard, Ce n'est pas le mien.

La tornade était retombée d'un coup. Rouge deux s'était tirée à son honneur de la situation, sans l'aide de la compagnie Perrier, dont on entendait vers l'arrière le galop bruyant et les ordres criés par les gradés.

— Bilan ? demanda Bagard à la cantonade.

C'était miraculeux, mais ils étaient tous debout. Sanglants, farouches, un rire sauvage aux dents, mais debout.

— Hansen est blessé, constata calmement Blachek.

— Fiche-moi la paix, veux-tu. On ne va pas faire un communiqué parce que ce salopard m'a égratigné avec son sabre.

D'un pied rancunier, le tireur F.M. botta le cadavre d'un Viet dont le visage n'était plus qu'une bouillie.

— Simu a disparu.

Venue du bois, la voix de Rigaud était encore secouée par l'effort fourni. Il n'avait pas chômé, lui non plus. D'une bourrade Tarass écarta le groupe qu'ils formaient sur le sentier et plongea dans le fourré. L'arme à la main, à la recherche d'une respiration qu'il croyait ne jamais pouvoir domestiquer, Rigaud regardait vers l'avant, comme s'il eût pu traverser l'écran des feuilles et des troncs. Tarass le saisit à l'épaule et le secoua :

— Par le Christ ! Où est-il passé ?

— Il est parti par là, parvint à répondre Rigaud en tendant le canon de son fusil. Il avait l'air dingue. Il courait derrière deux ou trois Viets.

— Tu ne pouvais pas veiller sur lui ? C'est un jeune, il ne connaît rien.

Rigaud regarda le caporal-chef avec ressentiment.

— Dites donc, c'était votre éclaireur de tête. Je n'étais pas sa nourrice et j'avais du travail.

Son geste du menton, vers les corps étalés à ses pieds, précisait assez qu'il n'appréciait pas la rebuffade.

— Tarass, arrive. La compagnie Vert est là.

Tarass fut insensible à l'appel du lieutenant. Plantant là Rigaud médusé, il s'ébranla au petit trot dans la direction qu'avait empruntée Simu. Avant qu'il ne disparût dans le sous-bois, le légionnaire vit distinctement le caporal-chef arracher un chargeur plein de sa cartouchière et l'engager sous son arme.

— Tarass ! réclama Bagard une nouvelle fois.

— Le caporal-chef est parti chercher Simu, mon lieutenant.

— Vos hommes ne sont pas ordinaires, commenta le capitaine Perrier.

Il avait tenu à se joindre à sa section de tête pour courir au secours du groupe Bagard et, sans se l'avouer, il était furieux d'être arrivé trop tard pour en découdre. Il se défoulait en remarques acides sur ces légionnaires qui semblaient n'en faire qu'à leur tête.

— S'ils avaient été ordinaires, se contenta de répliquer Bagard, ils n'auraient pas réussi ça.

« Ça », c'était la douzaine de cadavres viets alignés en travers du sentier comme un tableau de chasse à Rambouillet, et les cinq petits hommes assis à croupetons, bras entravés dans le dos, qui baissaient des visages tuméfiés vers leurs orteils boueux.

Le capitaine Perrier était beau joueur. Il tapa sur l'épaule du lieutenant et éclata de rire.

— D'accord, je ne l'ai pas volé. Cette embuscade écrasée quinze jours après la défense de votre poste, chapeau. A mon avis, vous devriez bientôt prévoir un pot pour tout le bataillon quand on vous remettra la rouge *.

— J'espère surtout qu'il y aura quelques croix de guerre pour mes légionnaires. Ce sont de sacrés types.

— N'empêche qu'ils en font trop. Je vais envoyer un groupe chercher ce caporal-chef et ce légionnaire perdus.

— N'en faites rien, mon capitaine. Je connais Tarass. Il va revenir dans les temps.

Comme pour infirmer la prévision de Bagard, une courte fusillade sonna loin devant eux, amortie par la forêt. Peu de chose : deux coups de fusil, nettement détachés, suivis d'une rafale sèche. Dix coups de feu en tout, pas plus. Autour des deux officiers, tout le monde s'était tu, tête levée. Les cinq prisonniers, eux aussi, tournaient vers le bruit des yeux brillants, un instant chargés d'espoir.

— Ce coup-ci, décida Perrier, on y va. Votre Tarass doit avoir des ennuis.

Pourtant, à peine la patrouille de la compagnie Vert hâtivement rassemblée allait-elle partir sur le layon désert, qu'apparut, venant vers eux, un homme lourdement chargé. Tarass marchait d'un bon pas, l'arme au bout de son bras pendant. Sur l'épaule gauche, il assu-

* « La rouge », le ruban de chevalier de la Légion d'honneur.

rait le corps inerte de Simu. Ils étaient tous deux couverts de sang.

Son compte rendu fut aussi concis que d'habitude.

— Je suis arrivé juste à temps. Deux Viets avaient esquinté le petit et s'apprêtaient à le couper en rondelles à coups de machette. Je crois qu'il s'en sortira quand même.

A première vue cet optimisme était peu fondé. Simu avait reçu une balle au ras de l'oreille, qui avait écorné le rocher, et une autre à hauteur du foie. Il respirait faiblement. Presque un râle qui se terminait à chaque aspiration en gémissement.

— Il est aussi blessé au bras, constata Bagard.

— Ce n'est rien, assura Tarass. Juste un séton. Nous sommes solides, nous autres Roumains.

Il n'avait même pas voulu lâcher son fardeau pendant que les autres l'examinaient. Pas plus qu'il n'accepta de s'en décharger pendant la longue marche de retour jusqu'au P.C. sur la voie ferrée.

Chapitre 13

— Le docteur a dit que vous pouviez commencer à vous lever. Une heure par jour pour commencer.

La voix était fraîche, gazouillante, et montait bizarrement sur les finales des phrases, comme si leur musique n'était pas terminée. C'était une voix parfaitement assortie au physique de la jeune femme en *caï-quan* blanc. Elle était petite, très fine. Ses pommettes larges et lisses d'Annamite, à peine rosées, remontaient ses yeux noirs pétillants de gaieté. Aide-soignante à l'hôpital militaire de Nha Trang, elle n'avait pas vingt ans. Elle répondait au nom très ordinaire de Thi-Nam, « La numéro Cinq » ; ce qui signifiait qu'elle était la quatrième fille de sa famille, le numéro Un n'étant jamais attribué par superstition.

Elle avait déjà, depuis un mois, expliqué tous ces détails à Elie Simu, l'occupant du cinquième lit en salle de chirurgie, devenu son malade préféré.

Elie n'avait gardé à peu près aucun souvenir de la façon dont il était revenu de l'accrochage dans la forêt aux rails. Il se souvenait pêle-mêle des Viets qu'il avait poursuivis, du choc des balles reçues, d'un infirmier et d'une piqûre alors qu'il était étendu sur le ballast de la voie ferrée, d'un transport en train coupé de longs trous noirs. Son premier réveil à l'hôpital l'avait reporté des années en arrière. Tout semblable à sa reprise de conscience à l'hôpital de Worms. Mais la confusion n'avait pas duré longtemps. Ici la fenêtre donnait sur un des plus beaux paysages qu'il eût rencontrés, la baie de

Cam-Ranh dorée au soleil du Tropique. Et Thi-Nam l'avait pris en charge.

— Il faut lever un peu, monsieur Simu.

Elle disait Simu avec un accent qui le faisait sourire malgré lui, ajoutant une dentale avant le S et allongeant la voyelle finale d'un i mouillé. Quelque chose comme Tchi-mou-ïll. « Elle doit penser que je porte un nom chinois », s'amusait-il.

— Je me lèverai tout à l'heure, promit-il. Uniquement pour vous faire plaisir. Mais avant, je veux que vous m'apportiez du papier à lettres et un stylo.

— Vous envoyez une lettre ?

— A un ami qui habite très loi, oui, pour lui raconter ce qui m'est arrivé.

— Votre ami habite la France ?

— Oh non. Il est dans mon pays, Israël. Je vous expliquerai plus tard.

Thi-Nam salua d'une drôle de petite révérence, tête inclinée et pieds joints, et partit sans quitter son éternel sourire.

Elie soupira et s'étira dans son lit spartiate. La blessure de son bras était pratiquement cicatrisée, et celle du flanc ne lui laissait plus que la gêne d'un pansement en tampon et d'un drain que le médecin avait promis de retirer bientôt.

— Vous êtes verni, mon vieux, avait-il affirmé. La balle vous a traversé le côté sans toucher à l'estomac ni au foie. Vous n'en garderez qu'une jolie étoile blanche qui séduira les filles quand vous vous mettrez torse nu.

Simu, à ce mot d'étoile, avait revu les joues marquées de Shamir. Il ne lui avait jamais demandé comment il avait récolté ces souvenirs-là. Il n'avait pas eu le temps. En y réfléchissant, il se dit qu'il était étrange de penser que Jos était son ami. Ils ne s'étaient connus que trois jours à peine. Peut-être le capitaine l'avait-il oublié. Il n'avait pas répondu à la lettre qu'il avait envoyée de Tour-Cham. Était-elle même arrivée à destination ?

Subitement, il n'avait plus envie d'écrire à Shamir. Que lui raconterait-il donc de passionnant ? Qu'il avait combattu en rase campagne, les armes à la main, contre un ennemi qui avait fini par l'avoir ? Jos devait avoir lu, entendu et vécu bien d'autres histoires de guerre. Qu'il hésitait toujours devant Magalescu au moment de satisfaire son rêve de sang ? D'ailleurs c'était faux ; il n'hésitait pas, il était tout simplement paralysé. « Je ne peux pas me montrer lâche à ce point, se dit-il, sans enlever tout sens à ma désertion sur le *Jonas*. C'est alors que j'aurais dû être bloqué par ce reniement. Maintenant que j'ai passé outre, je dois justifier ma fuite en allant jusqu'au bout. » Il ne se rendait même pas compte qu'il devait se trouver des motivations somme toute secondaires. La soif de vengeance ne le mettait plus hors de lui. Il ne vivait déjà plus pour appliquer le talion, il commençait à y penser comme à un devoir. Encore ne savait-il rien de la façon dont Tarass l'avait sauvé, ni même qu'il était son sauveur.

Il passa cette tiède journée dans une solitude morose. Il rabroua Thi-Nam quand elle vint lui apporter le papier à lettres demandé et qu'elle lui répéta : « Levez-vous, monsieur Tchi-mou-ïll. »

— Laissez-moi donc tranquille. Si vous avez envie de jouer à la poupée, trouvez un autre volontaire. Je me lèverai si je me sens bien. Ce qui n'est pas le cas.

Thi-Nam s'était agitée, l'inquiétude aux yeux.

— Alors vous avez encore mal à la tête ! Je vais prévenir le docteur.

— Par les prophètes, soupira Elie exaspéré, fichez-moi la paix. Je ne veux pas de docteur. Je veux dormir et réfléchir, tout seul.

Thi-Nam repartit vexée. Seules les distributions du thé trop infusé de cinq heures et du repas du soir (« léger, léger », recommandait le major) vinrent troubler l'apathie hypocondriaque de Simu. C'était pourtant bien de compagnie dont il avait besoin. Et qui plus est d'une compagnie intelligente, capable de le confesser et de le conseiller.

Ce fut le lieutenant Bagard qui joua le lendemain matin ce rôle de directeur de conscience. Une permission de trois jours en poche, Bagard n'était venu à Nha

Trang , à 150 kilomètres de chez lui, que parce que le colonel avait jugé que ce récidiviste des coups durs avait besoin de changer d'air.

— Si nous laissons ce garçon plus longtemps dans son poste, avait supputé le chef de corps, de deux choses l'une : ou il va se croire abandonné de la hiérarchie et se lancer dans les pires originalités comme Dubelin, ou estimant en avoir assez fait, il va se laisser aller au farniente et son poste deviendra un dortoir.

Le colonel connaissait bien ses lieutenants. Et l'expérience lui avait enseigné ce que son sens de la psychologie ne lui avait pas fait deviner. Il était arrivé quelques mois auparavant qu'un jeune officier, le sous-lieutenant Dubelin, fut attaqué dans son poste toute une nuit, comme venait de l'être Bagard. Mais, alors que Tour-Cham était en zone quasiment civilisée, ce poste-là contrôlait les accès aux plateaux Moïs, en pleine brousse à l'ouest du cap Varella ; il n'avait pas été question de relève, ni d'opération de grand style après son dégagement. D'ailleurs le chef de poste préférait goûter seul avec ses hommes l'ivresse de la victoire. Il estima, en premier lieu, que reconstruire ses bâtiments dans l'état antérieur détruirait tout souvenir du fait d'armes : mieux valait entretenir les ruines. Il décida ensuite que « sa » bataille méritait commémoration. Tous les soirs désormais, à la tombée de la nuit, la maigre garnison organisait une fantasia, à grand renfort de tirs de fusil-mitrailleur, de rafales d'armes légères et d'explosions de mines éclairantes. Les légionnaires s'amusaient beaucoup de cette débauche quotidienne de munitions, d'autant qu'elle était rituellement suivie d'une consommation de bières, « payées par la caisse noire », précisait Dubelin. Harcelés de demandes de ravitaillement nettement exagérées, les services du Foyer et des Munitions régimentaires avaient fini par donner l'alerte. Le remède avait été radical : en charge du sous-secteur de Ninh-Hoa dont dépendait le poste, la 4e compagnie avait, sur ordre supérieur, détaché une nouvelle section et relevé Dubelin et ses hommes. Une fois réintégré le giron de son unité, le sous-lieutenant retrouvait lentement équilibre et raison ; ses légionnaires, philosophes, savaient, déjà de longtemps, que « la fiesta » ne peut durer toujours ; ils s'accommodaient de la reprise en main.

— Pas question de relever la section Bagard, avait décidé le colonel après en avoir débattu avec le commandant Balicourt. Mais nous allons leur montrer que le régiment est fier d'eux. Commençons par inviter le lieutenant à dîner à ma popote, dans les meilleurs délais. Nous ferons ensuite une prise d'armes de luxe à Phan-Rang pour leur remettre les décorations qu'ils n'ont pas volées.

Le meilleur délai avait tout de même atteint un mois, nécessaire à l'homologation des premières citations par l'échelon supérieur, à Saigon. La préparation de la fameuse prise d'armes constituant un excellent sujet de conversation, le début du repas offert à Bagard par son colonel avait été très réussi.

Le colonel, en fin psychologue, avait recommandé à son popotier un menu normal, amélioré d'une ou deux bouteilles « de précision ».

— Ce n'est pas ici que Bagard s'attend à faire un gueuleton, mon vieux. Pour ça, il ira dîner demain à l'hôtel de la Plage, ou « Chez Martha ». Ce soir je veux pouvoir lui parler sérieusement sans être empoisonné par le service de vos boys.

Dès la papaye au roquefort, spécialité maison servie en hors-d'œuvre qui fit à peine tiquer l'invité, le climat avait été à la détente et à la confiance. Bagard découvrait derrière le visage aigu et généralement sévère de son chef, une chaleur fraternelle inespérée. La rigueur, la froideur officielle et la facilité à sanctionner du colonel étaient connues et acceptées de tout le régiment. Ce soir, Bagard rencontrait un regard de camarade, passionné par les détails de la vie quotidienne de son poste, les anecdotes sur ses subordonnés, les difficultés matérielles nées de l'isolement.

— Racontez, répétait le colonel, un soupçon de nostalgie dans l'œil.

Bagard raconta donc, librement. Il n'avait pas présumé de ce qu'il aurait à dire, s'attendant à une réception compassée. Ce repas en tête à tête lui permettait même une introspection à laquelle il n'avait pas eu le temps de se livrer dans sa tour d'ivoire et de torchis.

— Je ne suis pas sûr d'avoir bien fait en formant mes groupes de combat, dit-il. Je ne les ai pas assez équilibrés. Inconsciemment, j'ai privilégié celui du sergent Macauley, que je considérais être le meilleur guerrier de ma section. C'est vrai qu'il a été sensationnel pendant la défense de Tour-Cham, mais Paliano et Tarass ont remarquablement fait leur travail aussi. Peut-être les Viets n'auraient-ils pu prendre mon canon si j'avais affecté au groupe Paliano quelques éléments plus mordants.

— Ne vous faites pas de reproches, mon vieux. Depuis que je les connais, je peux vous dire que les légionnaires sont étrangement semblables dans leurs réactions sous le feu : bien sûr certains tempéraments sont plus bouillants que d'autres ; il y en a même des tièdes, au départ. Mais une fois dans le bain, la formation reçue à Bel-Abbès paie tous ses dividendes. Ils savent tirer, ils manœuvrent comme à l'exercice pour peu que leur gradé garde son calme et ils ne se posent plus de questions.

— C'est vrai, interrompit impoliment Bagard. Ils donnent l'impression de pouvoir faire l'infaisable si on le leur demande.

— Je vous envie, dit le colonel. Vous en êtes encore à un grade où les plus grandes satisfactions viennent de cette confiance partagée entre le chef et ses hommes. Comme de plus, ils ont compris que vous avez la *baraka,* ils vous suivraient en enfer.

Le ton était partagé entre l'inquiétude et la raillerie. Le lieutenant regarda son hôte avec étonnement, puis se mit à rire franchement, dès qu'il eut compris les craintes informulées du patron.

— Ne craignez pas que je devienne un second Dubelin, mon colonel. Le commandant Balicourt ne m'a pas laissé le temps d'attraper les mouches. Entre la reconstruction de mes locaux et notre petite sortie à la chasse aux rails, mes idées se seraient remises en place si j'avais eu la fantaisie des grandeurs.

Le colonel était séduit par cette simplicité. En dix mois de commandement, c'était la première fois qu'il avait l'occasion de mener une conversation sérieuse avec un de ses jeunes officiers. Il les rencontrait plus généralement en inspection, dans leurs postes ou leurs compagnies, parfois en opération de guerre, au hasard d'un bivouac ou d'une halte. « Je suis tombé sur le meilleur modèle, se dit-il. Si tous mes lieutenants étaient de ce gabarit, je commanderais le meilleur régiment de l'armée française ! » Cette restriction mentale était, de sa part, pure coquetterie : il était persuadé que le 2e Étranger était bien le plus beau régiment qu'on pût offrir à un colonel. Il resservit lui-même à Bagard un verre de sidi-brahim, dont l'étiquette fit loucher le lieutenant.

— Privilège du grade, mon garçon. Chaque renfort de Bel-Abbès m'en apporte une caisse. Je le garde pour les grandes occasions. Parlons plutôt de vos bonshommes. J'ai personnellement lu vos rapports et certains noms m'ont sauté aux yeux. Ce Tarass, notamment. Vous savez que je l'ai proposé pour la médaille militaire ?

— Rien ne me paraît plus justifié, mon colonel. Il a déjà au cours d'un premier séjour gagné le galon de caporal-chef et deux clous * sur sa T.O.E. * C'est, comment dire, un monument de placidité secoué par des éclairs de brutale efficacité. La confiance totale, donnée et reçue.

Le colonel plissa d'un sourire les yeux qu'il posa sur Bagard.

— Vous avez le sens de la formule, vous auriez fait un bon avocat.

— Je ne crois pas, répliqua Bagard souriant. J'ai essayé, autrefois. J'étais incapable de dire du bien d'un salopard. Je ne peux défendre que ceux que j'estime. Ce Tarass, par exemple...

Il entreprit de raconter comment et pourquoi depuis deux mois le solide et calme caporal-chef s'était transformé, pratiquement du jour au lendemain, en un homme à problèmes. Des silences, des absences, des inquiétudes mal dissimulées qui ne trompaient pas. Tarass, déjà renfermé, devenait franchement sombre.

— J'ai réfléchi à ce brusque changement, expliqua

* Clou : étoile matérialisant une citation à l'ordre du corps d'armée de la division, de la brigade ou du régiment, sur une croix de guerre.

* T.O.E. : croix de guerre des Théâtres d'Opération Extérieures.

Bagard, et j'ai fini par émettre une hypothèse : il coïncidait avec l'arrivée à la section d'un jeune légionnaire roumain, nommé Simu, que j'avais d'ailleurs affecté au groupe de Tarass, croyant que leur communauté raciale allait les réunir. Sans doute ma plus belle gaffe. Ces deux Roumains ne peuvent pas se sentir, comme s'il y avait entre eux je ne sais quel grave contentieux.

— Le caporal-chef a tout de même sauvé la vie du légionnaire, argumenta le colonel. Personne n'aurait trouvé à redire s'il n'était pas parti risquer sa peau pour aller chercher cet ennemi intime.

— Dussé-je vous décevoir, mon colonel, Tarass n'a pas ramené Simu sur son dos par simple grandeur d'âme. Dès que j'ai relié son changement d'humeur et la venue du jeune Simu, j'ai très sérieusement questionné mon vieux Tarass. Il a résisté un bon moment à mon interrogatoire puis il s'est mis à table : il voulait que le garçon vive assez pour lui expliquer comment ils s'étaient connus autrefois. Tarass affirme qu'il ne se souvient pas avoir jamais vu ce Simu, mais il prétend que l'autre l'a baptisé en plein combat de son vrai nom. Un nom qu'il croyait oublié de tous depuis son engagement à la Légion en 1945.

— Il est normal que votre vieux caporal-chef, qui a largement l'âge d'avoir été soldat durant la guerre en Europe n'ait gardé aucun souvenir d'un adolescent qui devait avoir moins de quinze ans à l'époque.

Si Bagard avait craint d'ennuyer le colonel avec ses histoires de boutique, la rapidité de la réplique montrait que le chef de corps se passionnait, tout autant qu'il l'avait fait lui-même, pour ce problème de rapports humains. La hiérarchie était oubliée. Bagard sacrifia au rite de la cigarette coupée, sans même s'apercevoir du regard amusé qui suivait ses gestes machinaux, quand il alluma le mégot sans craindre de se griller les sourcils.

— Tarass m'a avoué quelque chose de plus grave, mon colonel. Il est formel sur ce point : Simu lui en veut à mort. « Je ne sais pas pourquoi il ne m'a pas tué dans le blockhaus pendant l'attaque viet », m'a-t-il dit. Il paraît que l'autre lui avait pratiquement collé le canon de son fusil sous le nez et qu'il s'est dégonflé au dernier moment.

— Si votre caporal-chef a tant gambergé sur le sujet, il doit bien avoir une explication à cette attitude ?

— Il en a une. De 1942 à 1944, Tarass a été soldat, comme vous le supposiez. Plus exactement gardien dans un camp de travail où étaient détenus des Juifs roumains. D'après lui, Simu serait l'un des enfants de ce camp.

Le colonel reposa lentement le verre de sidi-brahim qu'il tenait à la main. Subitement grave.

— Mon vieux, vous ne pouvez plus laisser les choses en l'état. Ces retrouvailles ne se passent pas toujours très bien. S'il y a eu autrefois du sang entre ces deux hommes, il faut craindre qu'il ne s'en verse à nouveau.

— Tarass m'affirme qu'il n'a jamais eu à faire avec le garçon. D'ailleurs Simu est encore à l'hôpital pour quelque temps.

— Je pourrai le faire affecter à une autre compagnie quand il sortira, si vous le voulez.

— Je ne crois pas que ce serait le mieux pour mon brave colosse, mon colonel. Il estime, avec raison à mon avis, avoir gagné le droit à une franche explication avec son « protégé ». Je m'arrangerai pour pouvoir empêcher que cette entrevue ne dégénère. Et puis tout ira peut-être parfaitement entre eux maintenant que Simu est l'obligé de Tarass. Vous avez dit il y a un instant que les retrouvailles ne se passaient pas *toujours* très bien. Ce qui veut dire qu'elles se déroulent parfois pour le mieux ?

Le colonel se détendit. Ce Bagard était décidément un garçon intelligent, adroit et attentif. Les chefs aiment toujours se sentir écoutés par leurs subordonnés.

— C'est vrai, reconnut-il. J'ai personnellement assisté à une séance qui s'est terminée par une tournée générale. Il y a deux ans, à la popote des sous-officiers du 3e R.E.I. à Langson. Le président des sous-officiers nous avait conviés, le colonel Simon et moi, pour fêter l'arrivée d'un contingent juste débarqué de Bel-Abbès. Les nouveaux affectés, quatre sergents, un sergent-chef et un adjudant, font une entrée solennelle dans la salle où nous les attendions debout, le verre au poing. Le père Simon qu'une blessure, vous le savez, a rendu borgne, tourne son bon œil vers le président, attendant qu'il donne l'ordre d'entonner « Le Boudin ». Et voilà qu'un des sergents arrivants coupe les effets de voix du baryton de service en hurlant : « Ma montre ! » Stupeur et indignation. Le gueulard ne s'aperçoit même pas qu'il déclenche un scandale. Il fonce sur un ancien, un chef tout souriant, l'attrape au collet et le secoue comme un cocotier un jour de remise de médailles. Tableau ! Le colonel courroucé, le président mortifié, le chef ahuri, le vacarme général. On finit par rétablir un semblant de silence. Seul le sergent hors de lui continue à crier : « Ma montre ! » Le colonel flanque tout le monde au garde-à-vous et demande des explications. Revenu à la raison, le trublion développe ses griefs : « Mon colonel, en mars 1944, j'ai été déporté au camp de Bergen-Belsen. Ce salopard y était gardien. Dès le premier appel il m'a fauché ma montre, que j'avais réussi à garder jusque-là par miracle. Il n'a même pas changé le bracelet depuis. Je la reconnais. » Devenu le point de mire de toute la popote, le chef, écarlate, sourit bêtement, puis, devant l'amusement de ses copains, prend le parti le plus sage. Il déboucle le bracelet et tend l'objet à son ancienne victime, avec une phrase digne de passer à la postérité : « Ne gueule pas, la voilà ta montre. Elle marche toujours parfaitement. Tu peux me remercier de te l'avoir gardée. » Éclat de rire du colonel, qui a immédiatement détendu l'atmosphère. Les deux hommes, le chef et le sergent, se sont serré la main sur ordre, et ont pris une cuite magistrale ensemble. Le sergent a été affecté à la section que commandait le chef. Ils ont été tués tous les deux l'année dernière sur la R.C.4.

— L'histoire est morale, mon colonel, apprécia Bagard, mais je reconnais qu'elle est trop humoristique pour être assimilée au cas Tarass-Simu.

— Peut-être n'avez-vous pas saisi toute la finesse du colonel Simon, mon vieux. Il a demandé des explications au plaignant, pas à l'autre. Avez-vous questionné votre jeune Simu ? Peut-être désamorcera-t-il votre situation explosive. Vous allez le voir demain à l'hôpital, j'imagine ?

— Bien sûr, mon colonel. Avec un colis de victuailles préparé par toute la section, Tarass en tête.

— Eh bien, Bagard, vous allez raconter d'abord à ce garçon comment son chef de groupe l'a sorti des griffes des Viets. Avec tous les détails, blessures, coupe-coupe, et tout. Soyez simple mais éloquent à faire pleurer un médecin-chef. Ensuite vous pourrez interroger votre blessé. Cela m'étonnerait beaucoup si sa rancune ne perdait pas de sa virulence. Le temps fera le reste.

— Mon colonel, dit cérémonieusement Bagard, je me rends compte qu'un lieutenant à beaucoup à apprendre de ses supérieurs. Je ferai comme vous l'avez dit.

— Dans ce cas, lieutenant, parlons d'autre chose et dites-moi ce que vous pensez du cuissot de daim que nous a préparé le *bep*.

Dans la salle à côté, les officiers du P.C., qui s'endormaient laborieusement à une table de bridge, trouvaient que le Vieux et Bagard-le-Verni s'entendaient comme larrons en foire.

La soirée n'avait laissé aucune trace dans l'organisme de Bagard pourtant peu habitué ces temps-ci aux repas aussi fins que celui que lui avait offert le colonel. Il se sentait en grande forme en gravissant deux par deux les marches du perron de l'hôpital. C'était un bâtiment très ordinaire, comme les Français en avaient construit des centaines en Indochine. De solides murs de pierre blonde, chapeautés d'un toit de tuiles très pentu pour supporter les pluies de la mousson. Manguiers, hibiscus et flamboyants en fleurs masquaient à demi de larges vérandas surélevées où des groupes de blessés en pyjama blanc prenaient le frais dans une oisiveté très bourgeoise.

Avant de franchir la ligne d'ombre, Bagard se retourna vers la mer, admiratif. « Mon bonhomme ne peut pas garder la rage au cœur devant un tel paysage », se dit-il. Le soleil brillait sur la baie de Cam-Ranh, dorant un croissant de sable sans fin, pailletant d'argent les files de cocotiers qui bordaient la plage. Même les vieilles carcasses des bateaux échoués là en 1945 semblaient avoir oublié la guerre, et ne plus servir qu'aux jeux des baigneurs dont les silhouettes s'agitaient autour d'elles. Un instant, le lieutenant pensa qu'il devait faire bon vivre à Nha Trang. Peut-être, s'il le lui demandait, le colonel l'y affecterait-il ? Puis l'image de son donjon de Tour-Cham et des collines couvertes d'herbe à éléphant vint se superposer à la carte postale qu'il avait sous les yeux. Ce poste-bastion était devenu son fief, son territoire. Il ne voulait en changer pour rien au monde. Il entra.

Une jeune Annamite en uniforme d'infirmière le prit en charge dès qu'il mentionna le nom de Simu et le précéda dans un corridor silencieux.

— M. Simu ne va pas bien, lieutenant, dit-elle résolument en s'arrêtant devant une porte. Le docteur dit le contraire, mais moi, je sais qu'il est tourmenté et de mauvaise humeur. Je prie pour que votre visite lui fasse du bien.

— Vous priez ? s'étonna Bagard presque malgré lui.

— J'ai été élevée chez les Sœurs à Dalat, sourit Thi-Nam en plongeant dans sa drôle de révérence. Entrez, lieutenant.

C'était une petite chambre claire, ripolinée, meublée de quatre lits, tous occupés. Les occupants des trois premiers lits, aux trois quarts assoupis, ne manifestèrent aucun intérêt au passage de l'officier de Légion. Dans le dernier lit, près de la fenêtre, Simu, torse nu, se redressa brusquement. Le temps d'un éclair, Bagard accrocha son regard et y lut une émotion qu'il n'espérait pas y trouver. Le gamin était heureux de le voir, comme s'il avait attendu sa visite. Il sourit à son tour.

— Recouche-toi, voyons. Pas de manières, n'oublie pas que tu es blessé.

— Oh ! ça n'est plus rien, dit Simu avec un haussement d'épaules qui fit saillir ses côtes maigres. S'il n'y avait pas eu cette balle qui m'a rongé un bout de crâne, je serais déjà sorti, mon lieutenant.

Bagard s'assit sur le pied du lit. Les visites à l'hôpital le mettaient généralement mal à l'aise, et l'importance qu'il accordait à celle-ci ajoutait à sa gêne. Il s'en tira provisoirement en désignant du menton les autres occupants de la chambre.

— Deux légionnaires de l'état-major qui ont eu un accident en ville avec un camion, le renseigna Simu. Et un Nègre du Groupe d'artillerie coloniale, esquinté en patrouille.

Le lieutenant n'en revenait pas. Son jeunot renfermé et sombre semblait devenu bavard. Peut-être le colonel avait-il raison. Le voisinage de la mort avait libéré le garçon de ses cauchemars. En tout cas, il était très conscient de la différence entre son état de blessé de guerre et celui des deux accidentés. « Bon signe, songea Bagard. S'il a compris qu'il appartenait à une élite, il comprendra aussi qu'il doit maintenant observer certaines règles, en commençant par l'oubli des vieilles rancunes. » Il fut sur le point d'attaquer immédiatement en plaidant le pardon des offenses. Le conseil du colonel lui revint heureusement à l'esprit.

« Racontez d'abord à ce garçon comment son chef de groupe l'a sorti des griffes des Viets », avait dit le Vieux.

Il avait failli mettre la charrue avant les bœufs. Décidément l'odeur de formol et d'éther ne lui valait rien. Simu, lui, n'y était apparemment pas sensible. C'était lui qui faisait des efforts pour détendre son visiteur, comme s'il avait voulu mener la conversation à sa guise.

— Je fumerais bien une cigarette, mon lieutenant, avança-t-il avec un sourire. Ici, ils sont plutôt radins en tabac. Le toubib dit que c'est mauvais pour la santé.

— Il a bien raison, se réjouit Bagard en extirpant son sempiternel paquet de « Troupe » informe. Sers-toi, et je m'en accorderai une entière pour marquer le coup.

A peine eut-il le temps de penser que son blessé avait habilement rompu la glace que Simu continuait à se conduire en maître de maison recevant un égal. Surprenant. Et bien peu conforme à la politese habituellement formaliste des légionnaires s'adressant à leurs gradés.

— Je suis content que vous soyez venu, mon lieutenant, disait Simu. Je voulais savoir comment...

Il fumait sa cigarette avec une application de néophyte, les doigts bien tendus au centre de sa bouche, lèvres arrondies. S'il n'en avait pris conscience plus tôt, Bagard se fût avisé en le voyant que l'autre n'avait demandé à fumer que pour le mettre à l'aise.

— Je voulais savoir comment je m'en suis sorti. Personne ici n'a été capable de me raconter ce qui s'était passé après que j'ai reçu cette blessure à la tête.

— N'as-tu pas, une fois par semaine, eu la visite d'un officier du régiment ? N'ont-ils pas pu te renseigner ?

— Non. Ils ne savaient rien. Ici, nous sommes loin de Tour-Cham. Ce qui se passe dans notre bataillon, ils s'en moquent.

Peu à peu l'assurance de Simu s'effritait, comme si, à trop attendre, ses nerfs commençaient à lâcher. Bagard prit conscience de ce qu'avait été la solitude de ce dernier mois pour ce jeune homme meurtri dans sa chair et, sans doute de longtemps, dans son âme. Il chercha, un instant, à remplacer le visage de Simu par celui d'un autre légionnaire, pris au hasard dans son peloton : l'autre souffrirait-il aussi fortement du dépaysement, de la solitude morale ? « Sans doute pas, conclut-il, ce Simu est écorché depuis trop longtemps. Il a pris l'habitude de vivre en régime suralimenté, surcontrôlé. Une épreuve de plus, et il craque. »

— Très bien, dit-il, je vais te raconter l'histoire très heureuse du très veinard légionnaire Elie Simu. Couche-toi.

Pas une fois Elie n'avait interrompu le récit du lieutenant. Bagard, suivant le conseil du colonel, ne lui avait fait grâce d'aucun détail. Il avait dit comment Tarass avait réagi sitôt le cri de Rigaud annonçant « Simu a disparu ». Comment, malgré ses propres ordres et l'arrivée de la compagnie Perrier, le caporal-chef était parti seul à sa recherche. Il avait mesuré et pesé les risques que Tarass avait assumés, pour lui-même et pour l'ensemble du groupe.

— S'il avait été blessé grièvement à son tour, avait-il remarqué, il aurait fallu que nous nous engagions plus loin, et peut-être serions-nous tombés sur une nouvelle embuscade. Dieu sait comment nous en serions revenus.

Simu n'avait pas bronché. Les yeux fermés, étendu sur son lit, il semblait presque se désintéresser de cette histoire. Seules, crispées sur son torse maigre, ses mains traduisaient sa tension intérieure.

— Tarass est arrivé par chance jusqu'au fourré où les Viets allaient t'achever au coupe-coupe. Tu sais comme il est capable de foncer. Un vrai char d'assaut. Les Viets ne l'attendaient pas. Ils ont tiré chacun une fois et l'ont raté. Il les a abattus d'une seule rafale, quasiment sur ton corps. Il t'a chargé sur son dos en voltige et est revenu au galop à travers la broussaille.

Les lèvres de Simu tremblaient comme s'il avait tenté de parler. Le lieutenant arrêta un instant sa narration, prêt à écouter les premiers mots de reconnaissance. Mais Simu ne dit rien. Il fronça un peu plus les sourcils et serra les dents.

— Il est gonflé, ce gars-là, déclara avec componction un des légionnaires accidentés de l'état-major, qui avait écouté du lit voisin le récit de Bagard.

Ce dernier ignora la remarque. Continuant à guetter sur le visage d'Elie les signes de plus en plus visibles de son émotion, il reprit le cours de leur aventure. Le reste d'ailleurs était simple : Tarass avait porté son blessé pendant plus d'une heure, n'acceptant aucune aide. Il n'avait marqué d'arrêt que pour vérifier que Simu vivait encore, remontant à grands pas sur le layon la colonne de la compagnie Perrier pour arriver plus vite à l'infirmerie du commandant Balicourt. Plus tard, agenouillé à côté de la civière de fortune, il avait attendu impatiemment le départ du petit convoi ferré, une locomotive et un wagon plat, que Balicourt avait fait venir de Tour-Cham pour aider aux travaux et qui se transformait en moyen d'évacuation sanitaire.

— J'ai vu le moment où il allait m'engueuler quand je lui ai interdit de monter dans le train pour t'accompagner, nota Bagard. A propos, je te signale que ce train a également évacué Lubitsch. C'est grâce à toi que celui-là s'en tirera. Il était plus gravement mouché que toi, on lui a payé un voyage en avion jusqu'à l'hôpital 415 à Saigon.

Sur son traversin, visage fripé sous son turban de gaze, Simu ouvrit les yeux. Il était reconnaissant au lieutenant d'avoir fait dévier la conversation sur Lubitsch. Quelques mots supplémentaires sur le dévouement de Tarass l'auraient fait éclater en sanglots.

— Comment va le violoniste ? réussit-il à coasser. Avez-vous de ses nouvelles ?

— Nous avons reçu une carte écrite par son infirmière. Lubitsch ne jouera plus jamais du violon. Il a fallu l'amputer de l'avant-bras gauche. Il paraît qu'il a un moral du tonnerre et qu'il veut se reconvertir définitivement en joueur de clairon.

Simu sourit à l'évocation de ce compagnon qu'il avait contribué à sauver. « De toute ma vie, songea-t-il, c'est la première fois que je peux faire quelque chose de bien pour un autre. » Il se promit, si le sort lui permettait de le revoir, de gagner l'amitié de Lubitsch. Il regarda le lieutenant, bien en face.

— Quand vous rentrerez à Tour-Cham, mon lieutenant, je voudrais que vous fassiez de ma part une commission à Tarass.

Tarass. Le nom était naturellement venu à ses lèvres. Comme s'il avait oublié celui de Magalescu, dont il avait usé secrètement toutes ces dernières semaines, depuis son affectation chez Bagard.

— Je te promets de lui rapporter exactement ce que tu me diras. Il est d'ailleurs toujours inquiet à ton sujet. Il pense que tu lui en veux profondément pour une histoire qui vous aurait opposés autrefois, en Roumanie. Il est désespéré de ne pas se souvenir comment et pourquoi il t'a fait tort, argumenta Bagard.

— Justement, interrompit Simu. C'est à ce sujet-là que je voulais votre aide. Dites-lui que j'ai, moi aussi, oublié pourquoi nous étions ennemis. Il me devait beaucoup, je crois. Il a entièrement payé en allant me chercher et en me ramenant. Nous sommes quittes. Si je peux revenir à la section, j'aimerais bien que nous ne parlions plus du tout du passé entre nous deux. Voilà.

Bagard contempla son légionnaire avec émotion. Ce gamin fragile donnait l'impression d'avoir brusquement changé de personnalité. Le visage brun, sur lequel les épreuves inconnues n'avaient jusque-là pas réussi à effacer complètement l'aura de l'adolescence, était d'un coup devenu le visage d'un homme. La sévérité de cette deuxième naissance se lisait encore dans les nouvelles rides aux coins des lèvres, mais les yeux gris, qui regardaient enfin Bagard bien en face, brillaient d'une résolution toute fraîche. Avec une force qui balayait tous les doutes.

— Je transmettrai à Magalescu, sois en sûr. Rien ne pourrait nous rendre plus heureux, lui et moi, que ce que tu viens de me dire, affirma le lieutenant en se mettant debout.

— Est-ce lui qui vous a dit le nom que vous venez de prononcer ? questionna Simu avidement en se redressant à son tour.

— C'est lui. Il paraît que tu le lui as donné en plein baroud, sur la piste. Depuis six ans, m'a-t-il dit, personne ne l'avait appelé ainsi. La dernière fois...

— Oui, interrompit le blessé, je sais qui l'a appelé ainsi il y a six ans. C'était un sergent de Légion, Jos Shamir, que j'ai rencontré depuis et qui est devenu mon ami. C'est lui qui m'a remis sur la trace de Tarass.

Bagard resta songeur, quelques secondes, devant la complexité des chemins de la Providence. En quelques conversations, avec ses deux légionnaires, il n'avait fait qu'effleurer, il s'en rendait bien compte, la trame nouée tragiquement de plusieurs destins. Il se demanda s'il voudrait un jour en savoir davantage.

— Ce Shamir, demanda-t-il, était-il aussi un ennemi de Tarass ? Le cherchait-il pour régler ses comptes ?

— Non, dit Simu avec un vrai sourire. Jos n'est pas homme à garder sa rancune de côté si longtemps. Je crois qu'il avait apprécié Tarass quand il l'avait rencontré. Il m'en avait dit du bien. Je sais maintenant qu'il avait jugé sainement.

— Alors, conclut Bagard, tout est pour le mieux. Je repars à Tour-Cham heureux de ta double convalescence. Reviens-nous rapidement. La section a besoin de légionnaires comme toi.

Elie Simu se raidit sur sa couche comme si les mots de son chef avaient été les épingles d'une décoration accrochée à sa poitrine. Le merci qu'il balbutia était si faible que Bagard ne l'entendit pas en sortant de la chambre.

— Mon vieux, dit le légionnaire du deuxième lit, ton lieutenant, il est de première !

C'est à peu près ce que ce lieutenant se disait en pensant à son colonel, pendant qu'il dégringolait les marches du perron de l'hôpital et qu'il commençait à descendre l'avenue ensoleillée qui menait à la plage.

CHAPITRE 14

La convalescence de Simu avançait de façon si satisfaisante qu'à la dernière visite le médecin-chef avait promis de le renvoyer bientôt dans son unité. Ce 15 mai, il y avait six semaines qu'Eliha avait quitté la section sur l'épaule de Tarass. Ce jour-là, l'hôpital de Nha Trang reçut, d'un coup, une quinzaine de blessés. Alertés par les beuglements du convoi d'ambulances, les convalescents s'étaient massés sur leur balcon. Pieds nus sur le carrelage tiède, ils dominaient de l'étage la longue théorie des civières qui disparaissaient sous la véranda de la porte des urgences.

— Macauley ! reconnut Simu soudain bouleversé.

Durant son séjour à Tour-Cham, il n'avait eu avec l'Anglais que des contacts de service. Mais le découvrir au milieu de ces silhouettes couchées, charriées comme du bétail abattu, le choquait autant que s'il venait de découvrir là un ami très proche.

Le grand sergent paraissait inconscient quand les infirmiers le sortirent de l'ambulance. Narines pincées, il balançait la tête de droite à gauche, d'un mouvement continu, un rictus de douleur sur ses lèvres entrouvertes. Une couverture jetée sur son corps empêchait de savoir où il avait été atteint.

— C'est un gradé de ma section, expliqua Eliha avec agitation. Il faut que je sache ce qui s'est passé.

Déjà, avec la liberté que le règlement intérieur laissait aux futurs sortants, il courait dans le vestibule, dévalait l'escalier, se précipitait au bureau des « Entrées ».

— Laisse-moi tranquille, prévint exaspéré le secrétaire débordé. J'ai autre chose à faire que renseigner les curieux. Quinze arrivants en même temps ! Et presque tous incapables de donner le moindre renseignement sur leur unité, leur état civil.

— D'où viennent-ils ? questionna pourtant Simu.

— Je ne sais pas, moi. Une opération dans le Varella, je crois, qui a mal tourné. On ne parlait que de ça au mess, ce matin.

— Mais qu'est-ce que mon sergent Macauley faisait au cap Varella alors que notre compagnie est en poste à Phan-Rang ?

— Mon vieux, tu m'en demandes trop. Tout ce que je sais c'est que le colonel a dû réorganiser le secteur et que les anciens postes sont occupés depuis huit jours par la nouvelle armée vietnamienne.

— Mais alors, où vais-je rejoindre ma section ?

— Rejoindre ?

— Le toubib m'a promis que je sortirai cette semaine.

Le scribe souffla avec fureur.

— Alors, si tu dois nous quitter, commence à nous ficher la paix tout de suite. Va voir ton sergent au bloc opératoire, si tu veux des précisions.

Simu remonta dans sa chambre sans en savoir plus. De toute la soirée, il fut d'une humeur de dogue et rabroua Thi-Nam comme aux plus mauvais jours d'avant la visite de Bagard.

Il n'obtint l'autorisation de voir Macauley que deux jours plus tard. Encore devait-il cette faveur à son ancienneté dans la maison.

— Ne reste pas plus de quelques minutes aujourd'hui. Ton Anglais est mal-en-point, lui conseilla le chef-infirmier, vieux soldat qui comprenait l'angoisse du jeunot.

— C'est grave, chef ? S'en sortira-t-il ?

— Oh ! Il vivra, si c'est que tu veux dire. A moins qu'il ne se fasse sauter la tête lui-même, s'il ne supporte pas d'être cul-de-jatte.

Simu fut horrifié. Il ne comprenait pas cet humour

sinistre derrière lequel se réfugiaient ceux qui tenaient commerce avec la mort. Il jeta au sergent-chef un regard outré, sans percevoir la pitié que l'autre mettait dans son ricanement désabusé. Il courut jusqu'au pavillon de « Chirurgie », celui qu'il avait quitté quinze jours auparavant, tout juste. Le trajet depuis le bâtiment principal était court, une vingtaine de mètres à peine, une allée de sable entre deux pelouses à l'ombre d'un flamboyant. Alors qu'il se hâtait vers ce Macauley qu'au fond il ne connaissait guère et dont le sort pourtant l'inquiétait comme celui d'un parent, il comprit soudain le sens de l'expression « frères d'armes ». Ce sergent, qui n'était même pas son chef direct, qui ne lui avait pas adressé dix phrases de sa vie, avec lequel il n'avait partagé aucune épreuve, faisait, par sa seule présence à l'hôpital, battre davantage son cœur que le souvenir flou de Mosha. Au-delà de la race et du sang, y avait-il donc des liens aussi serrés entre les membres d'une même caste, soudés par leur seule appartenance à la famille des guerriers ?

Simu ralentit le pas, se contraignant à retrouver son impassibilité ancienne. « Ne lui tombe pas dessus avec le sourire, s'exhorta-t-il, rappelle-toi qu'il vient de perdre ses deux jambes. » Avant de pousser la porte, il écouta, un long moment. Le moindre gémissement dans cette chambre l'aurait paralysé. Il n'entendit rien. Une puissante et écœurante odeur d'éther nappait le couloir silencieux. Il entra sur la pointe des pieds.

Paupières fermées, Macauley était allongé sur le premier lit, le plus près du seuil. Sans doute ne dormait-il pas profondément ; le peu de bruit que fit Simu lui fit tourner la tête. Eliha eut tout le temps de détailler les traits aigus, le teint marbré de fatigue, les orbites cernées comme par des traces de coups, la courte brosse des cheveux gris poissée de sueur. Le blessé le regardait avec curiosité ; il semblait un déraciné cherchant à comprendre ce qui s'offrait à sa vue. Puis un éclair passa dans ses yeux gris, et il sourit sans effort.

— Tiens, notre légionnaire romano ! Félicitations pour ta bonne mine.

Simu hésitait bêtement à franchir le dernier pas qui le séparait du lit de Macauley. La hauteur du drap, tendu

Tony Saunier, bras droit de Gueule Tordue
et son amie Josseline Gaël,
femme de Jules Berry.

Doriot et ses fidèles emmenés par Francis André dit « Gueule Tordue ».

Du pacifisme à l'adhésion au nazisn
Sur les chemins de la collaboratic

LE FRONTISME

Parti Frontiste — Secrétaire National: Gaston Bergery

(4e édition) EDITION DU LYONNAIS — Hebdomadaire : Prix : 1 fr. 50 — SAMEDI 16 AOUT 1941

L'ÉMANCIPATION NATIONALE

Directeur : Jacques DORIOT

Rédacteur en chef : Y.-M. SICARD — Administrateur : Maurice LEBRUN

ON VA JUGER LES RESPONSABLES DE LA DEFAITE

LA LÉGION ANTIBOLCHEVIK SE PRÉPARE AU COMBAT
par Simon Sabiani

A la suite des déclarations du Maréchal Pétain concernant la suspension de tous les partis politiques en zone non occupée, tous nos camarades recevront, dans la semaine, des directives précises de la Direction du Mouvement Populaire Français.

COUCOU, LES REVOILA !

MYSTIFICATION MARXISTE
par Y.-M. SICARD

HEBDOMADAIRE RÉGIONAL DU PARTI POPULAIRE FRANÇAIS — PRÉSIDENT JACQUES DORIOT

au capital rien que sa place au travail toute sa place

l'attaque

DIRECTEUR POLITIQUE ALBERT BEUGRAS

3me Année — Numéro 81 — 50 CENTIMES

DIRECTION - ADMINISTRATION
5, Place des Cordeliers - LYON

SAMEDI 28 MAI 1938

LE PAYS VEUT LA PAIX

Elle ne peut être maintenue qu'en consolidant les VICTOIRES DIPLOMATIQUES de cette semaine

Tandis qu'à VILLEURBANNE sous la dictature d'une municipalité COMMUNISTE les contribuables sont écrasés d'impôts sans cesse plus élevés à SAINT-DENIS gérée par une Municipalité P.P.F. LES IMPOTS DIMINUENT

8e Année — 3e Série — N° 55 — PARAIT TOUS LES DIMANCHES - 1 franc — EDITE A LYON — Dimanche 31 Janvier 1943

Le Pays libre!

Hebdomadaire de combat du Parti Français National Collectiviste
Directeur: Pierre CLEMENTI

ALERTE A LYON

Car Israël ne cesse de poursuivre sa néfaste besogne et d'être le ferment du communiste et de la dissidence.

Alerte à Lyon où, une fois de plus, les Juifs tentent de semer la discorde.

Il y a complot ! De nombreux tracts le prouvent.

C'est pourquoi « Le Pays Libre » réclame :

1° L'envoi des Juifs en camp de travail ;

2° La résidence obligatoire avec interdiction de voyager pour tous les Juifs ;

3° L'épuration des grandes villes.

LE SALUT DE LA FRANCE EST A CE PRIX

CALIBAN 43

par L. LIMOUX

Il faut changer l'esprit

La force de l'opinion

LE MONDE CETTE SEMAINE...

sur un arceau, lui suggérait les moignons entourés de gaze et de pansements. Cette seule idée le gelait sur place.

— Tu ne vas tout de même pas te mettre au garde-à-vous en pyjama réglementaire, ironisa le sergent. Tu devrais venir me serrer la main.

Eliha avança et serra les doigts maigres avec une joie hors de proportion avec la simplicité du geste.. Pour lui cette main offerte était son brevet de combattant, reconnu par ses pairs

— Je suis content de te voir, souffla Macauley. Tu n'étais pas très brillant quand tu es passé à Tour-Cham dans ton train spécial.

— Vous n'étiez pas brillant non plus quand vous êtes arrivé avant-hier dans votre ambulance, sourit Simu. Que vous est-il arrivé ?

— Nous avons été faire une promenade inconsidérée là où messieurs les Viets avaient prévu que nous nous promènerions. Ces salopards avaient sans doute touché un lot de mines trop abondant pour être stocké dans leurs caches de brousse. Ils nous en avaient préparé quelques-unes. De la bonne qualité. Du matériel tchèque, *certainly*.

Le ton était vif, comme chaque fois que le grand Mac racontait une histoire. Il trompait presque Eliha. Pourtant les yeux battus restaient voilés, comme si, derrière la peinture allègre des phrases débitées avec l'assurance du soldat, le blessé voyait la réalité d'un tableau inoubliable de sauvagerie.

— On m'a dit au bureau des « Entrées » que ça s'était passé dans le Varella. Comment se fait-il que vous soyez allé là-bas en opération ?

— C'est toute une histoire, *boy*.

L'infirmier en blouse blanche qui venait de refaire son pansement à l'abdomen du lit numéro trois se redressa en se massant les reins.

— Tu lui raconteras cette histoire demain, Mac, dit-il. La visite est terminée pour aujourd'hui, légionnaire.

Simu regretta brusquement d'avoir gaspillé le maigre temps qui lui avait été accordé en deux questions inutiles. Alors qu'il n'en avait qu'une dans la tête depuis l'avant-veille. Qu'était-il advenu du reste de la section ? Il était arrivé quinze blessés d'un seul coup. « Tous amochés dans le même combat », avait admis le chef secrétaire. Sûrement, il y avait eu des morts, aussi. Lesquels de ses amis ne retrouverait-il plus en rejoignant Bagard ?

— Les autres ? demanda-t-il de la porte. Que sont devenus les autres ?

Macauley avait refermé les yeux. Sa main décolla du drap une seconde, levée comme pour un salut. Simu ne comprit pas si ce salut lui était adressé ou s'il était destiné à ces autres qu'il venait d'évoquer et que, peut-être, le blessé ne pouvait rejeter de ses cauchemars.

— Tu sortiras samedi matin, dit ce matin-là le médecin de visite. Ton crâne est solide comme un roc, ton bras intact, tes cicatrices plus résistantes que la peau d'à côté. Tu vas pouvoir séduire les filles, heureux veinard.

Les temps n'étaient pas à traiter les hospitalisés avec une bienveillance paresseuse. Depuis le début de 1951, les grandes batailles livrées au Tonkin avaient drainé vers le Nord tout ce qui pouvait l'être dans les réserves des troupes de Cochinchine, du Cambodge et du Sud-Annam. Les grandes réorganisations exigées par le général de Lattre avaient contraint son état-major à ponctionner les effectifs des régiments méridionaux. Souvent amputés d'un bataillon depuis 1948 ou 1949, certains d'entre eux voyaient maintenant partir pour le Nord d'autres unités qui les laissaient sans beaucoup de moyens pour remplir leurs missions territoriales maintenues. Les gardes des postes devenaient des casse-tête pour les commandants de secteur. L'alternative était claire : ils y consacraient un effectif inchangé et se privaient de tout élément de réserve mobile, ou en réduisaient les garnisons, limitant par là même leur rayonnement et leur efficacité. Dieu et Bouddha merci, les bataillons de l'armée vietnamienne commençaient à se constituer. Ils n'étaient pour l'heure que des unités peu soudées et peu entraînées, mais, sur le papier, ils faisaient nombre.

Simu ignorait, bien sûr, les raisons profondes de ces bouleversements dans la vie des militaires d'Annam. A peine savait-il, depuis l'arrivée de Macauley, que sa compagnie avait été relevée de ses missions à Phan-Rang. Tout ce qu'il se disait, après le passage du médecin-capitaine, c'est qu'il allait dans deux jours retrouver sa famille. Il n'arrivait pas à cacher son excitation, même devant l'air boudeur de Thi-Nam. Elle eût désiré qu'il parlât un peu d'elle, avant son départ. Il ne parlait que des frères qu'il allait revoir, et de Macauley qui lui en donnerait des nouvelles récentes.

— M'as-tu apporté du whisky ? fut le premier mot de Macauley le lendemain.

Il avait remarquablement supporté les effets du choc opératoire. Son visage paraissait reposé, les poches de ses yeux résorbées ; il avait visiblement tenu à se faire raser de près et ses cheveux courts avaient repris leur stricte ordonnance. Le service de Santé n'eût certainement pas été satisfait de son comportement : un amputé d'aussi fraîche date n'aurait pas dû, comme il le faisait, s'asseoir sur son lit, jambes pendantes dans la ruelle. Ses blessures, à le voir ainsi, paraissaient infiniment moins spectaculaires que prévu : seuls manquaient les pieds et les chevilles, remplacés par de gros tampons d'ouate et de pansements serrés. Il y avait dans cette posture une telle volonté de dédramatisation, d'acceptation de l'inévitable, qu'il arrivait presque à convaincre de son total détachement ceux qui entraient.

Malgré lui, Simu fixa les deux tibias interrompus, dans les linges frais.

— Attends quelques semaines, l'apostropha le sergent, quand on m'aura monté de nouvelles bottes pleines, directement fixées aux os, je marcherai mieux qu'avant. Finies les ampoules !

Ce parti pris de dérision heurtait comme toujours l'esprit d'Eliha. Il admirait le courage, mais n'était au fond pas très sûr de le découvrir sous ces rodomontades. Elles trahissaient plutôt son absence. Macauley avait besoin d'être rassuré.

— En somme, dit-il en entrant dans le jeu, vous avez eu de la chance. Vous allez repartir à Bel-Abbès. On vous y honorera comme un dur à cuire et vous terroriserez des tas de nouveaux engagés.

L'Anglais le regarda avec sérieux. Quand il reprit la parole, sa voix avait repris son intonation habituelle, un peu traînante.

— Ne te fiche pas de moi, Simu. Chacun de nous a ses propres démons. Tu es sans doute trop jeune pour avoir entendu parler de la bataille d'Arnhem. A l'époque, tu devais te balader quelque part en Europe centrale, dans un autre enfer. Moi, j'étais dans celui-là. J'y ai même été blessé. Aux jambes comme aujourd'hui. C'était moins définitif, mais depuis ce temps j'ai vécu dans la hantise de ce qui vient de m'arriver. A chaque combat, chaque patrouille, j'ai dû vaincre une peur panique de perdre mes pieds. Maintenant, acheva-t-il dans un hochement de tête, je suis en quelque sorte libéré.

En silence, Simu revint sur sa précédente analyse. Macauley ne manquait pas de courage. Il n'avait jamais cessé d'en faire preuve, et du plus difficile. Invisible, quotidien. Cette constatation lui fit mesurer, mieux encore que le comportement de Tarass à son égard, ce qu'était le caractère des hommes avec lesquels il combattait. Et son cœur se gonfla de fierté d'avoir été adopté.

— Avez-vous des commissions à faire aux camarades, sergent ? demanda-t-il. Je rejoins la section demain.

— Ah ! oui, la section...

Macauley était devenu subitement muet. Son visage s'était contracté comme s'il avait été confronté à une image difficile à soutenir. Simu posa enfin la question qui le démangeait.

— Qu'est-il arrivé à la section, sergent ?

— Je t'ai dit hier que c'était une longue histoire. La voilà. Il y a tout juste dix jours, après que le lieutenant fut revenu de Nha Trang, le sous-secteur a été entièrement chamboulé. Le bataillon vietnamien, formé depuis février à Phan-Rang, a pris à sa charge tous les postes de la voie ferrée, dont le nôtre. Aussitôt relevés, nous avons rejoint le reste de la compagnie que le Vieux venait de réclamer dans le sous-secteur nord, à Ninh-

Hoa. Il paraissait que le coin devenait malsain : harcèlements des postes, grenades dans les bistrots, assassinats de notables, et j'en passe. Pourtant, ni la compagnie Perrier ni la compagnie Sandoux n'ont réussi à mettre la main sur un Viet de toute la semaine dernière, malgré patrouilles, embuscades et coups de main sur renseignements. Alors le père Balicourt a décidé d'aller explorer le massif du Varella. Mais comme il a l'esprit tordu, il a pensé qu'il valait mieux l'aborder par l'intérieur, en venant du plateau Moï, plutôt qu'en arrivant de la côte et du col Babonneau. Nous sommes donc partis du dernier poste sur la route, samedi dernier. Nous n'étions pas très nombreux ; nos deux compagnies seulement, sans les Rhadés ni le commando d'artilleurs. Le but de la manœuvre n'était pas, à ce qu'on nous a dit, d'accrocher solidement mais de reconnaître les accès ouest que Balicourt s'était mis en tête d'utiliser. Dimanche, nous avons grimpé vers le plateau, toute la journée. Les pistes n'étaient pas franchement infectes, mais la dénivelée était sérieuse et la végétation difficile ; beaucoup d'épineux, de grandes herbes à éléphant, pas d'eau. Le soir, bivouac sur le revers du plateau, à côté d'un village de montagnards. En cinq ans d'Indo, c'était la seconde fois que j'en visitais un. J'ai été déçu. Manifestement, ils ont perdu leur joie de vivre, leur esprit de liberté. Trop près de la zone des combats, j'imagine ; autrefois, ils partaient en forêt des semaines entières à la chasse. Depuis que les Viets ou nous-mêmes montons troubler leurs habitudes à tout bout de champ, ils n'osent plus quitter leurs femmes, leurs gosses, leurs cochons noirs et leurs huttes. Finie la rigolade. Notre fréquentation les a complètement amollis : ils fument des cigarettes toutes faites, collectionnent les boîtes de conserve et boivent aussi bien le schnaps des rations que le chum.

— Ce sont quand même de sacrés pisteurs, interrompit Simu qui se souvenait du petit Thô, le premier tué de l'opération Vulcain.

— Tu penses à ton Rhadé ? observa Macauley, compréhensif. Tarass m'en a parlé, ce soir-là, dans ce village pourri. Je ne dis pas que toute la race est abâtardie. Sûrement, dans l'intérieur, trouve-t-on encore des familles aussi libres et sauvages qu'autrefois. Mais, à la limite de notre pénétration, ils sont finis. En tout cas, dimanche dernier, ils ne nous ont pas reçus comme des amis. Pas de fête de jarre, pas de grand repas pour le village rassemblé. Ils sont restés dans leurs bicoques en nous regardant de loin. Pas de bavardage, pas de renseignement. Nous avons bivouaqué par compagnie, en carrés, comme en zone viet. Ce qui valait mieux d'ailleurs. Un grand gueuleton trop arrosé nous aurait fatigués. Nous avons repris la progression à quatre heures du matin, vers l'est, en redescendant vers le Varella. Jusqu'à midi, rien à signaler. La forêt devenait de plus en plus épaisse mais la piste était parfaitement marquée. Pas trace de Viets. Après le casse-croûte, nous avons relayé la section Dumoncel en tête et les pépins ont commencé. D'abord des coupures. Ces idiots de Viets avaient fait creuser la piste de touches de piano sur près d'un kilomètre comme s'ils avaient peur de nous voir arriver en camions ou en blindés. Je me demande comment nous les aurions amenés jusque-là. Après les touches de piano, nous avons eu droit aux abattis. Ils n'avaient pas travaillé dans le détail. Nous avons trouvé des arbres entiers, troncs, branches, feuilles et fourmis rouges, qui bouchaient quarante ou cinquante mètres de jour.

— Si je comprends bien, dit Simu sérieux, ces Jaunes n'ont pas beaucoup d'imagination. Ils avaient fait la même chose à côté de la voie ferrée. C'était normal que vous tombiez ensuite sur des pièges, puis sur des mines.

Macauley considéra le jeune homme avec amusement ; il approuva, sincèrement :

— Bien raisonné. Si tu continues à avoir de la chance, tu finiras dans la peau d'un gradé. Le lieutenant et Tarass ont fait exactement la même réflexion. Un peu tard, malheureusement. J'avais déjà embarqué mon groupe en débordement du troisième ou quatrième abattis, je ne sais plus, quand Bagard m'a crié de derrière : « Attention Mac, il doit y avoir des grenades piégées. » Ton caporal-chef, qui contournait l'arbre de l'autre côté m'a hurlé la même chose. Juste au moment ou Blachek devant moi a mis le pied sur le détonateur d'un ananas. Tu sais ce que c'est ? On vous a appris ça, à Bel-Abbès ?

La gorge serrée, Simu opina. La fiche technique, apprise des mois auparavant, surgissait dans sa mémoire, illustrée et couverte de caractéristiques : forme du fruit, hauteur trente centimètres, poids en explosif cinq cents grammes, fonctionnant avec allumeur à traction ou à pression, alvéoles de piégeage. Il ferma les yeux sur ce que lui suggérait son imagination.

— Qu'est devenu Blachek ? dit-il.

— Beaucoup de morceaux, de sang et de fumée, cracha Macauley. Et le cirque a continué à une telle allure, qu'il a fallu que je me réveille ici, à l'hôpital, après mon opération, pour comprendre que Blachek était mort. Comme Rigaud, dix secondes après, et Wünstle, et trois ou quatre autres, au moins.

— Peut-être n'ont-ils été que blessés, comme vous.

— Ils seraient arrivés en même temps que moi. As-tu vu d'autres camarades de la section ?

— Les Viets vous attendaient en embuscade ? Ils ont tiré ?

— Même pas. Ils n'étaient pas là. Peut-être avaient-ils posé leurs saletés depuis des mois ou des semaines. Toutes nos pertes ont été dues aux mines.

— Est-ce que le caporal-chef a sauté, lui aussi ?

Eliha avait posé sa question mû par une angoisse ambiguë. Il savait devoir la vie à Tarass. Il avait pardonné le passé. Il avait été sincère en l'affirmant à Bagard. Et pourtant, au fond de lui, vivait encore, informulé, l'espoir que l'Éternel avait pris l'ancienne vengeance à sa charge. Tarass vivant l'obligerait à se fabriquer de nouvelles raisons d'exister. Tarass mort par la volonté du Ciel laissait intacte son organisation mentale.

— Tu as tort de t'inquiéter. Lui et Bagard appartiennent aux espèces protégées. Encore le lieutenant est-il plutôt maigrichon ; il peut passer entre les éclats ; mais Tarass, avec son gabarit, est un défi constant aux morceaux de ferraille qui circulent dans un accrochage. Rien, pas une égratignure encore cette fois. A moins que...

— A moins que quoi ?

— A moins qu'ils n'aient trinqué après mon évacuation. Je ne pense pas. Le commandant Balicourt avait déjà donné l'ordre de repli quand je suis tombé dans les pommes sur mon brancard.

— Peut-être sont-ils repartis en opération depuis votre hospitalisation, supputa Simu. Où vais-je les retrouver demain ?

Le sergent Macauley ricana devant la mine du légionnaire. Ce garçon était sans doute doué pour faire un combattant, mais, *by God,* ce qu'il manquait encore de patience et de philosophie ! Seul un « bleu » pouvait ainsi se désoler d'arriver trop tard dans un tel merdier !

— Tu les rejoindras bien. Fais confiance à ces messieurs du service des Effectifs. De leur douillet petit bureau de Nha Trang ils nous suivent sur la carte avec des punaises de couleur qu'ils déplacent tous les matins.

Simu leva les yeux sur l'Anglais. L'intonation avait été si aigre qu'elle devait traduire autre chose que la simple antipathie des « guerriers » pour les « bureaucrates ». Le visage de Macauley l'alarma. Il avait repris le masque de la veille, nez pincé, orbites creuses, regard fiévreux. Peut-être avait-il parlé trop longtemps. « Peut-être aussi, se dit Simu, est-il tout simplement jaloux de moi. Jamais plus, en sortant d'ici, il ne se demandera comment rejoindre une section de combat. »

— Merci de votre histoire, sergent, dit-il. Reposez-vous maintenant.

Macauley l'agrippa par le poignet, rudement. Le départ de ce légionnaire, qui connaissait les mêmes hommes et les mêmes épreuves, brisait le dernier lien qui l'attachait encore à ses frères d'armes.

— Reviendras-tu me voir ?

— Je reviendrai avant de quitter l'hôpital, promit Simu. Avec du whisky.

CHAPITRE 15

— Content de te revoir, Simu. On va fêter ton retour.

Le lieutenant Bagard, mains aux poches de son short délavé, avait accueilli son légionnaire avec un franc sourire. Pourtant, son regard autrefois vif et direct restait froid et dur. Des rides nouvelles creusaient son front, entre les sourcils. Il fumait, à grandes aspirations profondes, une cigarette qui n'avait manifestement pas été coupée en deux. Bagard se posait des questions. En trois mois, il avait perdu vingt hommes au combat. Vingt légionnaires que le commandement lui avait confiés, qui avaient eu confiance dans ses qualités de chef. Douze d'entre eux étaient morts, les autres mutilés à vie ou si gravement atteints qu'il avait fallu les rapatrier. Il doutait de ses capacités, il doutait du droit qu'il s'arrogeait de leur demander tant de sacrifices. Il doutait de sa chance.

— Tu vas trouver la section bien changée, ajouta-t-il enfin à l'adresse de Simu, resté planté devant lui au garde-à-vous.

— Je sais, dit celui-ci. J'ai vu le sergent Macauley à Nha Trang. Il m'a raconté.

Le lieutenant resta un instant muet, le regard dans le vide, puis s'ébroua, avec un nouveau sourire mécanique.

— Pour toi, de toute façon, aucun problème. Tu retournes au groupe Tarass. Il t'attend d'ailleurs avec impatience. Il m'a demandé hier encore quand il pouvait espérer le retour de son meilleur voltigeur. Crois-moi. Venant de lui, c'est un sacré compliment.

Simu reçut cette louange indirecte avec gêne. Peut-être Tarass avait-il effectivement pris de ses nouvelles, mais il lui semblait déceler dans la voix de Bagard une note de cordialité forcée, comme si le lieutenant avait d'autres préoccupations que le retour à sa section d'un ancien. « Moi, un ancien », pensa-t-il avec dérision : dix mois de service, trois mois et demi de séjour, deux combats, une blessure évitable. Ce n'était pas un bilan si triomphal.

Il salua réglementairement, fit demi-tour, ramassa le sac de marin dans lequel il transportait toute sa fortune et s'engagea dans l'escalier de pierres brutes qui descendait en quelques marches jusqu'à la plage.

Le poste de Van-Canh, entre la route coloniale numéro 1 et la mer de Chine, coiffait de ses baraques massives un archipel de rochers gris. Le talus sur lequel serpentait la route en mauvais état servait au poste de mur ouest. Il fallait le franchir pour qui venait de la terre. L'escalier que suivait Simu passait entre deux postes de guetteurs, sortes de niches accrochées en haut de la pente. Les légionnaires en faction s'y trouvaient à bonne hauteur de surveillance, le menton au ras de l'asphalte lépreux. Vus du poste en contrebas, ils semblaient garder un puits face au ciel. Mais du fossé de la route, côté montagne où venait mourir une jungle drue, on n'apercevait d'eux que leurs têtes. On eût dit qu'un bourreau était passé par là et les avait cueillies d'un revers de sabre.

La compagnie Sandoux n'avait aucune part à la garde de Van-Canh. Elle utilisait seulement pour y bivouaquer, dans un semi-confort de nomade soldat, l'espace de pierres, de plage et de flaques que la route et les deux tours de garde protégeaient des incursions. Cette bande de terre, d'à peine cent mètres de long sur une cinquantaine de profondeur, était en quelque sorte devenue domaine militaire. L'intendance avait accepté de débloquer quelques-unes des grandes toiles de tente qui pourrissaient dans ses magasins. Brossées, tendues, réparées quelquefois, lorsque les trous étaient trop nombreux, elles étaient devenues des guitounes alignées, suivant le style et la rigueur légionnaires. Chaque section s'articulait autour de l'une d'elles, dans l'ordre de leur numérotation. Son sac au poing, Simu se dirigea vers la guitoune numéro 2.

Les grandes toiles relevées côté route ouvraient sur une pénombre fraîche. On entendait, dans un brouhaha discret, la voix accentuée du sergent Paliano, qui distribuait le travail de la soirée. Avant d'entrer, Simu s'arrêta à la lisière du sable ensoleillé et écouta. Il ne fut d'abord sensible qu'au sentiment de paix qui gonfla sa poitrine. Cette voix, c'était celle de sa mère appelant les valets du « Lion des Carpathes », entendue du perron de la rue Saint-Étienne. Un ronronnement familial, accueillant le fils qui rentrait au foyer. Simu ferma les yeux et tendit le cou vers le ciel. Il était partagé entre la joie paisible de retrouver les siens, et le profond désespoir d'une absence définitive. La réalité de son nouveau monde n'avait encore pu effacer le souvenir de l'ancien.

Puis, au-delà du son, il écouta les noms qu'appelait la voix de Paliano. Il n'en reconnaissait pas beaucoup, et ceux qui lui semblaient familiers l'obligeaient à un effort de mémoire. Morand ? Facile ; c'était le Belge arrivé à la section le même jour que lui. Brideau ? Le costaud du groupe Paliano. Hansen et Klammer ? Il était certain que ces deux-là devaient éveiller en lui quelques souvenirs, mais ne trouvait rien, ni anecdote, ni visage. Le nom de Figl, par contre, évoquait une mâchoire sanglante lors de l'attaque de Tour-Cham. Celui de Schmerz le guetteur au bras pansé de cette même nuit. Et Cardonna était le placide et efficace caporal Cardonna ! Presque un ami. Celui, en tout cas, dont il avait été le plus proche après Lubitsch... et Tarass. Sept. Il en restait sept, de ceux qu'il avait connus trois mois auparavant. Il se demanda combien, dans la vingtaine d'autres noms qu'avait appelés Paliano, étaient de nouveaux débarqués. Sans même se rendre compte qu'il se laissait aller à son tour à cette ironie qu'il jugeait de si mauvais goût, il ricana, tout seul, les mains sur les hanches à côté de son sac :

— Alors, les bleus ! Personne pour venir porter les bagages de Simu l'Ancien ?

Il se sentait à la fois prêt à conquérir le monde et déjà fatigué. Une main dure saisit son épaule et la serra à lui faire mal. Il inspira profondément, lentement, deux fois, comme avant de tirer un coup de fusil, pour calmer les battements de son cœur. Quand il tourna la tête, il savait quel était le visage qu'il allait voir, même s'il ne pouvait décider si c'était celui de son ennemi ou celui de son sauveur. Son regard rencontra celui de Tarass. Grave et joyeux. Dans le fond des yeux bruns, il lut la peur et la reconnut aussitôt : c'était celle qu'il éprouvait lui-même.

— Bonjour, caporal-chef, dit-il enfin.

Sa voix était aussi audible que s'il avait parlé du fond d'un gouffre. Sans même s'en rendre compte, il s'était exprimé en roumain. Sans effort apparent, Tarass le fit pivoter et l'amena face à lui, le visage éclairé par le soleil de l'après-midi. Un sourire naquit sur ses traits habituellement peu expressifs. Simu vit l'appréhension disparaître de son regard.

— Je suis content, constata le caporal-chef. D'abord parce qu'ils t'ont bien réparé, à l'hôpital. Ensuite parce que je crois que le lieutenant m'a dit la vérité, en rentrant de la visite qu'il t'a faite.

Simu eut un instant de révolte. La simplicité de ces retrouvailles le frustrait. Il ne se l'était jamais avoué, mais son romantisme juif eût été satisfait d'une scène mélodramatique, d'insultes et de reproches, de sanglots et de pardon.

— Je t'en ai beaucoup voulu, Tarass, s'énerva-t-il. Mais après ce que tu as fait pour moi, sur la piste, j'ai pensé que tu avais payé ta dette.

Au fur et à mesure qu'il parlait, il voyait le sourire de l'autre se gommer, l'éclat du regard s'éteindre. Quand la main de Tarass quitta son épaule, il ajouta, d'une voix chargée de rancune :

— Je n'ai jamais promis à Bagard que nous deviendrions des amis.

Face à lui, Tarass redressa le buste et hocha la tête. Le lieutenant, en rentrant de Nha Trang, l'avait bien prévenu :

— Mon vieux, avait-il dit, ne crois pas que désormais le jeune Simu et toi allez vivre une lune de miel. Il a peut-être renoncé aux idées de vengeance qui le rendaient enragé, mais ses bonnes dispositions ne dureront pas éternellement. Il aura des rechutes, des remords, des crises. Tu devrais essayer de nettoyer tout à fait la plaie. Obtiens qu'il dresse la liste de tout ce qu'il te reproche, qu'il se libère. Il ne doit plus y avoir d'ombre entre vous.

Bagard avait vu juste. Simu regrettait déjà sa promesse de pardon.

— Bien compris, dit froidement le caporal-chef au légionnaire. Va t'installer dans la guitoune. Notre groupe est dans la travée de droite en entrant. Tu trouveras un lit Picot inoccupé au bout de la rangée. Tu viendras me voir ce soir après la soupe à la tente-popote. J'ai à te parler.

— A vos ordres, répliqua Simu au garde-à-vous, le regard lointain.

La fin du mois de mai fut bien employée par les deux compagnies volantes que le chef de corps du 2e Étranger avait basées à Van-Canh et à Ninh-Hoa, dans son secteur nord si menacé.

La compagnie Perrier avait reçu comme terrain de chasse la large bande forestière qui bordait les plateaux vers l'est. C'était un terrain difficile enrobé de jungle, où les pistes peu nombreuses avaient fait l'objet de toutes les attentions du Vietminh. Coupures systématiques, mines, abattis étaient le lot quotidien des reconnaissances légionnaires. Au demeurant aucun accrochage, aucune indication sur la présence de bandes ennemies.

Le capitaine Sandoux avait au moins la satisfaction de faire découvrir à ses sections un nouveau mode de travail et de nouveaux paysages. Le colonel et le commandant Balicourt avaient longtemps dû batailler, à l'état-major du général commandant le Sud-Annam, pour obtenir l'appui permanent de la Marine.

— Au nord du cap Varella, avait représenté le colonel, les Viets se sentent en sécurité. Ils savent que nous ne pouvons venir discrètement par le plateau, dont ils ont piégé tous les débouchés vers l'est. Nous ne pouvons non plus y aller bille en tête par la route coloniale numéro 1 sans rassemblement de blindés, de camions, sans constitution de stocks d'essence, de vivres et de munitions. Une opération vers le nord signifierait pour nous des convois de ravitaillement permanents et dangereux, à la merci d'embuscades impossibles à déceler dans la forêt. Le général Lorillot en a fait l'expérience en 1947 : il a amené sur les deux rivières de la province de Qui Nhon, le sông Da-Rang et le Ban-Tach, tout ce qu'il avait pu rassembler de troupes dans le territoire ; spahis, Rhadés, artilleurs et légionnaires. Il a fait chou blanc. Nous ne pouvons plus nous permettre d'user nos moyens de la sorte. Alors que nous avons l'avantage d'être totalement les maîtres de la troisième voie d'accès au sanctuaire viet.

— La mer, évidemment, avait convenu le général en contemplant la grande carte du Bureau des Opérations.

— La mer, oui, mon général. Nous pouvons y patrouiller à notre gré, de jour ou de nuit. Interdire la circulation des jonques ou du moins la contrôler. Et surtout, mener sur toute la côte un harcèlement payant en débarquant de petites unités pour des raids limités. Mais pour ce faire, il faut que je puisse démarrer au quart de tour, sans être obligé à chaque projet de demander l'avis de ton état-major et l'autorisation de la Marine.

Le colonel connaissait bien le général. Ils avaient été lieutenants au Maroc dans la même compagnie. En fin psychologue, il savait que le patron avait horreur des solutions imposées. Il se contentait donc d'analyser la situation et de lui rendre compte de ses besoins. Le général n'avait pas été dupe, mais l'exposé de son vieil ami l'avait convaincu.

— C'est bon, avait-il décidé. Tu auras ta flottille à ta

botte à Van-Canh. Le mouillage est passable, il est possible d'y *beacher* *. Combien te faut-il de bateaux ?

— Deux à trois barques capables de charger une compagnie, quelques vedettes bien armées en soutien et un gros bâtiment de commandement.

— Pourquoi pas toute la Royale ? Je vais en discuter avec le commandant-Marine. Tu sais qu'ils n'aiment pas beaucoup déléguer leur autorité, mais je pourrai t'avoir, je pense, deux L.C.M. ** et trois L.C.V.P. *** aux ordres d'un enseigne, qui te servira de conseiller technique.

Le général avait tenu parole. La flottille mouillait devant le poste où bivouaquait la compagnie Sandoux. Les légionnaires avaient trouvé très reposant ce mode de locomotion qui les amenait sur l'objectif sans fatigue ni danger : ils se sentaient pleins d'ardeur pour en découdre dès qu'ils étaient mis à terre. De toute la quinzaine, ils participèrent ainsi à trois débarquements, aux embouchures de trois rivières aux eaux limoneuses. Malheureusement, suivant l'expression du colonel, ils firent « chou blanc » dans les villages de pêcheurs dont ils ratissèrent les paillotes sales et les potagers sans surprises.

— On remet ça ce soir, annonça Bagard à ses trois chefs de groupe.

Le lieutenant avait retrouvé son équilibre. Les sorties à la mer avaient soudé sa section, l'amalgame paraissait fait entre les rares anciens et les nouveaux affectés. Et, surtout, l'attitude confiante de ses cadres avait balayé ses doutes. Il s'était cru marqué par le sort et s'apercevait qu'au contraire ses hommes se réclamaient de sa chance. Un soir, alors qu'il regardait en silence la lune se lever sur l'océan, à proximité de la guitoune de sa section, il avait entendu converser ses légionnaires. L'un d'eux, Brideau, ou peut-être Figl, racontait aux

* Beacher : terme technique anglo-saxon signifiant toucher la plage.

** L.C.M. : barque de débarquement à fond plat.

*** L.C.V.P. : vedette armée légère.

bleus les trois combats de la section. Le narrateur forçait complaisamment sur les détails atroces, la gorge ouverte et silencieuse de Corti dans la cour de Tour-Cham, les dents rageuses des Viets assommés en grappes, à bout portant ; le dépeçage de Thô, le Rhadé, le bras déchiqueté de Lubitsch.

— Le violon, c'était sa passion, à ce type. Rends-toi compte.

Les jeunes n'osaient même pas murmurer. A peine, après le récit du dernier coup dur, la mort tonitruante de Blachek, de Rigaud, de Weber, de Rist, de Wünstle, un d'entre eux fit-il à voix basse une remarque que Bagard, de l'extérieur ne saisit pas distinctement. Quelque chose comme :

— On ne rigole pas, dans cette section. Tu vas nous casser le moral.

C'était si précisément ce que pensait Bagard lui-même qu'il avait failli rater la réponse de Figl. C'était Figl, sûrement. Il l'avait identifié au bruit grinçant du bouchon de bière arraché avec les dents, vieille spécialité du Bavarois. Figl avait superbement clos la discussion, approuvé par le chœur des anciens.

— On ne rigole peut-être pas, comme tu dis, mais on n'est pas ici pour ça. Et avec le Vieux, on s'en sort toujours.

De cette nuit-là, Bagard avait retrouvé son tonus.

— On remet ça ce soir.

Paliano, Tarass et le caporal Cardonna, remplaçant provisoire de Macauley, attendaient paisiblement des détails supplémentaires. Les sorties précédentes leur avaient appris que la préparation des opérations « nouveau style » demandait peu de travail à leur niveau. Les missions étaient simples, le paquetage emporté réduit au minimum. Aucun d'eux ne regrettait la vie de poste qu'ils avaient menée à Tour-Cham.

— Venez voir, appela le lieutenant en s'accroupissant au-dessus d'un carré de sable lisse.

Les trois gradés s'agenouillèrent autour de lui, à la bonne franquette. Vus de loin, on les eût pris pour quatre joueurs de cartes disputant une partie tranquille. Du doigt, Bagard dessinait un croquis sommaire sur le sol, émaillant ses gestes d'explications précises.

— Ici, l'embouchure du sông Da-Chinh. Nous devrions y arriver vers cinq heures du matin. Il fera assez clair pour voir les berges. D'après la carte, elles sont absolument plates, sans rocher ni abri. Il faudra donc y rester le moins possible. La section Dumoncel *beachera* sur la berge sud, nous sur celle du nord. De la plage à la route, environ cinq cents mètres. Les photos aériennes sont très nettes, la route est intacte, mais le pont sur le sông est totalement détruit. Il ne faut donc pas compter avoir une liaison avec le lieutenant Dumoncel autrement qu'à vue. Il se chargera de tenir la route et la plage pendant que nous irons jusqu'au village de Bu-Chinh et en reviendrons. Voilà le village, acheva-t-il en traçant un cercle entre ses pieds.

— C'est loin, estima Paliano.

— Je ne suis pas cartographe, plaisanta Bagard. Bu-Chinh est à peine à trois cents mètres au-delà de la route. Nous irons par la piste qui commence ici, au ras du pont.

— Et qu'y faisons-nous dans ce paradis ?

Comme pour faire oublier l'absence de son ami Macauley, Paliano s'essayait depuis quelques jours à l'ironie. Le lieutenant affecta de ne pas avoir remarqué cette tentative, qui en disait long sur la solitude morale de son adjoint. Il continua :

— La routine. Fouille des paillotes, rassemblement des habitants. Nous aurons comme compagnon de route un déserteur qui connaît tous les Viets du coin. Il nous indiquera ceux qu'il faudra emmener aux bateaux. L'ensemble de l'opération, débarquement, village, fouille, retour, ne doit pas dépasser une heure. De toute façon, après sept heures nous ne pourrions plus décoller à cause de la marée. Des questions ?

— Munitions et explosifs habituels ? demanda Tarass, placide.

— Exactement. Ah ! Un détail encore. Les L.C.V.P. tenteront de remonter la rivière entre les deux sections. S'ils arrivent à dépasser le pont, ils pourront nous appuyer solidement sur notre gauche en cas de coup dur dans le village. Ce soir embarquement à vingt-deux heures trente. Et comme dit l'arbitre, que le meilleur gagne.

— Amen ! psalmodia Paliano incorrigible en se brossant les genoux.

D'un coup d'œil, Bagard retint Tarass qui allait partir avec les deux autres.

— Dis-moi comment vont tes relations avec Simu. Les comptes sont-ils faits ? Les cadavres sortis du placard et enterrés ?

Pour la première fois depuis qu'il le connaissait, Bagard eut l'impression que son subordonné allait le frapper. Son visage était devenu d'un blanc de craie. Le Roumain serra les poings, et ne réussit à se maîtriser que par un effort visible. Tremblant de colère contenue, il regarda son officier comme s'il découvrait soudain un étranger. Il avait ouvert la bouche pour dire Dieu savait quoi de violent, mais le sens de la discipline fut le plus fort. Il se raidit, face à Bagard, et se tut, sans baisser les yeux. Un garde-à-vous insultant, un silence de mépris.

— Allons, dit Bagard soudain conscient des mots qu'il avait employés, mettons que je me mêle de ce qui ne me regarde pas. Pardonne-moi d'avoir dit une connerie. Tu peux rompre.

Tarass salua comme à l'exercice, et partit vers la plage à enjambées rageuses. Il voulait bien admettre que le lieutenant avait parlé à tort et à travers ; ces Français disaient n'importe quoi, pour la beauté de la phrase. Ils avaient plus d'esprit que de cœur, tous, tous. Même Bagard, qui était pourtant devenu son Dieu. Pourquoi avait-il osé parler de cadavres, comme s'il connaissait son vieux secret ? Simu avait-il parlé ? Combien d'autres, parmi ses camarades, savaient-ils qu'autrefois il avait assassiné un vieil homme et une femme sans défense ?

Ses pensées avaient suivi la seule voie qui lui permît de cristalliser sa mauvaise humeur : Simu. Simu qui s'était donné ouvertement le beau rôle, celui de la victime généreuse qui pardonne. « Joli pardon », sacra Tarass, dans ses dents. Il eût cent fois préféré que son adversaire le tuât par vengeance. Mais Simu se prétendait quitte.

— Une vie pour une vie, avait-il dit calmement lors de leur première explication sérieuse, le soir de son retour de l'hôpital. Je ne chercherai plus jamais à te tuer, Magalescu. Je n'oublierai jamais que sans toi je serais mort.

Mais depuis ce soir-là, où Tarass s'était mis à espérer, les rapports entre les deux hommes, pourtant toujours côte à côte, n'avaient cessé de s'aigrir. Malgré les bonnes intentions dont ils croyaient faire preuve tous les deux.

Simu pensait que la meilleure façon de prouver à son ancien ennemi qu'il avait oublié le passé était de lui en parler sans cesse. Avec calme, sans rancune. De bonne foi, il croyait qu'à banaliser ainsi les vieilles abominations, il en exorcisait les démons.

Tarass était en permanence submergé de honte et de remords. Il se disait qu'au fond, sa victime avait pour elle le Droit. Simu avait tout raconté du passé ; son nom, Leibowitz ; la mort de ses parents ; celle de ses frères. En regard de ces épreuves, qu'était cette torture mentale qu'il lui infligeait ? D'ailleurs, ce n'était pas à lui, Tarass, qu'en voulait encore le jeune homme. C'était à Nicolas Magalescu, l'autre, le tueur. C'était l'autre que nommait toujours Simu dans ses confidences en roumain. Seule, cette dichotomie retenait Tarass d'abandonner la partie. « Je vais me flanquer une balle dans la tête », avait-il pensé un jour. Ce n'avait été qu'un éclair, qu'il avait aussitôt chassé de son esprit, mais qui avait cimenté le malaise dans son cœur.

Il était pourtant tout prêt à considérer le jeune homme qu'il avait sauvé comme un fils. La dette qu'il avait, autrefois, sans le savoir, contractée envers cet enfant juif n'était rien, auprès des devoirs qu'il se reconnaissait maintenant. Malgré lui, même aux pires moments où Simu torturait sa conscience, il pensait au garçon du même âge, qu'il avait fait autrefois dans une carriole à sa femme Magdalena. Il s'apercevait bien, quand le nom de Bradu lui échappait, que son compagnon roumain pâlissait et devenait nerveux à son tour. C'était, dans leur vie en symbiose, les seuls moments où

Simu arrêtait de ressasser ses souvenirs de Transylvanie et Cernauti. « Peut-être, se disait le crédule Tarass, est-il dans le fond touché que je pense à lui comme à mon fils. » Ainsi, alors que l'indifférence eût pu succéder à la haine, celle-ci renaissait-elle peu à peu entre eux.

Chapitre 16

L'enseigne de première classe Philippe Mandar'ach, chef de la flottille détachée à Van-Canh, trouvait bien des séductions à cette mission. Les distractions à terre étant nulles, les équipages, de ses vedettes autant que des L.C.M., ne donnaient pas matière à sévir. Ses bâtiments, entretenus avec la rigueur traditionnelle de la Royale, n'étaient pas encore tombés en panne de moteur ; aucune fausse manœuvre n'avait non plus apporté de tache à sa réputation. Et pour couronner cet idyllique tableau, le commandant Balicourt, qui supervisait toutes les opérations de débarquement sur la côte, tenait ouvertement Mandar'ach en haute estime. Les officiers de la compagnie Sandoux appréciaient tout autant leur camarade de la Flotte, qui « jusqu'à présent ne les avait pas encore noyés », disait finement Dumoncel, et qui se tenait aussi fièrement au bar de leur popote que sur le toit de sa vedette amirale.

A vingt-deux heures trente, heure locale, ses trois L.C.V.P. déhalèrent de leur mouillage pour se mettre en panne à un demi-mille au large, pendant que les deux sections de légionnaires prenaient possession de leurs quartiers sur les L.C.M. L'installation était simple, chaque section se trouvant au large dans la caisse de son bateau ; les légionnaires, auxquels on avait annoncé six heures de navigation, s'étaient équipés en conséquence. Bien qu'on arrivât aux premiers jours de juin, les nuits en mer étaient fraîches. Le ciel, semé de nuages sombres, faisait redouter un grain pour les prochaines heures. A bord du L.C.M. 244, affecté à la section Bagard, le sergent Paliano, avec l'assurance d'un habitué, distribuait les bivouacs aux groupes.

— Mes bonshommes, à tribord, Tarass à bâbord, Cardonna sous la porte avant, le commandement au pied de la passerelle avec le déserteur viet. Rappelez-vous, pas de bruit, pas de feu, pas de bouteille. Gardez vos armes accrochées. Personne ne grimpe au bordé. Vous serez réveillés à quatre heures et demie.

A grands grincements de tôle, les patrons des deux barges faisaient refermer les grandes portes avant. Les moteurs grimpèrent à plein régime quelques secondes, le temps de décoller en marche arrière de la plage. A la barre, les timoniers soignèrent, pour leur satisfaction personnelle, le virage qui devait les mettre directement en formation. Leur sillage laissa un double croissant sur les eaux calmes de la petite anse, faiblement scintillant sous une lune qui jouait à cache-cache avec les nuages.

Bagard était de droit invité sur la passerelle par le premier maître Pironi, patron du 244. Pironi était un Toulonnais râblé, noir de poil, dont le comportement ne correspondait ni à son aspect physique ni à ce qu'il est convenu d'attendre d'un Méridional. Il exécrait les tenues négligées, parlait sans accent d'une voix douce quand c'était indispensable, et rêvait comme un Breton.

— Mon lieutenant, dit-il, vous devriez vous allonger et essayer de dormir avant que ça ne tape trop. Tout à l'heure, nous aurons peut-être grosse mer.

Derrière la vedette de Mandar'ach, qui avait pris la tête de son convoi, la colonne s'organisait avant de prendre sa vitesse de croisière. Le L.C.M. 243, transport de la section Dumoncel, se devinait à peine à la suite du bâtiment de Pironi. Les deux autres L.C.V.P. étaient invisibles. Bagard, avant de suivre le conseil du patron, jeta un regard vers la côte, ligne sombre à bâbord. Le poste de Van-Canh avait disparu dans la nuit. Seules deux lumières clignotantes indiquaient l'emplacement. Bagard s'allongea sur le matelas pneumatique posé à même le pont, que la Royale proposait élégamment au « commandant des troupes embarquées ». Il se sentait détendu, sans appréhension pour le lendemain. Il savait bien que tout ne peut être toujours prévu, mais il avait confiance en ses gradés, en ses légionnaires et en lui-même. Il ferma les yeux. Poussif, le L.C.M. tanguait longuement. Les lames venaient frapper la porte avant qui sonnait avec la gravité d'un gong, en éclats métalliques régulièrement noyés dans le glissement chuintant de l'eau.

— Debout, c'est l'heure ! Nous *beachons* dans vingt minutes.

La nuit n'avait pas été difficile, malgré un grain qui avait fait grogner les dormeurs vers une heure du matin. Ils avaient tiré leur poncho sur leur tête et changé d'épaule, tentant vainement de faire leur trou dans les caillebotis du plancher. A quatre heures trente, le soleil n'avait pas encore fait son apparition, mais le ciel maintenant dégagé était déjà lumineux au large.

— Les chefs de groupe, en haut, appela Bagard, penché sur la rambarde, en cherchant à reconnaître les formes qui s'étiraient dans la cuvette sombre de la caisse.

Les légionnaires avaient dormi tout habillés. Leurs préparatifs ultimes étaient réduits au minimum. Endosser le harnais des équipements allait vite, et seuls les anciens prenaient soin de vérifier une dernière fois les chargeurs coincés dans les cartouchières et les grenades accrochées aux bretelles. Ils n'avaient subitement plus aucune envie de parler, comme si leur débarquement proche réclamait quelques minutes de recueillement et de concentration.

— Boirais bien un jus, grommela seulement Morand.

— Je peux t'offrir un *schlug* de bière, grasseya Figl en arrachant la capsule d'une bouteille qu'il avait tirée de sa musette, malgré l'interdit de Paliano.

Avec agilité, le sergent escaladait l'échelle de la passerelle et saluait le lieutenant qui l'attendait.

— Bonjour, mon lieutenant. Nuit calme. Rien à signaler.

— Les autres ?

— Ils arrivent. Sans doute en train de secouer les paresseux. La mer, ça berce.

Bagard regarda son adjoint avec attention. Il semblait moins nerveux que la veille. L'imminence de l'action, ou l'espoir qu'il avait, lui aussi, de trouver l'occasion de venger ses camarades victimes des derniers engagements ? Tarass et Cardonna arrivaient à leur tour. Bagard entraîna tout son monde vers la lisse bâbord.

— Nous sommes juste à l'heure, apprécia-t-il. L'amiral a calculé son affaire de main de maître.

Il tendit le bras vers la côte vers laquelle s'infléchissait la marche du convoi, maintenant entièrement visible, les cinq bâtiments à distances réduites.

— Voilà notre terrain, dit-il. A première vue, la carte est exacte. L'embouchure du sông est à peine marquée de trois plumeaux de cocotiers et les berges sont plates et nues comme la main.

Silencieux, les quatre hommes, appuyés à la rambarde de fer, regardaient le paysage avec une attention professionnelle. La douceur de l'aube commençante ne les touchait pas ; ils se disaient que mieux valait galoper par temps frais que sous la canicule, et que le soleil qui se lèverait dans leur dos aveuglerait les tireurs viets, s'il y en avait. Les fûts gracieusement élancés des cocotiers des bords du rach leur plaisaient par leur finesse, qui ne permettait certainement pas d'abriter une arme automatique.

— Ça grimpe sacrément, après la route, constata sans enthousiasme Cardonna. Si le village est sur la pente, nous aurons à peine le temps de faire l'aller-retour.

— Le village n'est pas en altitude, tranquillise-toi. La route, cette ligne foncée bien droite, est en diguettes. La piste qui va du pont aux paillotes traverse des rizières, que les aviateurs disent cultivées. Le versant ne commence que bien plus loin vers l'ouest. Au moins à un kilomètre.

— Ces petits gradés ne savent pas apprécier les distances quand ils sont dos au soleil, brocarda Paliano. De toute façon, ton groupe ne sera sûrement pas en tête. Pas plus que moi, je présume, acheva-t-il d'une voix amère.

Bagard prit le parti de rire.

— Dix sur dix ! Tout le monde débarquera ensemble, Tarass à gauche, Cardonna au centre avec le commandement, et toi, Paliano, à droite. Progression au trot en ligne jusqu'à la route. A partir de là Tarass sur mon ordre fonce par la piste, jusqu'au village, devant moi et le déserteur. Cardonna me suivra. Le groupe Paliano attendra à hauteur du pont et prendra la liaison avec les L.C.V.P. s'ils arrivent à remonter le sông. Sauf pépin, il restera là en recueil et décrochera le dernier dans la phase retour. C'est tout. Rejoignez vos hommes.

Les trois gradés se redressèrent et saluèrent avec détermination. Les ordres leur paraissaient clairs. Ils se disaient que la matinée serait peut-être intéressante. Ils allaient dégringoler l'échelle quand Bagard les héla :

— Si nous trouvons des Viets armés, nous leur rentrons dedans, bien sûr. Mais pas de poursuite sans mon ordre. N'oubliez pas la marée.

Cardonna, le dernier, disparaissait dans la cale où s'entendait déjà la voix de basse de Tarass donnant ses ordres. Le L.C.M. 244 abattit sur bâbord, face à la plage. Les hommes assurèrent leur équilibre. Sous leurs pieds, la barge trembla au moment où rugissaient les diesels.

Mandar'ach était à son affaire. Debout sur le toit de sa vedette dépontée, il se grisait de sa vitesse, toute relative, et piquait droit sur l'embouchure du sông Da-Chinh. Son bateau gagnait peu à peu sur les deux L.C.M., ce qui n'était pas très orthodoxe. Il eût mieux valu que les fantassins soient à terre avant que lui-même n'aborde l'inconnu. Mais Mandar'ach était un enthousiaste et prétendait qu'une bonne charge, toutes armes crachantes, forçait l'adversaire au repli bien mieux qu'un assaut de piétons vulnérables. D'un œil aigu, il visa le centre de la rivière et tendit le bras comme s'il avait tenu un sabre de cavalerie.

— Comme ça, gueula-t-il à son timonier dans un paquet d'embruns.

— La porte, commandaient en même temps dans leur porte-voix entonnoir Pironi et le patron du 243.

Les L.C.M. arrivaient vite sur le sable. Trop vite sans doute pour le règlement de sécurité, mais la furia de l'enseigne déteignait sur ses subordonnés. Les lourds vantaux de blindage s'abattirent vers l'avant avec un synchronisme parfait, à la seconde même où le fond plat de la caisse raclait sous l'eau le gravier du rivage. La gerbe d'écume qu'ils avaient levée n'était pas retombée que les légionnaires jaillissaient déjà, l'arme à la main. Ils avaient cinq mètres d'eau à traverser en pataugeant pour atteindre le sec. Les deux chefs de groupe de Bagard y arrivèrent ensemble. Une demi-seconde, à dix mètres l'un de l'autre, ils se regardèrent avec un sourire réjoui. Paliano salua Tarass du bras.

— Merde pour toi, cria-t-il en guise de porte-chance avant de se retourner vers ses hommes et de piquer vers l'intérieur des terres.

— Morand, en tête, Simu avec moi, les autres derrière en colonne, commanda Tarass en trottant lourdement vers le premier bouquet de cocotiers.

Dans son poing haut levé, la carabine qu'il avait adoptée pour ces petits exercices de débarquement paraissait un jouet. Une nuée de mouettes et d'aigrettes de vase s'envolèrent dans un concert de cris aigres.

Sur les talons de Tarass, Simu cherchait sa respiration. Il n'avait pas retrouvé tout son tonus depuis son retour de l'hôpital. Cette ruée hors du bateau l'avait anormalement essoufflé. Les pantalons trempés, serrés aux chevilles, dégorgeaient des cascades d'eau de mer et se plaquaient sur les mollets comme des entraves glacées. Simu glissa sur une pierre plate et jura. « Pourquoi, se dit-il, est-ce que je viens de penser aux brodequins que je portais en arrivant à Cernauti ? »

Au bord même de la rivière, à peine souligné de quelques joncs, des traces de pas nombreux avaient marqué un semblant de chemin vers la digue de la route. Morand y progressait bon train, les mains crispées sur la crosse de son pistolet-mitrailleur. Sur ce billard, il avait l'impression désagréable d'être un amateur jeté sur la scène d'un radio-crochet. Il s'attendait à chaque seconde à entendre miauler à ses oreilles la sanction des spectateurs mécontents, qui s'étaient peut-être bien installés sur la route comme dans une mezzanine. Derrière lui, il percevait le piétinement sourd du caporal-chef.

— Ne ralentis pas, Morand, par le Christ. Il faut arriver à la route avant que les Viets soient réveillés, s'ils sont dans le secteur.

Mieux vaut prévoir. Cette fois, pourtant, il ne semblait pas que le débarquement fût attendu. Moins de trois minutes après avoir sauté des L.C.M., les premiers de la section atteignaient la diguette de la route. Ce n'était pas une performance, mais ce trot dans le petit matin frais, jambes mouillées, avait suffi à les faire haleter. Tarass dépassa son voltigeur qui commençait à glisser au pied du talus de deux mètres.

— A plat ventre, là-haut, souffla-t-il, fonce.

— Parlez d'un décrassage ! apprécia Morand, en crochant d'une main dans la terre meuble.

Simu commençait à récupérer. Sur les derniers cent mètres, il s'était senti plus léger. La forme revenait. Le nez sur le bitume grêlé de la route, butte avalée, il plongea à côté de son caporal-chef. Tarass le regarda avec attention.

— Comment va notre blessé ?

— Comme avant, dit Simu. A partir de maintenant, j'espère que tu vas me renvoyer en éclaireur.

Le ton de sa voix, ses yeux brillants, montraient que la magie de l'action l'avait repris. Les vieux démons étaient momentanément sortis de sa tête. Tarass, éternellement optimiste, se dit que le petit allait définitivement guérir de sa hargne. Il lui sourit à bout portant.

— D'accord, Bradu. A nous deux nous allons reconstituer la bonne équipe.

L'arrivée de Hansen et de son F.M. l'empêcha de voir se rembrunir son cadet. Pourquoi toujours ce nom de Bradu entre eux ? Tarass était trop occupé, à indiquer à Hansen le secteur qu'il devait surveiller dans l'œilleton de son arme, pour se soucier des états d'âme de son légionnaire. A trente mètres sur leur droite, Bagard, sa suite et le groupe Cardonna achevaient l'escalade du talus et s'aplatissaient à leur tour.

— *Chouf* * devant, cria le lieutenant au caporal. Attends-moi là.

* Chouf : mot arabe, mot à mot : surveille.

Il se releva, s'étira un instant sur la route, et vint tranquillement jusqu'à Tarass, auprès de qui il s'accroupit, la carabine entre les genoux.

— Vu quelque chose ? demanda-t-il.

Tarass balaya le paysage du bras. Devant eux, une rizière étroite s'allongeait jusqu'à une vingtaine de paillotes rousses qui paraissaient abandonnées. Aucune agitation, aucune fumée. Bien visible sur la paille coupée de la rizière, une piste foulée partait droit, juste sous leur nez.

— Ou il est trop tôt pour les nhaqués, dit Tarass, ou ils ont tous foutu le camp bien avant notre arrivée. S'ils venaient de partir, ils n'auraient pas éteint leurs feux de cuisines.

Bagard leva ses jumelles et observa longuement son objectif. Si Tarass soupçonnait juste, ils n'auraient pas grand monde à arrêter. Encore « chou blanc ». Il soupira.

Du côté du pont, dont le seul souvenir était une culée de béton qui interrompait la route de sa falaise verticale, ils entendirent un appel. La rivière avait presque cent mètres de large et roulait des eaux jaunes moirées de remous. Là-bas, sur la culée d'en face, un légionnaire de la section Dumoncel agitait le bras pour signaler qu'il était arrivé sur le premier objectif et que tout allait bien jusque-là. Bagard debout répondit d'un geste. Le décor restait étrangement silencieux. A peine entendait-on, en aval sur le sông les emballements des moteurs des L.C.V.P. qui semblaient avoir quelque mal à remonter jusqu'au pont. Peut-être ne trouvaient-ils pas de chenal entre les bancs de vase. Bagard songea avec amusement à la colère de Mandar'ach s'il devait renoncer. « Bah ! se dit-il, il ne ratera rien. » Il regarda sa montre. Il y avait dix minutes qu'ils avaient quitté les bateaux. Il fallait continuer. Autant en finir rapidement. Il commanda :

— A toi, Tarass, direction le village. Je te suis.

Relevés, Simu, Morand, Tarass, Hansen et ses pourvoyeurs plongeaient déjà à la queue leu leu sur le talus ouest de la route, dérapant des talons sur la latérite poussiéreuse.

Cette fois, Simu avait d'autorité repris son poste en

tête. Il retrouvait ses automatismes. Dans la lumière douce du petit matin, ses yeux distinguaient sans effort les toits de paille qui grandissaient ; sa Thompson ne pesait rien dans ses mains serrées, et ses jambes le portaient souplement ; il se sentait revivre. Morand à côté de lui marchait avec application, scrutant les fourrés de roseaux semés de manguiers qui bordaient la rive du sông. Ils firent irruption en un rien de temps dans la ruelle qui donnait accès au village de Bu-Chinh et se bloquèrent de surprise au coin de la cahute derrière laquelle s'ouvrait la grand-place. Ensemble, ils levèrent le canon de leur arme. Tarass déboula dans leur dos.

— Qu'est-ce que..., commença-t-il avant de s'arrêter net, inquiet et stupéfait.

Sur une esplanade de terre battue, un carré d'à peu près trente mètres de côté, les villageois étaient parqués. Assis sur leurs talons, en grappes serrées, hommes, femmes et enfants mêlés. Dans un silence terrorisé, femmes et *nhos* fixaient le sol entre leurs pieds. Quelques hommes, torse nu, levaient sur les légionnaires un visage résigné. Mais les mains qu'ils avaient posées devant eux en signe de paix, paumes ouvertes vers le ciel, tremblaient imperceptiblement. A première vue ils étaient une cinquantaine.

Tarass se décida et marcha vers le groupe, immédiatement suivi de ses deux prétoriens. Un murmure de crainte s'éleva du troupeau et s'enfla de glapissements et de cris. Tarass leva la main ouverte, « comme il l'avait fait pour calmer Thô le Rhadé », se souvint Simu, et s'arrêta devant les premiers rangs.

— Vos gueules, dit-il seulement, à voix normale.

La foule se tut mieux que s'il avait hurlé, subjuguée par ce géant placide qui n'avait pas l'air de prendre les choses au tragique. Il força pourtant le ton pour appeler, retourné vers la piste du pont.

— Mon lieutenant ! Tout le monde vous attend.

Il aurait pu économiser son souffle. Bagard était déjà là, surpris lui aussi de ce rassemblement. Une idée inquiétante bondit dans son esprit. C'étaient les Viets qui avaient rassemblé ainsi les habitants de Bu-Chinh. Ce qui voulait dire qu'ils savaient le lieu et l'heure de cette opération, qu'ils avaient mis à l'abri leurs correspondants dans le village. « Donc, ils ne sont pas loin et ils nous attendent », acheva-t-il. Il devenait vraiment indispensable de ne pas moisir là.

— Tarass, commanda-t-il, va t'installer avec ton groupe à la sortie ouest, face à la montagne. Nous n'allons pas traîner. Tiens-toi prêt à revenir au galop. Je m'occupe de ces nhaqués avec Cardonna.

Après tout, ils étaient venus pour montrer leur force et arrêter quelques salopards. Ils n'étaient pas en retard sur leur horaire. La mission n'avait pas changé.

Comme pour le rassurer, subitement jaillis de la mer, deux avions foncèrent sur le village et passèrent à raser les toits, dans un tonnerre, avant de saluer d'un balancement d'ailes. Ils étaient déjà face au versant de la montagne, et s'écartaient l'un de l'autre, dans une ressource élégante, presque immobiles dans le ciel.

— Juste à l'heure, sourit Bagard en direction de Cardonna.

Il avait presque oublié que le commandant lui avait promis un passage de Bearcats à cinq heures vingt.

— Relevez-vous, cria-t-il joyeusement à la troupe des habitants qui s'étaient jetés au sol à plat ventre sous le rugissement des moteurs emballés.

Le groupe Cardonna circulait au milieu de la place, efficace et rapide, redressant les plus terrorisés à grandes exhortations musclées. Figl emmenait les deux derniers voltigeurs du groupe Tarass vers l'ouest et disparaissait dans le lacis des ruelles entre les paillotes. Dans ce tohu-bohu ordonné, on n'entendait plus le ronronnement à éclipses des deux avions qui avaient mis cap au sud et repartaient vers Nha Trang. La première explosion prit tout le monde par surprise.

Tarass, Morand et Simu venaient d'arriver à la lisière du village. Devant eux le paysage changeait brusquement d'aspect : couvert d'une végétation basse d'arbustes et d'herbes, le sol remontait rapidement, zébré de saignées rouges de latérite. A quarante mètres, un enclos boueux, où piétinaient quatre ou cinq buffles, marquait le début de ce nouveau décor. Dans l'écho du passage des chasseurs, qu'ils suivirent une seconde de l'œil, le chuintement du premier obus passa presque inaperçu. Il éclata derrière eux, au milieu des cagnas.

Les trois hommes s'étaient jetés à terre par réflexe. Du village s'éleva un tumulte de cris, d'appels, d'ordres incompréhensibles.

— Par le Christ, jura Tarass le nez dans la poussière, où est passé ce con de Hansen ?

Tarass ne pouvait voir son tireur au fusil-mitrailleur, que lui masquait l'angle d'une paillote. C'était d'ailleurs préférable pour son moral. Un éclat dans le dos, à hauteur de l'épaule droite, Hansen avait lâché son arme et avait roulé à terre, déjà ensanglanté. Krammer et Gomez le halaient dans l'abri illusoire de la case.

Le sifflement du second projectile fut, cette fois, nettement entendu.

— Un lance-patates, maugréa Tarass, ressaisi.

Il leva la tête et scruta désespérément le versant. De là-haut, avec leur petit mortier, les Viets allaient s'amuser comme à la foire. Il était urgent de les repérer et de les neutraliser. Il n'avait pas oublié que Bagard avait interdit toute poursuite, ni qu'il allait falloir se replier dans quelques minutes jusqu'aux bateaux ; mais son instinct lui soufflait que, dans l'instant, la seule chose intelligente à faire pour sauver la section était de détruire cette arme ennemie. Coup sur coup, deux nouvelles explosions, dans le village et sur la rivière, vinrent conforter son analyse.

— Avez-vous remarqué les départs ? demanda-t-il à ses deux voltigeurs.

— Je crois, souffla Simu. Derrière le rocher rond, cinquante mètres au-dessus du parc à buffles.

Morand confirma.

— Deux types, au moins. Un des deux regarde dans des jumelles qui brillent au soleil.

La réaction de Tarass fut immédiate.

— Allons-y. En deux temps. Premier bond, l'enclos à bétail, tous les trois ensemble. Nous repartirons de là pour donner l'assaut si nous ne pouvons pas les descendre directement.

Ils firent exactement dix mètres, au galop, avant que ne se révèle une arme automatique sur la pente qui les dominait. Une longue rafale déchirante et quinteuse. Les Viets n'avaient pas choisi une position idéale pour un tir de mitrailleuse, mais ils avaient eu le temps de soigner leur pointage sur la sortie du village. Une balle au front, Morand fut projeté en arrière, à plat dos. Il n'eut même pas le temps de se souvenir des siens au pays wallon. Ses yeux bleus restèrent grands ouverts sur le ciel d'Annam. Simu avait couru comme un diable et s'affala dans la boue, la tête au ras d'un piquet de coin de l'enclos. Le cœur au bord des lèvres, mais intact. Et seul. Une motte de terre vint le frapper au visage. Dans leur parc minuscule, les buffles réveillés meuglaient et piétinaient rageusement. « Où est Tarass ? » pensa-t-il. Inconscient du risque, il se releva sur un genou et appela derrière lui :

— Tarass !

Le caporal-chef avait buté sur un mur, de toute sa masse, de tout son élan. Il n'avait pas mal, là où la balle l'avait atteint juste sous le sein droit. Abattu sur les genoux et les mains, il balançait la tête comme un boxeur assommé. Que faisait-il sur cette herbe sale ? Qu'était ce corps étalé auprès de lui ? Il cligna ses paupières fatiguées et reconnut Morand, au moment où quelqu'un criait son nom. Il se secoua et retrouva d'un coup pleine conscience. La mitrailleuse viet s'était arrêtée, mais dans son dos les explosions se multipliaient. Le bombardement de Bu-Chinh devait bloquer tous les mouvements de la section. Il fallait faire taire ce mortier, à tout prix. Il secoua sa tête lourde et ramassa la carabine qui lui avait échappé. Tout juste s'y reprit-il à deux fois pour se relever. Il ne pouvait se tenir tout à fait droit. Une gêne incompréhensible pliait son épaule droite vers sa hanche, mais il n'en repartit pas moins vers l'enclos à buffles dont l'image pulsait devant ses yeux. Il croyait courir.

Cette fois, deux fusils accompagnèrent la nouvelle rafale tirée par la mitrailleuse viet. Les tireurs étaient sans doute surpris de voir repartir ce qu'ils avaient cru un cadavre. Ils le manquèrent. Tarass vint se coucher dans la boue à côté de Simu, sans même le voir, et s'accorda un instant de repos. Il était fatigué.

— Comment te sens-tu, chuchota une voix contre

son oreille. Il faut que tu tiennes le coup. Je n'arriverai jamais tout seul là-haut.

Tarass ouvrit les yeux. On venait de lui parler en roumain. Il vit le visage inquiet de Simu penché vers lui et sentit le tremblement de la main qui secouait le col de sa veste.

— Ne t'en fais pas pour moi, Bradu, dit-il. Je souffle un peu et nous repartons.

— Ce n'est pas le moment de délirer. Nous ne pouvons pas sortir de cette souricière sans nous faire allumer. Réveille-toi.

Le ton tragique du légionnaire avait atteint son but. Tarass avait retrouvé tous ses esprits en même temps qu'il découvrait la douleur, comme un coup de couteau entre ses côtes. Seigneur, puisqu'il était capable de souffrir, c'est qu'il n'était pas à l'article de la mort ! Il appuya son poing armé sur son côté et s'assit contre le piquet.

— Ça pue, ces buffles, constata-t-il d'une voix presque revenue à la normale.

Énormes, à quelques centimètres d'eux, de l'autre côté de la fragile barrière, les animaux soufflaient de colère et de peur. Ils étaient cinq. Un jeune veau qui se tassait contre sa mère dont le mufle levé trahissait l'inquiétude, et quatre mâles lourds et puissants. Leur peau grise et pelée se marbrait de plaques de terre et de bouse séchées et leurs larges cornes encensaient par à-coups, du ciel à leurs sabots. Le plus menaçant vint éternuer presque au visage de Simu une longue mèche de bave. La chaîne qui traversait ses naseaux frappa une perche avec un tintement bref.

— Si nous restons là, ils vont finir par défoncer leur parc et nous piétiner. Redescendons.

La poigne de Tarass immobilisa le jeune homme, avec, semblait-il, des forces retrouvées.

— Il ne faut pas bouger d'ici, dit Tarass. Les Viets ne nous voient plus mais ils nous attendent au découvert. Il faudra choisir ton moment.

— Et la marée ? s'énerva Simu. Tu as oublié la marée. Nous devrions déjà être de retour au pont.

« Cette conversation n'a pas de sens, se disait-il en même temps. Pourquoi est-ce que je reste là à discuter avec Tarass, alors que manifestement il ne s'en sortira pas. Je devrais partir, d'un seul élan, jusqu'au village. Hansen couvrira ma course. D'ailleurs, les Viets ne tirent plus. »

Le bruit de la bataille s'était, il est vrai, déplacé vers la rivière. Derrière la haie de végétation qui la bordait on ne voyait pas la fantasia des L.C.V.P. de Mandar'ach mais on entendait cracher leurs armes. Au-dessus des arbres montaient parfois l'éclair d'une traceuse ou les gerbes d'eau levées par les obus viets. Une explosion plus sourde fit un instant cesser le tumulte, comme si le mortier avait enregistré un coup au but sur un des bateaux.

De la lisière ouest des paillotes où il était parvenu avec quelques hommes, le lieutenant Bagard observait avec désespoir le versant hostile où avaient disparu Tarass et ses légionnaires. Il n'avait récupéré que Figl, Krammer et Gomez.

— Hansen est blessé dans la paillote, avait jeté ce dernier en s'adossant à une porte branlante.

— Il pourra marcher ?

— Madre de Dios ! Il a intérêt à marcher. Il est trop lourd pour qu'on le porte.

— Et le caporal-chef ?

Par là, avait indiqué Gomez du canon de son fusil, en montrant la naissance de la pente. Bagard ne voyait rien bouger dans ce paysage hostile et figé. Même pas les fumées des coups de départ du lance-patates ennemi. « Il faut aller les chercher, se dit-il. Tout de suite. Et filer vers Paliano aussitôt après. »

— Ils doivent être dans le parc à buffles, raisonna-t-il à voix haute. Au galop, tous les quatre.

La mitrailleuse viet les salua dès qu'ils firent mine de se ramasser pour bondir. Un tir mal ajusté mais suffisamment menaçant.

— Couchez-vous, se résigna Bagard.

Il accorda au décor un long regard découragé. Sortir de l'abri précaire du village n'aboutirait qu'à faire tuer d'autres hommes. Et tarder davantage allait mettre tout le monde en danger. Si la marée descendait avant qu'ils aient rejoint les L.C.M., ils seraient tous immobilisés là pour une interminable journée. Promis certainement à la destruction. Il mit ses mains en porte-voix et appela, une fois encore :

— Tarass ? Simu ? Morand ?

Il eut la sensation déchirante qu'il appelait ses morts. Pour un peu, il se fût attendu à entendre le clairon de Lubitsch. Il n'entendit que Figl, accroupi auprès de lui, qui montrait un corps étalé à une douzaine de mètres.

— C'est Morand, dit Figl sourdement. Il est mort. Les autres sont morts aussi, mon lieutenant. Sûrement. Sinon ils répondraient.

— Tarass ? Simu ?

Comme pour souligner le silence, les Viets eux-mêmes avaient cessé le feu. Peut-être attendaient-ils une réponse pour localiser les deux hommes. « Ils sont perdus, se dit enfin Bagard. Faites mon Dieu qu'ils soient déjà morts. Sinon leur attente sera terrible. » Il n'avait plus le droit d'hésiter.

— Repli, commanda-t-il d'un seul mot. Et courez.

Ils s'enfoncèrent au galop dans le village. Soutenant Hansen d'un bras, Gomez se demanda pourquoi le lieutenant pleurait.

Quand Simu avait entendu Bagard les appeler la première fois, il avait ouvert la bouche pour répondre. Mais Tarass l'avait muselé d'une main. Les yeux tristes, il balançait la tête de droite à gauche : non ! il ne fallait pas répondre.

— Ne signale pas notre position aux Viets. Ils te cueilleraient dès que tu bougeras, avait-il soufflé du coin des lèvres.

— Tu as raison. Nous allons filer discrètement.

Tarass avait plissé les yeux. C'était presque un sourire.

— Tu vas filer. Moi, pas question. Je ne ferais pas deux pas.

Il avait agité entre leurs deux visages proches une main couverte de sang, effrayante. Le symbole de ce qu'avait été son existence, puissante, rugueuse et meurtrière. Cette main hypnotisait Simu. Elle était venue jusqu'à son épaule, encore une fois, insistante.

— Vas-y, maintenant, Bradu. Et pardonne-moi vraiment tout le mal que je t'ai fait.

L'effort avait épuisé Tarass. Les yeux à nouveau fermés, il s'accota à la barrière. Les buffles s'étaient calmés et avaient cessé de piétiner. Simu ne bougea pas. De sa flaque de boue, il distinguait à peine les dernières paillotes en contrebas. Il les regarda longuement et sut qu'il ne se déciderait jamais à se lancer dans cette dérisoire course de quarante mètres. Il n'était pas paralysé par la peur. Il se sentait attaché indissolublement au moribond qui soufflait à côté de lui, c'était tout. La poursuite de sa vengeance avait tissé entre eux des liens plus étroits que ceux du sang reçu. Cet homme était plus que son frère. Il était la meilleure part de lui-même.

— Magalescu, dit-il, j'ai un aveu à te faire. Je te le dois, tu es un homme comme je n'en ai jamais rencontré. Ne m'appelle pas Bradu. C'était ton fils, je sais. Mais Bradu est mort.

Devant lui, il rencontra le regard des yeux sombres. Subitement réveillé, vif, curieux, brûlant. Presque méchant. La voix, aussi, venait de retrouver sa puissance.

— Pourquoi dis-tu que Bradu est mort ? Qu'en sais-tu ?

L'expiation était venue. « Le Seigneur tiendra de tes péchés un compte rigoureux. Le premier suffit à te rendre coupable », avait dit Shamir autrefois.

— Il y a six ans, en Allemagne. Je l'ai tué moi-même.

A son tour il avait fermé les yeux. Il ne voulait pas sentir le poids de la haine de Magalescu. Il ne voulait pas voir venir le châtiment.

Un long moment il n'entendit rien d'autre que les battements de son cœur. Pourquoi, Seigneur, Magalescu ne disait-il rien ? A bout de nerfs, Eliha laissa aller sa tête et posa sa joue dans la boue fraîche et puante. Il sentit un coup sec, à hauteur de la pommette. Quelque chose qui s'appuyait, durement. Sa première vision, en rouvrant les yeux, fut celle du canon de la carabine que l'autre lui vissait dans la mâchoire. Le regard qui le transperçait semblait venir d'aussi loin que les plaines du Danube.

— Fous le camp, salaud. Je veux crever ici tout seul. Sans toi. Vite.

Magalescu n'avait pas crié, pas même forcé le ton. Eliha ne chercha ni à expliquer, ni à supplier. Tout était dit. Lentement, presque avec précautions, il se releva, d'abord sur les genoux, puis debout, d'un coup de reins. Le buffle le plus proche mugit lugubrement, naseaux au ciel. Le regard rivé à celui de l'homme qui avait été le sel de sa vie, le légionnaire Simu-Leibowitz fit deux pas en arrière, hors de l'abri de l'enclos.

Derrière sa mitrailleuse, le Viet ne jugea pas que cette cible méritait une longue rafale. Trois balles seulement, qui cueillirent Eliha en pleine chair, une aux hanches, deux à la poitrine, d'une aisselle à l'autre. Il trébucha et tomba à la renverse, les yeux ouverts.

— Bradu ! Bradu ! hurla Magalescu, jailli comme un fauve vers ce corps étalé, si près et si loin de lui.

Il parvint à lui saisir la main, peut-être pour le tirer jusqu'au havre souillé où ils avaient passé leurs derniers instants fraternels. Une nouvelle rafale déchira le silence.

ÉPILOGUE

ISRAËL, JUIN 1951

« Suis-je un salaud ? » se demandait Jos Shamir, à peine attentif aux virages de la route de Meggido. Cette fois, il n'avait pas adopté une allure de promenade, comme lorsqu'il était venu voir Lira avec la lettre d'Eliha. Les travailleurs torse nu, dans les vergers, suivaient d'un œil courroucé cette voiture, qui levait une poussière blanche préjudiciable à la coquetterie de leurs orangers alignés et vernis comme des jouets.

Aujourd'hui encore, comme deux mois plus tôt, une lettre brûlait la poche de Jos. Comme la précédente, elle venait d'Indochine. Mais elle était signée d'un nom qu'il ne connaissait pas. Elle annonçait, sans beaucoup de détails, le dénouement d'un double destin.

« Monsieur, avait écrit le lieutenant Bagard, du 2e Régiment Étranger d'Infanterie, deux de mes légionnaires, parmi les plus chers de ceux que j'ai perdus au combat au cours de ces dernières semaines, m'avaient donné votre nom et votre adresse présumée en me demandant de vous prévenir en cas d'accident, suivant la formule consacrée. Ils avaient fait cette démarche auprès de moi séparément. Cette coïncidence, jointe aux confidences qu'ils m'ont faites l'un et l'autre sur leur passé, m'a donné à croire que vous avez joué dans leur vie un rôle important. »

Shamir avait ricané à la lecture de cette phrase prudente. Un rôle important ? C'était vrai, il avait réveillé la tempête. Sans lui, Magalescu-Tarass n'aurait pas vu renaître des fantômes enterrés sous cinq ans de courage et de rédemption. Le farouche Eliha aurait pu devenir un adulte, enfin guéri, auprès de lui et de Lira. Qu'allait-il oser dire à Lira ?

La voiture dérapa sur la terre du bas-côté quand Shamir, insensible aux beautés de la vallée du Jourdain, donna un coup de volant pour prendre la piste du kibboutz Éphraïm Nakkoth.

Debout en haut des marches de la place, brûlée de soleil dans la chaleur de ce matin de juin, Lira Simon fut frappée par la pâleur de Jos. Les étoiles qu'elle avait vues autrefois dans ses yeux verts avaient disparu, et ses cicatrices donnaient à son visage maigre un rictus de cadavre. Il n'était plus qu'un homme fatigué. Et désespéré. Quand elle l'embrassa, fraternellement, elle sentit, sous la chemise de toile trempée de sueur, les muscles des épaules se raidir, comme si Jos allait soudain se mettre à pleurer.

Elle ne s'écarta pas de lui, cette fois-ci, pour lire la lettre qu'il lui tendit. Ce lieutenant Bagard avait été peu prolixe : ce qu'il avait à dire tenait sur deux maigres feuillets. Lira les étudia lentement, en silence. De temps en temps, ses lèvres bougeaient pour matérialiser un mot français difficile à comprendre. Quand elle laissa retomber son bras, lecture terminée, elle leva les yeux vers le visage de son compagnon. Il n'osait pas la regarder.

— Jos, dit-elle, cette histoire est terminée comme l'Éternel a voulu qu'elle se termine. Nous n'avons été que ses instruments.

— Sans moi..., voulut interrompre Shamir.

— Sans toi peut-être Eliha n'aurait-il jamais connu la paix, ni le pardon.

— Mais ils sont morts, tous les deux. Parce que je les ai mis face à face, avec leur haine à fleur de peau.

Lira secoua la tête, acharnée à le convaincre, à se convaincre. Leur avenir, s'ils devaient en avoir un en commun, exigeait qu'ils cessent de se sentir responsables.

— Relis les dernières lignes de cette lettre. Ce lieutenant français a bien mieux compris que toi ce qu'ils avaient dans le cœur.

« Dans la peine, avait écrit Bagard, une seule chose me console. Tarass et Simu ne sont pas morts en ennemis. Ils ont été tués au coude à coude, ensemble, dans le même combat. Je crois qu'ils s'étaient tout avoué, et tout pardonné. »

Table

Cet ouvrage a été réalisé sur
Système Cameron
par la SOCIÉTÉ NOUVELLE FIRMIN-DIDOT
Mesnil-sur-l'Estrée
pour le compte des Éditions Presses de la Cité
le 31 juillet 1985

Photocomposition Hérissey

Imprimé en France
Dépôt légal : août 1985
N° d'édition : 5097 – N° d'impression : 2916